SEGUNDA EDICIÓN

ENTRE EL OSO Y EL DRAGÓN

UN ESTUDIANTE MEXICANO EN LA GUERRA FRÍA

ENRIQUE MARTÍNEZ MARTÍNEZ

ola
PUBLISHING
INTERNACIONAL

Hola Publishing Internacional
Eugenio Sue 79, int. 4, 11550
Ciudad de México

Segunda edición, Septiembre 2022
Impreso en los Estados Unidos de América
ISBN: 978-1-63765-301-2

Historia basada en hechos reales.

Hola Publishing Internacional es una empresa de autopublicación que publica ficción y no ficción para adultos, literatura infantil, autoayuda, espiritual y libros religiosos. Continuamente nos esmeramos para ayudar a que los autores alcancen sus metas de publicación y proveer muchos servicios distintos que los ayuden a lograrlo. No publicamos libros que sean considerados política, religiosa o socialmente irrespetuosos, o libros que sean sexualmente provocativos, incluyendo erótica. Hola se reserva el derecho de rechazar la publicación de cualquier manuscrito si se considera que no se alinea con nuestros principios. ¿Tiene una idea para un libro que quisiera que consideremos para publicación? Por favor visite www.holapublishing.com para más información.

A quienes poseen memoria.

Capítulo uno

Sólo el que carga el costal sabe lo que lleva dentro.

Los silbidos del tren sonaban por toda la estación de Minsk en señal de la próxima partida. Tenoch corría como potro desbocado con dos maletas a cuestas. Todo indicaba que el tren partiría sin él. Sentía una mezcla de rabia e impotencia, pero no estaba dispuesto a ceder y decidió abandonar la maleta de mayor peso; tal vez su amigo Diómedes lograría arrastrarla y arrojarla tras de él. Estaba tan agitado que sentía cada latido del corazón rematar en su nuca. Parecía que sus vasos sanguíneos reventarían antes de que lograra alcanzar el vagón número doce del tren a Moscú, estacionado en el sexto andén. El piso empezó a vibrar con el arranque de la máquina. Las puertas de los vagones aún estaban abiertas cuando la mole de acero soltó los frenos con múltiples resoplidos de aire comprimido. Tenoch se aferró al tubo de la puerta y subió con dificultad el primer escalón y vigorosamente empujó su maleta, pensando que el tren ya partía. Diómedes, un caribeño de afro al estilo tíbiri tábara, delgado, pero correoso, le acercó a un costado de la puerta la otra parte del equipaje que había dejado metros atrás, luego se despidió de mano muy a su particular estilo, apretando su palma hasta hacerla tronar, como queriendo exprimirla. Finalmente lo había logrado. Estaba en el tren rumbo a Moscú.

El verano era sofocante a pesar de ser casi las nueve de la noche. El Sol ardiente se filtraba a través de las agrietadas nubes rojas. Tenoch caminó por el pasillo del vagón cargando sus maletas con dificultad. Abrió la puerta de la cabina del compartimento indicado en su boleto: un apartado de dos literas con cuatro camas y una mesa plegada en el centro, bajo la ventanilla.

—*Zdrastvuyte* —exclamó al entrar al compartimento, donde ya estaban instalados los otros tres pasajeros.

—*Zdrastvuyte* —respondieron los soviéticos con indiferencia, sin quitar la vista de la ventana desde donde se despedían de sus acompañantes con mirada nostálgica.

Tenoch colocó sus maletas en la parte superior de la litera izquierda y se dejó caer sin fuerzas en uno de los rincones. Los otros pasajeros eran dos mujeres y un hombre, que se apeñuscaban frente a la ventana.

De nuevo sonó el estridente silbato y el tren comenzó a moverse, avivando los movimientos de despedida de aquellos que se quedaban anclados en el andén.

Atisbó su mirada por la ventanilla del pasillo buscando a su amigo Diómedes, a quien había encontrado casualmente en la estación, justo cuando llegaba con otro sudamericano procedente de Astrakán. Los tres se sentaron a tomar una *pivo* (cerveza) para recordar los tiempos en que Tenoch y Diómedes llegaron en 1980 a Minsk, cinco años atrás, a estudiar en la misma preparatoria. Y por distraerse en la celebración del reencuentro casi pierde el tren. Diómedes había nacido en el seno de una familia humilde en un pueblo llamado Baní, en la República Dominicana, en donde a sus pobladores les apodaban "los sembradores de hielo", ya que en las mañanas recibían los bloques de hielo del camión frigorífico y los envolvían en mantas para enterrarlos y conservarlos sólidos el mayor tiempo posible, en medio del calor sofocante de la isla caribeña.

Tenoch se despidió de su amigo levantando la mano y esbozando una sonrisa. Había corrido con suerte, pues la puerta del vagón estaba abierta y sin sobrecargos. Seguro que en otros tiempos le hubieran prohibido abordar por llegar tarde; era evidente que las cosas estaban cambiando con la Perestroika. De nuevo sonó el melancólico silbato de la máquina, acompañado del rechinar de los metales, que arrancó diversos sentimientos a las personas que viajaban, una mezcla de alegría, emoción, incertidumbre y también la tristeza de cuando se dejan atrás los seres y lugares queridos.

Finalmente, el tren tomó velocidad y poco a poco se alejó, primero de las luces de la estación, luego de los edificios y casas, hasta dejar atrás las calles del centro de Minsk. Todo parecía correr a gran velocidad y en sentido contrario al tren mientras que los pasajeros mantenían sus miradas más allá de los cristales de las ventanillas. Pronto la ciudad desapareció y el paisaje se transformó en interminables campos de cultivo. La penumbra transformaba el dorado del trigo en alfombras de color pardo que se mecían al ritmo del viento. El camino de Minsk a Moscú era plano, casi recto, y sólo las vías férreas se abrían paso entre los sembradíos.

La oscuridad se apoderó del horizonte, pero Tenoch y sus compañeros de viaje parecían no haberlo notado, continuaban con los ojos clavados más allá del reflejo de sus rostros sobre los cristales. Luego, se escucharon un par de suspiros y lentamente regresaron a la realidad para mirar de reojo y por fin conocer a sus acompañantes de cabina. Eran cuatro desconocidos que compartirían ese pequeño espacio durante las próximas once horas.

Un silencio mansurrón de indiferencia flotaba en el ambiente. Cada uno guardaba para sí los planes y las razones de su viaje. Para Tenoch, este desplazamiento significaba el regreso temporal a México, después de permanecer cinco años en la Unión Soviética, donde estudiaba ingeniería. Le dieron la oportunidad de realizar sus prácticas profesionales en una empresa eléctrica mexicana.

Ahora, ya en el tren, iniciando el camino de vuelta a su ciudad natal, se preguntaba cómo encontraría a su familia. Sabía muy poco de ellos porque en esos tiempos las cartas tardaban entre veinte y treinta días para viajar en un solo sentido y otro tanto para regresar con la respuesta. Tampoco hablar por teléfono era fácil, se necesitaba acudir a las cabinas para solicitar una conexión programada, pero como su familia no tenía teléfono era necesario pedir el favor de recibir la llamada en la tienda de la esquina. La familia de Tenoch era humilde; vivían en un barrio donde por muchos años sólo había existido un televisor en toda la calle, cuyo dueño era un músico que tocaba en el trío de *Los gatos negros* y sus hijas eran conocidas en el barrio como "las muchachas de la casa de la televisión". Era uno de los siete barrios más viejos y tradicionales de San Luis Potosí.

Cerró los ojos y a su mente llegaron imágenes de cuando tenía seis años: una vez que regresaba con su madre del mercado en un camión con suficientes asientos libres. El pequeño Tenoch se escabulló rápidamente a su lugar favorito, el borde que formaba el resaque de la llanta trasera sobre el piso del camión; desde ahí podía observar parado todo a su paso y colocar las bolsas en el asiento junto a su madre. A ella le gustaba ir los sábados temprano al mercado porque decía que a esa hora siempre había de todo y se podía escoger lo mejor.

—Recuerda que "al que madruga, Dios le ayuda". Luego sólo encuentras lo que la gente no quiso. Aunque yo le quise madrugar a la vida casándome muy joven, dizque para terminar temprano, pero los años pasan y nomás no termino —decía, sin dejar de reír, mientras abrazaba al noveno de los once miembros de la familia.

Del mercado volvían con las bolsas de ixtle repletas de maíz, frijol, chile, cebolla, jitomate y con una manilla de plátanos para repartir a la numerosa familia.

—Ten, te toca un plátano completo porque me ayudaste a cargar —le dijo la madre cuando llegaron a casa—. Y cuidado con decirle a los demás, porque sólo alcanza una mitad por cabeza, el resto es para tus hermanos que trabajan.

Llegando a casa su madre encendía el fogón para colocar sobre los tenamastes la cubeta con agua y maíz, luego echaba un puño de cal y se iba a revisar las tareas que había dejado a las hermanas mayores de Tenoch. El trabajo consistía en doblar y separar las piezas de los uniformes que su madre había cosido desde las cinco de la mañana hasta antes de salir al mercado.

—No dejes que se apague la lumbre del fogón hasta que se cueza bien el maíz. Me avisas cuando esté listo el nixtamal para quitarle el nejayote y llevarlo al molino, porque, si lo dejamos mucho tiempo sin enjuagar, las tortillas salen nejas.

Tenoch se percató de que no había leña suficiente para hacer las tortillas. Sólo había algunas ramas del enorme pirul que había crecido en el corral; sus ramas perezosamente colgaban hasta llegar al suelo. El niño las jaló vigorosamente y éstas cedieron, soltando un blanquecino y pegajoso líquido que impregnó sus manos.

—Gracias, hijo, por tu ayuda, aunque a veces creo que contigo me sale más caro el caldo que las albóndigas. Ahora hay que lavarte las manos para quitarte ese olor.

—¿Por qué dices eso? Ma, ¿por qué sabes tantas cosas?

—Ah, porque yo he vivido mucho.

—¿Vivir? ¿Y qué es la vida?

—Ay, hijo, mejor ve a ver si ya puso la marrana.

El muchacho corrió al chiquero en donde la trompuda marrana blanca de chaleco negro descansaba. Se fijó bien por debajo del animal, pero sólo encontró estiércol por todas partes. Corrió de regresó a la improvisada cocina de adobe y techo de láminas, donde se encontraba su madre, para decirle:

—Pues no sé, sólo hay caca por todos lados.

Su madre soltó la carcajada por la inesperada respuesta del muchacho, quien permanecía serio sentado a su lado, atizando la lumbre. Al ver que sería imposible deshacerse de él, su madre buscó palabras para contestar su pregunta y le dijo:

—¿Cómo explicarte? La vida es como el camión en donde nos subimos de regreso del mercado. Los que van arriba no escogen a los que suben. Cada uno decide el camino que quiere tomar y escoge su ruta. Algunos comparten sólo un par de estaciones, otros un largo tramo. Algunas veces los compañeros de viaje son incómodos y podemos cambiarnos de lugar para evitarlos, pero en otras ocasiones no hay más remedio que aguantarlos hasta que se bajen o que nosotros lleguemos a nuestro destino. Pero, si te fijas bien, siempre podrás aprender algo de cada acompañante, por más corto que sea tu viaje.

Mientras ella decía esas últimas palabras, sus ojos se empezaron a inundar de lágrimas, pero Tenoch nunca supo si los sollozos fueron por el humo o por los recuerdos de su padre, que cada vez se alejaba más de la familia.

—Atiza el fogón para que no se apague la lumbre. Estas ramas de pirul son, como dice la canción: *"Pobre leña de pirul, que no sirves ni pa'arder, nomás para hacer llorar…"*.

Las luces de una estación del tren eléctrico a las afueras de Minsk iluminaron el interior de la cabina. El ruido de los metales al reducir la velocidad lo sacó de sus recuerdos. Ahora miraba pasar a los vehículos que transitaban paralelos por la autopista a Moscú. Muy cerca de ahí se encontraba la montaña artificial más grande de la región: el Montículo de la Gloria, una pequeña loma de casi cuarenta metros de altura que ahora estaba cubierta por las sombras de la noche.

Años atrás Tenoch había visitado este lugar, era una excursión obligatoria para todos los estudiantes extranjeros de nuevo ingreso en Bielorrusia: representaba algo muy importante para el pueblo soviético. La loma estaba coronada con cuatro bayonetas, símbolo de los cuatro frentes de soldados y partisanos soviéticos que acorralaron y capturaron a más de treinta y cinco mil soldados y oficiales nazis en el verano del 44. Su diseño estaba basado en la antigua tradición eslava que dice: "Un puñado de tierra para todo habitante de este planeta", de tal forma que para su construcción se había traído tierra de cada rincón de la Unión Soviética.

La puerta corrediza de la cabina se abrió abruptamente ante el asombro de los pasajeros que, un tanto sobresaltados, vieron entrar a la sobrecargo. Era una mujer de figura atlética con sensuales curvas que apenas lograba ocultar en la vestimenta de oficial militar. El color de la blusa, azul turquesa, resaltaba el rojo de sus bien delineados labios enmarcados en un rostro opalino. Su seriedad era reiterada por una corbata oscura y gorra militar que distraídamente permitía caer un mechón dorado sobre su frente. Los ojos azules, bordeados por enormes pestañas, miraban fríamente, deteniendo cualquier intención indiscreta en la mirada de Tenoch. «La belleza de aquella mujer contrasta con la rudeza y el tacto que sólo los elefantes pueden poseer», pensó Tenoch cuando de un resoplido la chica cuchareó el aire con su labio inferior para quitarse el mechón de cabellos de su frente y refrescarse el rostro.

La oficial apenas abrió sus labios para pedir los boletos. Los cuatro pasajeros se los alcanzaron y, sin decir más, perforó los cartoncillos para luego dar media vuelta y cerrar la puerta de un solo jalón, alejándose con la misma delicadeza con la que había llegado.

Un tanto apenado, Tenoch miró a sus compañeros de viaje y se dio cuenta de que todos habían notado su conmoción desde que la chica entró a la cabina. Turbado, se puso de pie y trató de acomodar sus maletas bajo la litera.

Minutos después, nuevamente se abrió la puerta con cierta dificultad. Entró otro sobrecargo, ahora un hombre, con mangas de camisa y corbata. El joven tartamudeó y sonriente ofreció té y galletas. La bebida caliente se servía en unos vasos de cristal envueltos en portavasos de plástico dorado que simulaba el latón original. El té era conocido como *ruskiy chay*, y Tenoch realmente lo disfrutaba; le gustaba su aroma y sabor. Cada sorbo de *chay* le arrancaba recuerdos de su llegada a la Unión Soviética. La bebida, la cucharilla y hasta los pequeños cubos de azúcar ahora formaban parte de las memorias de sus largos viajes en tren por diferentes lugares, dentro y fuera de la URSS.

Junto con él viajaban un hombre mayor y dos mujeres que, aunque tímidamente, fueron las primeras en presentarse. La primera dijo llamarse Irina; era alta y robusta. Cuando se presentó, esbozó una leve sonrisa, dejando ver el destello de un canino dorado. Irina dijo vivir en Baranovichi, a unos 152 kilómetros de Minsk, donde trabajaba en un almacén de ropa infantil. Luego habló Vera, quien rondaba los cincuenta años; mujer delgada y alta, de sonrisa discreta y dulce mirada. Dijo ser maestra de primaria en Minsk. Ambas mujeres preguntaron casi en forma simultánea:

—¿Y usted de dónde es?

—Hola, mi nombre es Tenoch. Soy de México —contestó sonriendo amablemente.

—¿Tenoch? ¿Qué significa?

—Significa "tunal de piedra" y era el nombre de uno de los sacerdotes que guiaron a los mexicas al lugar donde se fundó lo que hoy es la Ciudad de México.

¿Tunal? Las mujeres se miraban sin entender de qué hablaba el muchacho mexicano, pero estaban sorprendidas por su perfecto manejo del idioma ruso.

—¿Y a qué va a Moscú?

—Viajaré a México para realizar ahí mis prácticas profesionales.

—Ah, usted sí que va lejos —exclamó Irina con gracia y alegría casi infantiles—. Yo pasaré algunos días de vacaciones en Moscú. Allá me encontraré con mi nuera y juntas iremos a recibir a mi hijo al aeropuerto. Él ha estado haciendo su servicio militar en Afganistán y no saben lo felices que estamos de saber que regresa sano y salvo después de dos años, porque, aunque no está exactamente en el frente, no ha dejado de preocuparnos la cantidad de vidas que se pierden en esa guerra sin sentido. Pero mañana por fin lo podré abrazar e iremos a la *dacha* (casa de campo) de sus suegros, en las afueras de Moscú.

—Tal vez sea una guerra difícil de entender, pero es necesaria y justificable, como todo lo que hace nuestro partido —interrumpió Yuri, un flemático ruso que había permanecido de pie todo el tiempo, tratando de dejar en claro su posición política, mientras extendía su mano para presentarse como Yuri Alexandrovich, catedrático de la Facultad de Historia de la Universidad de Moscú.

—Bueno, yo también tendré un reencuentro. Voy a Tula. ¿Alguien de ustedes conoce Tula? En realidad yo no, pero mañana llegando tomaré un tren eléctrico y ya veremos —comentó Vera con el afán de abrir un tema de conversación.

Yuri frunció el ceño mirando fijamente a Vera y con aire de intelectual le dijo:

—Tula es una ciudad llena de historia e imponente arquitectura, tal vez no sea tan grande como Minsk o Moscú, pero, sin lugar a duda, es muy interesante. Estoy seguro de que le encantará.

—¿Y usted conoce Tula? —le preguntó Yuri a Tenoch.

—No, no la conozco. He oído hablar mucho de esta ciudad, pero no he tenido la oportunidad de conocerla. ¿Ustedes saben que en México existe una ciudad con el mismo nombre?

—¿Es cierto? Jamás lo hubiera pensado —respondió Yuri.

—De lo poco que recuerdo: ambas tienen una antigüedad similar, sus nombres se escriben igual, significan lo mismo y se pronuncian de la misma forma, sólo que culturalmente son muy diferentes.

La charla se tornó relajada y amigable, como si todos se conocieran desde hacía mucho tiempo; la conversación del té se transformó en una cena que prometía una interesante velada. Las mujeres sacaron de sus bolsos pan de centeno, salchichas, salami, manzanas y pepinillos, alimentos que los soviéticos acostumbraban a llevar consigo en sus viajes. Espontáneamente y sin ponerse de acuerdo, cada pasajero escarbaba en sus maletas buscando algo para compartir. Tenoch extrajo unos chocolates y galletas mientras intentaba explicar dónde se localiza México.

Yuri sacó de un portafolio similar a un maletín de médico, que igual servía de maleta de viaje, alacena y cantina portátil, una botella de vodka, esbozando una leve sonrisa. También extrajo dos pescados ahumados y un paquete de *sala* (grasa y piel de cerdo curados con sal), envueltos en la sección de deportes de la gaceta *Pravda,* con fecha del 12 de junio de 1985, apenas un día atrás. Yuri se disculpó tímidamente porque eso era todo lo que él podía aportar al banquete. Sin embargo, todos coincidieron en que su parte era la más importante y hasta bromearon diciéndole que tal vez en realidad le entristecía compartir su bebida.

Pusieron el seguro en la puerta y se sirvieron los tradicionales "cien gramos", tal como se denominaba la cantidad de un caballito de vodka. Con el brindis se rompió el hielo y se abrió el apetito.

—¡*Na zdarobia*! —dijo Yuri cuando levantó su vaso.

—¡*Na zdarobia*! ¡*Za druzhbu*! —respondieron todos.

—Sírvanse, por favor —exclamó Irina.

Tomaron asiento en la parte baja de las literas y los cuatro tripulantes de la cabina comieron los bocadillos sobre los improvisados platos de periódico.

Después de haber vivido más de cinco años en la URSS, Tenoch había aprendido a viajar compartiendo alimentos cuyo sabor y apariencia jamás se hubiera imaginado. Estaba completamente integrado a las costumbres y gustos de sus anfitriones. Conocía el ritual de inhalar profundamente el olor del pan de centeno para posteriormente ingerir de un solo trago el vodka sin mezclar, comer una porción de *sala* acompañada de un trozo de pan de centeno y una rodaja de cebolla. Tampoco eran nada despreciables los trozos de pescado que el profesor llevaba consigo en la bolsa interior de su saco cuidadosamente envueltos en el diario matutino *Estrella Roja*.

Mientras comían, continuaron con la conversación a cerca de la coincidencia del nombre de las ciudades de Tula en Rusia y en México. Yuri, quien era una eminencia en historia, describía con santo y seña la ciudad de Tula en Rusia.

—Fue fundada a orillas del río Upa en el año 1146, a unos doscientos kilómetros de Moscú en el siglo XII. Su ciudadela de ladrillo rojo fue construida en 1530 y la Catedral de la Asunción, con sus cúpulas doradas y la fortaleza o *kremlin* en el centro, se edificó en 1764.

Yuri hacía alarde de sus conocimientos en el tema, citando que el origen del nombre Tula era todo un enigma. Explicó a sus acompañantes que existían versiones de que este lugar fue llamado así por los bosques de Tulilas que crecían a las orillas del río Upa, mientras que otras versiones aseguraban que se debía a un ramal del río conocido como Tulitsya, que significa "de cara al bosque". Explicó que también existía la versión de que el nombre de la ciudad no era de origen ruso, sino lituano, ya que antiguamente ese había sido territorio del Reino Lituano y que su nombre significaba colonia o asentamiento a orillas del río.

Cuando Yuri hablaba, era evidente su pasión por la historia; arrojaba datos y cifras con tal seguridad y certeza que nadie dudaba de la veracidad de lo que decía:

—En 1712 el famoso zar ruso Pedro el Grande encargó a los herreros de Demidov construir la primera fábrica de armamento ruso y, con el paso de los años, Tula se convertiría en el centro de trabajo del hierro más grande de toda Europa del Este, jugando un papel muy importante durante la Segunda Guerra Mundial. En el otoño del 41 fue uno de los principales objetivos de los alemanes en su camino a la ocupación de Moscú, pero la ciudad se había convertido en una auténtica fortaleza y el Segundo Ejército Panzer de Alemania nazi fue detenido y acorralado muy cerca de ahí.

Finalmente, Yuri mencionó que a unos cuantos kilómetros de Tula se localizaba "Yasnaya Polyana", el lugar donde descansan los restos del famoso escritor ruso León Tolstoi.

—Ahí vivió y escribió las novelas *La Guerra y la Paz* y *Anna Karenina*. Hasta pudiéramos decir que el lugar, además de histórico, tenía cierta magia para la inspiración de uno de los escritores clásicos de la literatura rusa —concluyó Yuri.

Tenoch no bien salía de su asombro al conocer la historia que tenía Tula para los soviéticos, especialmente para los rusos, cuando la pregunta de Irina lo sacó de sus meditaciones.

—¿Qué nos puede contar usted acerca de la otra Tula? Sí, la de México.

—Bueno, realmente mis conocimientos no son tan profundos como los de Yuri, sin embargo, trataré de explicarles algunas cosas que conozco.

Para darse un respiro, Tenoch llenó nuevamente los vasos con vodka y propuso un brindis *"do kontsá"*, a lo cual los soviéticos respondieron con gran aceptación, empinándose el vaso hasta el fondo para después iniciar su relato sobre Tula de Allende, Hidalgo. En uno de los papeles de envoltura de la comida dibujó el mapa de México y la localización de Tula. Sin embargo, estaba consciente de que para ellos era difícil ubicar un lugar tan lejano geográfica y culturalmente. Exótico, decían ellos y, a pesar de esto, inició su relato.

—Bueno, como ustedes saben, el nombre de mi país en ruso es Meksika y se deriva del nombre de una de las culturas prehispánicas. Tal vez para ustedes las culturas más conocidas sean la azteca y la maya, pero en el territorio mexicano había otras culturas, como la olmeca, mixteca, zapoteca y tolteca, entre muchas más. Esta última fundó lo que hoy llamamos Tula de Allende, en el estado de Hidalgo, a unos cien kilómetros al norte de la Ciudad de México. El nombre de Tula se deriva de la raíz náhuatl *Tollan*, que significa lugar de carrizales.

—Pero ¿quiénes eran los toltecas? ¿Por qué en la historia son más importantes los aztecas y los mayas? —preguntó Yuri.

—Los toltecas fueron una etnia dominante, su influencia se extendía desde el norte de México hasta el sureste de la península de Yucatán. Actualmente nosotros identificamos a Tula como la zona arqueológica homónima que resguarda a los Atlantes o Gigantes de Tula, que son figuras de piedra de cuatro y medio metros de altura que representan al dios Quetzalcóatl. *Tollan* existió por casi cinco siglos como centro del pueblo tolteca antes de ser arrasado por tribus chichimecas del occidente de país.

Después de la explicación de Tenoch, sus acompañantes de viaje estuvieron de acuerdo en que era extraño que ambos sitios, tan distantes geográficamente, fueran bautizados con nombres similares en idiomas y culturas tan diferentes.

Como era de esperarse, las palabras de origen náhuatl eran impronunciables para sus compañeros de viaje. Además de que, como en el resto del mundo, al mexicano se le estereotipa como un jinete a caballo con un gran sombrero y una botella de tequila en la mano.

—Yo conozco dos palabras mexicanas: tequila y pulque, pero ¿qué es el pulque? —interrumpió Irina.

—Es una bebida que se extrae de un cactus llamado agave. Es conocida como "la bebida de los dioses".

—Pero ¿es lo mismo que el tequila? —preguntó nuevamente Irina.

—No. El pulque se obtiene de la fermentación del aguamiel, o savia, que se acumula al extraer el centro del agave, mientras que el tequila es un destilado del corazón de la planta. Durante muchos años, en algunas comunidades de México, el aguamiel y el pulque han sido las únicas bebidas potables que se pueden encontrar y, gracias a sus propiedades, la gente subsiste.

—Y, ¿por qué bebida de los dioses? —preguntó Vera.

—Porque antes de la llegada de los españoles el pulque sólo se permitía ingerir a los sacerdotes y adultos mayores. La embriaguez era un delito que se castigaba con severidad, pero durante algunas fiestas religiosas se permitía consumir esta bebida a todo el pueblo. El pulque no requiere almacenarse o destilarse para su consumo, ya que el "aguamiel", como se le llama cuando se extrae del maguey, sólo necesita de unas horas para fermentarse y transformarse en pulque —concluyó Tenoch.

Los soviéticos no lograban comprender todas esas palabras ni las condiciones de vida de un país tan lejano como extraño para ellos. Por momentos, Tenoch sentía las miradas poco discretas de Irina y Vera, quienes no encontraban coherencia entre facciones, vestimenta y la conversación que mantenía en ruso con un acento casi imperceptible, acompañado de expresiones corporales y léxico tan propios de los jóvenes locales.

Ambas desconocían que Tenoch había trabajado arduamente con una férrea maestra de ruso, que en su juventud había sido cantante de ópera y también partisana durante la Segunda Guerra Mundial. Tenoch, como todo perfeccionista, solía encerrarse por las noches en la misma aula de clases repitiendo frases, oraciones, poemas y discursos hasta sentir la lengua adormecida. Gracias a ello había logrado ser radio locutor de la facultad en su primer año de estancia. Además, conocía bien el lenguaje coloquial que utilizaban sus compañeros soviéticos. Algunos de ellos ya habían aprendido a hacer oraciones en doble sentido, a la usanza del "México", como solían llamarle.

Sus compañeros de viaje no aguantaron la curiosidad y Vera le preguntó:

—¿No extraña su vestimenta?

—Por favor, señoras, nuestro invitado ya tiene tiempo viviendo aquí, por tanto, ya ha adquirido nuestras costumbres de vestir. En nuestras tiendas se puede conseguir cualquier cosa como en Occidente —interrumpió Yuri.

—No exactamente. México es una mezcla de contrastes económicos, sociales y culturales y la Ciudad de México es una de las ciudades más grandes del mundo. Por tanto, la forma de vida no necesariamente es como la describen en el cine, especialmente en las películas que llegan acá. Yo desde que tengo memoria uso blue jeans porque mi madre cosía uniformes para obreros, militares y mineros. Sólo que en México a esta tela la llamamos mezclilla, por ser una mezcolanza de fibras. En la familia siempre usábamos pantalones o chaquetas hechas de los sobrantes de uniformes que mi madre cosía. Incluso hasta ahora mi hermano mayor, después de muchos años, conserva un cobertor hecho de pequeños trozos al que le llamábamos "cocodrilo", por su apariencia.

Tenoch sabía de lo que hablaba, porque cuando recién llegó a la Unión Soviética en varias ocasiones lo habían parado por la calle para preguntarle si vendía sus pantalones. También le resultó interesante conocer que sólo en México se le llamaban pantalones de mezclilla, mientras que en el resto del mundo se les conoce como jeans o blue jeans.

—Cuando era pequeño, la tela no era como la de ahora, era muy dura y resistente. Mi madre siempre tenía en los cajones de su máquina de coser una vela de cera para ungir la tela antes de coserla, ya que muchas veces era tan dura que se rompían las agujas. Bueno, la vela también servía para alumbrar, pues ella empezaba a trabajar antes de las cinco de la mañana. Sus huellas digitales habían desaparecido, en sus dedos y articulaciones tenía callos y deformaciones, fruto del arduo trabajo de sobar el dobladillo y marcar las costuras antes de coser las piezas. Recuerdo que cuando era niño me resultaba vergonzoso vestir un jean casi blanco después de tantas lavadas, con remiendos y orificios que se cubrían con parches por la parte interna y se pasaba la máquina de coser varias veces sobre la parte roída para formar lo que le llamábamos "guitarras" o "televisores" cuando se cortaba el cuadro completo y se insertaba un pedazo de tela nueva. Sin embargo, ahora todo eso está de moda y aquí en la URSS unos pantalones así te pueden costar hasta diez veces el valor de unos soviéticos.

—Cuando regreses puedes traer varios. Se venderían como pan caliente —exclamó Irina.

—No es así de fácil. El gobierno soviético sólo permite introducir al país dos jeans y dos vaqueros de pana (corduroy) para uso personal. Por supuesto, esto es legalmente, pero hay quienes se las ingenian para hacer su negocio —respondió Tenoch.

—Sí, yo conozco extranjeros que llegan a introducir mucho más que lo que nuestras leyes permiten —exclamó Yuri.

—Yo también conozco a algunos extranjeros que viven como reyes. Creo que eso no es justo —replicó Irina, quien estaba enfundada en unos jeans de marcadas arrugas.

—Vamos, señoras, la vida es justa y tenemos lo que necesitamos, tal como dijo Lenin: "A cada quien por su trabajo y de cada cual por su capacidad". Los obreros pueden percibir mayor salario porque su vida útil es más corta que la de los intelectuales, con un promedio de vida más largo. Por eso es que nuestro país es poderoso y autosuficiente —confirmó orgullosamente Yuri.

—Bueno, yo estoy aquí temporalmente, sin embargo, si me permiten, les diré que este es el cuarto gobierno que me toca vivir. Estamos en plena Perestroika y los cambios se sienten cada vez más. ¿Se han preguntado qué serían capaces de hacer cada uno de ustedes para conservar lo que tienen?, ¿están preparados para los cambios que se avecinan? —cuestionó Tenoch.

Como catapultado por un resorte, Yuri pidió una pausa y se puso de pie para sacar de su maleta una segunda botella, ahora de *samagón*, bebida que se fabrica en forma clandestina, pero que guarda los mismos demonios que el mejor de los vodkas.

Mostró la botella y su rostro de palo por primera vez esbozó una sonrisa al preguntar si estaban preparados para cerrar la cena con tan preciosa muñeca mientras abrazaba la botella sin etiqueta. Las mujeres se miraron entre sí y exclamaron:

—*A kak zhe? Davay!* (¿y cómo así? ¡Adelante!).

Yuri repartió el espirituoso líquido con una precisión casi milimétrica, volvió a cerrar la botella y la guardó bajo la almohada de una de las literas, pues, a pesar de que la puerta estaba cerrada, era mejor no tener las botellas a la vista, por la prohibición del consumo de bebidas alcohólicas a bordo. Nuevamente bebieron, sacudiendo sus cuerpos y cerrando los ojos, como queriendo oponer algo de resistencia al fuerte sabor de la bebida etílica.

—¿Por qué va a Tula? —preguntó Tenoch.

Vera suspiró. Fue evidente que en su memoria se arremolinaban recuerdos y sufrimientos que ahora, frente a tres desconocidos, se preguntaba si era la oportunidad de abrirse y contar todo aquello que guardaba sin temor a ser juzgada. Sus ojos se clavaron en el pasado con una mirada que hizo a Tenoch arrepentirse de haber soltado la lengua con esa pregunta.

—Finalmente, después de cuarenta años, me reencontraré con mi padre en Tula.

Era innegable que le resultaba difícil hablar del tema, sin embargo, se sentía animada por la mirada curiosa de sus compañeros de viaje. Tal vez en su interior hasta agradecía la curiosidad del mexicano. Nuevamente tomó aire y escurrió las últimas gotas de *samagón*. Luego, con voz opaca, continuó:

—Cuando tenía cinco años quedé huérfana. Al menos eso pensé. Yo vivía en un pequeño poblado de Bielorrusia llamado Khatyn.

Al escuchar ese nombre Tenoch se estremeció, pues años atrás había visitado el memorial de Khatyn, o caserío en bielorruso.

Era un lugar muy solitario y lúgubre en medio del bosque de abedules, donde se percibía una gran tristeza y sufrimiento.

—Éramos una población pequeña. Tal vez dos docenas de casas. Nos dedicábamos a la siembra de papa y trigo. La guerra había llegado y sufríamos ataques constantes de los alemanes. Sabíamos que ya habían destruido totalmente Minsk y seguían su paso hacia Moscú. Sin embargo, nuestro ejército se batía en los campos de batalla y mi padre, como todos los hombres capaces de cargar un arma, se habían integrado a los grupos locales de guerrillas organizadas o partisanos, como se les llamaba. Por supuesto que ellos no estaban entrenados. Muchos años habían pasado desde que mi padre y otros vecinos habían servido al ejército. Para algunos jóvenes, como mi hermano, la edad para enrolarse en las fuerzas armadas aún no había llegado, sin embargo, algunos acompañaban a los mayores y se aventuraban a salir de la aldea para emboscar a pequeños grupos de alemanes que venían en avanzadas explorando el terreno. Los bosques de abedules eran nuestros cómplices, formaban paredes blancas con pequeñas manchas de color café que disimulaban los caminos. Cada día escuchábamos por la radio el implacable paso de las tropas alemanas; el poderío de su ejército era tan impresionante como el coraje y la valentía de los nuestros. El ejército soviético y partisanos eran masacrados en los campos de batalla cada día, era una guerra interminable, donde parecía que toda la sangre de un pueblo nunca sería suficiente para saciar la sed del enemigo. Todo indicaba que lo único que buscaban era la extinción de nuestra raza. No encontrábamos una razón y estoy segura de que no existe un Dios que pueda perdonar tanta crueldad y odio. Aún no comprendo cuál es el pecado de un pueblo que quiere vivir en paz. Nunca olvidaré la mañana de un lunes de mayo del 42. Después de un crudo invierno finalmente los campos reverdecían y la nieve había desaparecido apenas un mes atrás. La mañana estaba fresca y el Sol empezaba a asomarse por encima de los bosques de abedules, filtrando sus rayos entre el humo de las chimeneas que calentaban las casas de la aldea. Un pequeño rayo de luz atravesó nuestra cortina para iluminar mi cama. Entre sueños recuerdo el cálido beso de mi padre y el susurro que me alentaba a seguir en la cama. Antes de la guerra, mi padre y mi hermano me despertaban a esa hora para ir a hacer pequeños surcos en los abedules y extraer su jugo, que gota a gota guardábamos en frascos. El "ordeñar" los árboles era algo que yo disfrutaba y que siempre recordaré, pero la guerra nos cambió la vida, destruyó nuestra familia, me robó a mi padre, quien cada día se alejaba más y más hasta llegar a visitarnos sólo algunas veces y no siempre era posible que se quedara a pasar la noche en casa. Eran tiempos difíciles. A mi hermano también lo veía cada vez con menor frecuencia, él seguía en el bosque con el grupo de partisanos. Tengo el vago recuerdo de cuando mi padre pasó su mano por mi pelo y mi mano acarició su barba instintivamente; después de un cálido beso en la mejilla me cobijó y, con paso discreto, se retiró. Tras cerrar la puerta alcancé a oír cuando se despedía de mi madre. Ese es el último recuerdo que tengo de él, pues junto con otros partisanos partió nuevamente al bosque, donde se decía que acampaba un regimiento nazi. En la aldea quedamos sólo niños, ancianos y algunas mujeres que cuidaban de nosotros. No puedo decir que sentí algo extraño o diferente cuando los pasos de mi padre se perdieron atrás de la puerta. La guerra nos había atrapado y poco a poco nos asfixiaba el yugo de los alemanes en su marcha implacable hacia Moscú. Parecía que oponíamos resistencia inútilmente a un trágico final predecible. Pasadas las siete de la mañana, mi madre me despertó. Nuestra vida continuaba y, aunque la comida era escasa, siempre sería un privilegio ser pequeño, ya que nuestras madres no escatimaban esfuerzos para alimentarnos, incluso a costa de su propia salud. Las clases normales se habían suspendido, pues nuestras maestras estaban en los grupos de partisanos o se habían enrolado en el ejército. Sin embargo, se improvisó un salón de clases en un establo y nuestras madres se turnaban para dar continuidad a los programas de estudio. Compartíamos nuestras clases entre perros, cerdos y pollos que algunas veces parecían estar más atentos que nosotros; jugábamos con ellos mientras se acostaban a nuestro lado para que les rascásemos su panza. Esa mañana habían transcurrido dos clases y un descanso tan corto como un suspiro, sólo pudimos darnos cuenta de que éste había terminado cuando mi madre nos llamó de regreso a clases y azotó la pizarra con una rama, solicitando nuestra atención. Súbitamente, se escuchó un relinchido de la mula en el abrevadero, seguido de la estampida de nuestros perros, que nos hizo ponernos de pie y salir inmediatamente a la puerta del establo. La sorpresa se transformó en miedo y un sudor frío de pánico ante lo inevitable se apoderó de mí. Observé cómo los ancianos que vigilaban la aldea habían sido brutalmente golpeados antes de ser amarrados y arrastrados por los caballos del ejército nazi. Ellos vestían elegantes, impecablemente uniformados, abrigados con gabardinas de piel negra de la firma de Hugo Boss, encargada de la vestimenta de las fuerzas especiales del Führer. Con desprecio azotaban brutalmente con su fuete los cuerpos de las mujeres que se aferraban a sus maltrechos maridos. Nerón, mi pequeño cachorro que minutos antes acariciaba, salió al encuentro de la comitiva nazi. Un militar, sin inmutarse, sacó la pistola y le disparó en la cabeza. Era la primera vez que veía morir a alguien que yo amaba. Mi madre me tomó con fuerza de los hombros para detener mi instinto de recoger el cuerpo del animal. Con la misma mirada de indiferencia, el militar, sin voltear completamente su torso, apuntó a la cabeza de unas mujeres que gritaban y las calló para siempre. Sus cuerpos quedaron inermes junto a sus maridos en agonía. Luego, el jinete enfundó el arma que aún humeaba sin el menor parpadeo. Un silencio de terror se apoderó de todos nosotros, los habitantes de Khatyn, que fuimos enfilados a punta de pistola y llevados frente al establo. Se escucharon los últimos gemidos de uno de los viejos centinelas que era arrastrado y pisoteado por las patas del caballo, luego sus quejidos fueron ahogados con el chasquido de la bayoneta de un joven soldado que penetró su pecho. Una extraña sensación de terror me embargaba cuando escuchaba hablar en esa lengua, todo me parecían gritos y reclamos de unos a otros, pero muchas veces sus ojos no decían lo mismo que sus palabras, especialmente cuando se referían a las mujeres jóvenes. Algunos soldados las sometieron a golpes y empujones hasta los graneros mientras se discutían los planes para el resto de la población. Escuché los gritos y el llanto del infortunio mientras mi madre me escondía bajo su falda. Pude ver cómo algunos militares salían del establo, sonrientes, subiéndose los pantalones. Los más jóvenes incendiaban las casas con lanzallamas mientras otros arrastraban los cuerpos de las personas asesinadas y violadas al establo, a donde todo el resto de la población también fue conducida. Éramos tantos que el acceso resultaba pequeño y muchos fueron arrollados por la multitud azotada y empujada. Caminamos encima de los cuerpos, en una mezcla de paja, sangre y sudor mientras las ventanas eran selladas por fuera con tablas y troncos, clavadas para que no hubiera escapatoria. Entre varios soldados cerraron las puertas con enormes trancos, presionando nuestros cuerpos contra las paredes del granero. Ya en el interior, escuchábamos las risas y fuertes pisadas de los soldados nazis que caminaban en el techo del establo tapando los últimos orificios de aquella enorme caja de madera con más de un centenar de personas en el interior. Sólo hasta entonces comprendimos cuál sería nuestro final, a pesar de las palabras de mi madre, que me repetía una y otra vez que todo estaría bien, que los nuestros llegarían para salvarnos. Con los empujones fuimos a dar hasta el fondo, justo bajo una de las ventanas bloqueadas. Mi madre trataba con todas sus fuerzas de hacerme un espacio entre las maderas y su cuerpo, resistiendo con sus brazos la presión de la gente que se había transformado en animales, víctimas del pánico ante un trágico final. Tal vez ese era el propósito de los nazis; ver cómo podíamos olvidarnos de todo parentesco, vecindad y amistad; perder la conciencia de lo que somos cuando se lucha por sobrevivir. De nada servían los gritos de algunas voces que reclamaban a Dios su presencia. Finalmente, escuchamos que los nazis bajaban de los techos del establo para iniciar una enorme hoguera con lanzallamas. Por momentos, quizá en un intento por confirmar nuestro destino, se hizo un silencio donde pudimos escuchar el trepidar de las llamas. Esa pequeña pausa de silencio concluyó con desgarradores gritos de dolor y desesperación.

Vera hizo una pausa, sus ojos se llenaron de lágrimas y su voz se apagó. Sacó un pañuelo y se limpió la nariz; un tanto distraída tomó el vaso que le ofrecía Tenoch para dar un sorbo a una nueva ronda de *samagón*. Esta vez no hubo brindis, todos estaban callados, con la cabeza baja. Vera tragó saliva y reanudó su relato.

—Algunas veces todavía sueño a mi madre con esa mirada de coraje y rabia quebrantando la ternura a la que me tenía acostumbrada. Sus ojos se clavaron en los míos y me gritó con una furia que no le conocía: "¡Todo estará bien, *milaya moya* (querida mía), te lo prometo!". Recuerdo que mi madre golpeaba una y otra vez las maderas que cerraban la ventana, sus manos sangraban, pero no dejaba de repetir que yo viviría. Tal vez en ese momento ella ya se había resignado a perecer, pero no estaba dispuesta a dejarme correr con la misma suerte en medio de las llamas. Finalmente, ella logró romper una de las tablas de la ventana, me arrojó al vacío y entre el fuego de

la madera y el crujir de los techos que caían sobre nuestras cabezas pude ver un cielo inmaculadamente azul, apacible, ajeno a la tragedia que se vivía en medio del bosque de abedules. No podía creer que todo sucedía ante la mirada de un Dios que inexplicablemente permanecía inmutable, indiferente y mudo ante el dolor de sus hijos. Era obvio que adentro la muerte estaba asegurada, pero, al arrojarme por aquella rendija, mi madre sabía que yo tendría la posibilidad de vivir —momentáneamente el rostro de Vera se iluminó al recordar lo que su madre le dijo antes de arrojarla—. "Te juro que tú vivirás porque ningún hijo de puta va a decidir cuándo debes morir y nadie te arrancará la vida que yo te he dado". Mi cuerpo cayó en el abrevadero de los caballos mientras las últimas palabras de mi madre resonaban en mi cabeza al cruzar ese pequeño hueco en llamas. Mis gritos de dolor se ahogaron con el chasquido de mi cuerpo al caer en el abrevadero de los caballos. Con el golpe me partí la cabeza; aturdida y empapada caminé descalza sobre las brasas. Era un espectáculo aterrador; las casas ardían y el techo del establo colapsaba sobre vivos y muertos atrapados en aquella hoguera humana. No tuve el valor de volver la mirada atrás. Los alemanes se habían marchado, llevándose los animales de la aldea y todo cuanto les sirviera de alimento en su camino a Moscú. El silencio era espectral, tétrico. No se escuchaba ni el trinar de un pájaro, ni el soplido del viento. Los gritos y quejidos se habían apagado como pavesas. El llanto se volvió un gemido agonizante que se ahogaba en un silencio fúnebre sólo interrumpido por el crujir de los leños al ser consumidos por el fuego. Únicamente el bosque de abedules y yo fuimos testigos de semejante crimen. De las casas y establos aún se desprendían largas lenguas de fuego mientras yo me sumergía en el bosque aturdida, envuelta en aquel vestido hecho trizas que alguna vez fue de color verde con pequeñas flores blancas. Sólo me acompañaba el eco de los gritos desgarradores, la mirada desesperada de mi madre y ese olor penetrante que hacía irrespirable el ambiente y que, a pesar de los años, aún me causa nauseas tan sólo su recuerdo. En el bosque perdí la consciencia y, cuando desperté, lo primero que recuerdo es el dulce sabor del jugo de abedules que me dieron a tomar en un improvisado hospital cerca de Moscú. Dijeron que un grupo de partisanos me había encontrado. Los partisanos eran como nómadas que se movían constantemente para evitar a los soldados enemigos. Sin embargo, no reconocí a nadie, no estaban mi padre ni mi hermano. Mi cabeza seguía bloqueada y mi voz se había apagado. Pasaron más de cinco años para que yo recuperara el habla completamente.

—¿Y qué fue de tu hermano y de tu padre? —preguntó Irina.

—Ese mismo día, el grupo de partisanos de mi padre sucumbió ante una tropa nazi. Mi hermano, como la mayoría del grupo, fue asesinado y mi padre fue tomado prisionero y llevado al gueto de Baranovichi, donde ya había más de quince mil judíos y prisioneros rusos. Los alemanes habían llegado a ese lugar en el otoño de 1941, donde llevaron a cabo otra terrible masacre contra la población judía cerca de la aldea Grobovests.

—Ah, yo sé dónde estaba ubicado ese gueto. Mis padres me contaban que yo había nacido muy cerca de ahí. Luego, durante la guerra, nos fuimos a vivir a Moscú, después, como todas las familias de los trabajadores de la industria armamentista, fuimos trasladados más allá de los Urales, a Omsk —interrumpió Irina.

—¿Baranovichi era parte de Polonia en aquel tiempo? —preguntó Tenoch.

—Baranovichi es una palabra de origen polaco: *Baran-jwicze* —aclaró Yuri—. El poblado inició como una estación de tren en 1870, ese es el porqué de que actualmente es un nudo ferroviario muy importante en Europa Oriental. En 1920 pasó de la Unión Soviética a Polonia y en 1939 nuevamente regresó a ser parte de la Unión Soviética, como consecuencia del pacto Molotov-Ribbentrop.

En el silencio de la reflexión y los recuerdos revividos, Vera se limpió las lágrimas y movió su cabeza como queriendo sacudirse la tristeza para esperar un mañana más prometedor. Luego, silenciosa y lentamente se guardaron los restos de la comida. Una vez tendidas sus camas, las mujeres se despidieron y pasaron a los baños mientras que Yuri y Tenoch se encaminaron al final del pasillo para fumar un *papirosi* (cigarrillos sin filtro y con boquilla de cartón).

El espacio para fumadores entre los vagones estaba fresco. Se podía ver el negro de la noche lleno de estrellas, donde el cielo y los campos de trigo se fundían en la oscuridad. Ambos se miraron sin cruzar palabra. Los aros de humo que emanaban de sus bocas se disipaban con facilidad. La noche empezaba a refrescar y los relatos de Vera aún estremecían sus cuerpos. Ahora era su turno de pasar a los baños y regresar al compartimento.

El pasillo del vagón estaba desierto, sólo una luz amarillenta y tenue lo alumbraba. A su regreso caminaron en medio del silencio interrumpido sólo cuando cruzaron cerca del compartimento de la camarera, de donde salía un sonido casi como susurro que interpretaba el *Himno Nacional de la Unión Soviética*, anunciando la medianoche.

Entraron en la cabina cuando las mujeres ya dormían. Los dos hombres ocuparon sus lugares en la parte alta de las literas, se desearon un sueño reparador y se abrigaron para descansar. Ambos sabían que, para el día siguiente, se olvidarían de los rostros y nombres de sus acompañantes, pero tal vez nunca de sus historias.

Destino caprichoso que unía a esos extraños en un viaje. Tan cercanos y lejanos. Cuántas circunstancias debieron darse para lograr unir a cuatro desconocidos en ese pequeño espacio y en ese preciso momento. Tenoch buscaba en vano una posible razón porque no estaba dispuesto a aceptar que todo era una simple casualidad. Sin embargo, tenía la certeza de que jamás los volvería a ver.

Mientras Tenoch se acomodaba entre las cobijas, en su mente aún danzaba el recuerdo de Vera con su voz apagada y sus ojos inundados de lágrimas. «Sin lugar a dudas, los destinos y las formas de vida nunca se deberían comparar, pues siempre encontraría historias mejores y peores que la propia», concluyó.

Su niñez había sido dura, pero nada que ver con una vida en medio de la guerra. Caminar entre la multitud y tener la sensación de que todos son "normales", sin penas que les hinquen el alma ni glorias que presumir... Pero cuánta razón tenía su madre cuando decía: "Sólo el que carga el costal sabe lo que lleva dentro".

Sin poder conciliar el sueño, en medio de la penumbra del pequeño compartimento que sólo se alumbraba fugazmente con el paso de las luces que se filtraban del exterior, los recuerdos de las penurias vividas por su madre y los relatos de Vera se entretejieron, haciéndole reflexionar sobre el sacrificio que una madre es capaz de hacer para salvar la vida de sus hijos.

Minutos más tarde, a pesar de los ronquidos de Yuri, Tenoch cayó en un sueño profundo. Solamente el fuerte golpe del desenlace de algunos vagones en Smolensk logró despertarlo por un momento.

Capítulo dos

Quien dice lo que no debe, puede escuchar lo que no quiere.

Los recuerdos de su visita a Khatyn y el triste sonar de las campanas entre los restos de las casas quemada mezclados con los terribles relatos de supervivencia de Vera lograron anidarse en el subconsciente de Tenoch. Una extraña sensación de impotencia y deseos de escapar de la escena que sucedía frente a sus ojos, un par de cuerpos esféricos y luminosos se acercaban lentamente, pero a punto de contacto, fueron interrumpidos por un fuerte golpe seco de tolete en la puerta del camarote. El muchacho, aturdido por la pesadilla, con dificultad abrió los ojos y buscó señales de vida en el desierto camarote, pero la ropa de cama ya estaba doblada y la mesa recogida, como si él hubiera sido el único pasajero y todo fuera parte de un sueño macabro. Sintió que el tren aún se deslizaba con lentitud. Confundido bajó de la litera, pero un segundo garrotazo en la puerta lo regresó a la realidad, cuando la voz gritona de la sobrecargo anunciaba la llegada del tren a Moscú, le siguió un estrujante rechinido de metales que poco a poco frenaban la mole de acero. El abrir y cerrar de las puertas de los compartimentos terminó por despertarlo. La cabina ya estaba desierta, no había hecho caso a las llamadas para levantarse y sus acompañantes decidieron no despertarlo. Cuando el tren al fin se había detenido y él se encontraba completamente despierto, abrió la puerta y se asomó al pasillo, que ya estaba del todo lleno de personas con equipaje en mano enfilándose a la puerta de salida.

Tenoch buscó a sus compañeros de viaje; era evidente que tenían prisa, pues estaban entre los primeros pasajeros que se apearían del vagón. Vera volteó y levantó su mano para despedirse desde el frente de la fila. Irina y Yuri hicieron lo propio a través de la ventana, ya desde la plataforma.

En los pasillos del vagón empezaron a flotar con suavidad las notas melódicas de una *balalaika* que entonaba *Bajo los atardeceres moscovitas*, a pesar de que apenas amanecía en la capital soviética. Tenoch bajó del tren y se dirigió a las cámaras de seguridad para guardar su equipaje. Tomó una pequeña mochila, colocó las cosas de aseo personal y un cambio de ropa interior. El bolso tenía pegados distintivos y calcomanías de cada país que había recorrido durante los años de su estancia en Europa. Era una mochila poco atractiva de imitación de piel, con el logotipo del equipo de futbol tunero, club de su ciudad natal, por lo cual tenía un valor sentimental muy especial para él.

Al salir de la estación, Tenoch tomó su mochila, alargó la correa y metió su cabeza para que quedara ceñida a su pecho. Para él era muy importante sentirla, verla, no perder contacto con ella, tanto por su contenido como por los recuerdos que le unían a ella desde años atrás, en el seno de una familia llena de carencias. Su madre era muy creativa y le había hecho un morral con la tela de las piernas de un viejo pantalón de mezclilla para guardar sus libros, con pequeños compartimentos para los lápices. Durante sus estudios en la primaria, su madre también le hacía las libretas; primero cortaba el papel de envoltura, luego las cosía por la mitad y las doblaba colocando la plancha caliente encima. Al principio Tenoch se sentía orgulloso de su morral. Sin embargo, al llegar la secundaria las cosas cambiaron. Las diferencias de clases sociales se hicieron abismales y el morral ya no le parecía tan interesante. Quería una mochila para sus libros como las de todos los niños, así que juntó dinero haciendo mandados y trabajando en lo que podía. Cuando tuvo la mitad del dinero su madre le completó el costo y se fue a comprarla. Cerca del almacén donde la vendían se encontraban unos timadores que jugaban "¿Dónde quedó la bolita?". Había tanta gente y como aparentemente todos ganaban, Tenoch pensó en apostar para regresarle el dinero a su madre. Por supuesto que perdió en esa treta para incautos. Afortunadamente, sólo había jugado una parte del dinero, pero con el resto ya no le fue posible comprar la mochila que quería, sino esa que hasta ahora llevaba. Fue una lección que le sirvió para aprender a valorar las cosas. Había trabajado durante meses limpiando terrenos de maleza, haciendo mandados, lavando chiqueros, bañando pestilentes marranos y se había dejado timar. Entonces comprendió el mal que producían los dichos como "el que no tranza no avanza", frases que sólo ensalzaban la corrupción y promovían la delincuencia en las nuevas generaciones.

Tenoch salió de sus ensoñaciones y se encaminó a la estación del metro más cercana, la *Belorusskiy Vokzal*. La ciudad despertaba y la gente caminaba presurosa por doquier. La mañana era fresca, con un Sol brillante que apenas se levantaba. Se introdujo en un edificio de doble puerta y bajó las interminables escaleras hasta los túneles que alguna vez sirvieron de refugio durante los ataques aéreos alemanes. Sentía cómo el color de su piel y cabello seguían siendo un punto de referencia: el negrito en el arroz que todos volteaban a ver. Había vivido cinco años en ese ambiente. Se desplazaba con naturalidad entre esa mezcla de culturas, dominaba perfectamente su idioma y sus costumbres, sin embargo, no lograba evitar la desagradable sensación de no poder pasar desapercibido por su apariencia física. Salió de la estación del metro y caminó unos pasos con el presentimiento de que su único desayuno serían esos agradables rayos de Sol. Al doblar la esquina que lo conducía a la oficina de *Inturist*, confirmó que no sólo el Sol sería su desayuno, sino que, además, se ahorraría la comida, pues una larga fila de asiáticos, africanos, europeos, árabes y latinoamericanos se habían anticipado a su llegada. Algunos de ellos, incluso, se habían quedado a dormir en las puertas de la oficina de boletos para extranjeros. Sintió que había pecado de ingenuidad al pensar que llegaba temprano. *Inturist* era la única oficina en la URSS que expedía boletos de avión al extranjero. Viajar por tierra resultaba más fácil y barato, por lo que muchos estudiantes del bloque socialista optaban por ir a sus casas en tren y evitar este viacrucis.

Se apuntó en una lista. Le tocó el número 187 de esa enorme torre de Babel que crecía a cada momento. La posibilidad de conseguir un boleto para ese mismo día era mínima. En la fila había personas que sólo apartaban lugares para quien fuera capaz de pagar por un sitio en la lista.

Entre empujones y gritos salieron las autoridades de la oficina para abrir el acceso. Era evidente que su capacidad para mantener el orden estaba rebasada. A lo lejos se distinguía el ingreso de las primeras personas, mientras tanto, otros se amontonaban como abejas en panal, tratando inútilmente de entrar por la fuerza a través de la estrecha puerta.

Por la capacidad del local dos militares cerraron un momento su acceso en medio de insultos en todos los idiomas del planeta. El desconcierto y la desilusión enardeció a todos aquellos que habían quedado fuera. Con la presión de casi un centenar de personas, los grandes cristales cedieron y la multitud atropelló a algunos estudiantes que ya se encontraban en el interior de las oficinas. La milicia pidió refuerzos mientras que los últimos de la fila estiraban su cuello a más no poder para ver lo que sucedía adelante, pero sin ceder un ápice de espacio por temor a perder su lugar. Los gritos y reclamos se escucharon por toda la calle. En cuestión de segundos arribaron varias patrullas con fornidos militares sin más arma que una mirada autoritaria y fría dispuesta a poner orden. Poco después, las sirenas de las ambulancias se abrían paso en el tráfico; bajaron sus paramédicos y atendieron a los desafortunados jóvenes que habían sido lastimados por la multitud. El desconcierto fue aprovechado por algunos vivales que lograron colarse, así como por otros que habían movido sus influencias en consulados y embajadas para tener acceso rápido a las ventanillas de boletos.

Tenoch, desilusionado, pensaba que como siempre: "al perro más flaco se le cargan las pulgas". Los latinoamericanos y africanos involucrados en el zafarrancho fueron enviados al final de la fila, que ya rebasaba las trescientas personas. Las horas transcurrían lentas bajo un Sol que empezaba a calentar. Los transeúntes caminaban por las aceras mirando con indiferencia, algunos comentaban entre ellos que era envidiable la libertad de ser capaces de viajar. Sin embargo, los impacientes que hacían fila opinaban que tan sólo tenían la libertad para morirse de hambre en donde cada uno lo decidiera.

En esa fila multicolor había personas que llegaron a estudiar apoyadas por partidos comunistas, por ministerios de relaciones exteriores o por ser asilados políticos. Sin embargo, entre los estudiantes extranjeros también había divisiones, independientemente de la forma en que habían llegado a la URSS. También ahí se conocía el dicho de "con dinero baila el perro", pues los estudiantes procedentes de países petroleros hacían gala de su capacidad para el soborno. Las becas que sus gobiernos les proporcionaban eran tan jugosas que los noventa rublos que otorgaba el gobierno soviético como beca mensual los gastaban en un par de días. Los árabes manejaban el tipo de cambio del mercado negro y viajaban cada semestre o cada año a sus casas. Incluso llegaban a rentar un departamento para sus compañeros de habitación soviéticos mientras que ellos permanecían en las viviendas estudiantiles rodeados de amigos y compatriotas.

Cuando Tenoch vivía en México, frecuentemente escuchaba los discursos políticos del gobierno, los cuales decían que se vivía en el cuerno de la abundancia, que el petróleo era de todos los mexicanos, sin embargo, la realidad era muy diferente. Ahora estaba sentado en la banqueta con todos sus compañeros del tercer mundo, esperando comprar un boleto a casa después de juntar dinero por más de cinco años. Sin lugar a duda podía comprobar lo que significaba la frase acuñada en la prepa por sus compañeros: "sale caro ser pobre", pues apenas una década atrás el presidente mexicano en turno declaró con vehemencia que todo mexicano debería aprender a administrar la riqueza porque se tenía petróleo hasta en las cubetas, pero el pueblo nunca llegó a ver los beneficios.

La fila avanzaba con lentitud, a pesar de que las oficinas trabajaban a marchas forzadas. Tenoch no quería ni pensar en lo que sucedería si no lograba conseguir el ansiado boleto; como mínimo, al día siguiente debería pasar por la misma tortura de esa oficina distinguida por su burocracia.

Eran las cinco de la tarde y la puerta cada vez estaba más cerca. Tenoch pensaba que, a pesar de todo, era afortunado, pues tenía compañeros que nunca habían regresado a su casa durante sus estudios. Legalmente, el rublo tenía un valor por encima del dólar estadounidense, sin embargo, los magnates del contrabando que ingresaban dólares, jeans y aparatos electrónicos a la URSS, a cambio de caviar y equipos de fotografía que sacaban del país, garantizaban un mercado negro cambiario que oscilaba entre tres y cinco rublos por cada dólar estadounidense, dependiendo de la época del año. Había otros artículos de contrabando más rentables, como la droga y la pornografía, pero también eran penalizadas con mayor severidad. Los estudiantes extranjeros conocían los productos que la corrupción local permitía contrabandear sin mayor castigo, porque según las autoridades eran cosas que el pueblo requería sin causarle daño a la economía del país o a la salud ciudadana. Era normal observar filas para adquirir algo novedoso. Se decía que los soviéticos tenían el dinero para comprar, sólo que no había qué comprar, a diferencia del capitalismo, donde había muchos productos, pero no todos tenían los medios para adquirirlos.

—Los cinco siguientes —exclamó el policía de la entrada.

Eran las siete y veinte y Tenoch fue la cuarta persona de esos últimos cinco que pasarían al interior de la oficina. El resto fue desalojado para intentarlo al día siguiente.

—Vayan a descansar, niños. Mañana se vienen más temprano —aconsejaba la anciana que fungía como portera del edificio durante el segundo turno.

Al ingresar a la oficina sin ventilación y con más de una treintena de personas en espera de ser atendidas, había una mezcla de aromas de extrañas especias destiladas en la transpiración de diferentes grupos raciales en un día de verano. El buqué golpeó sin misericordia su sensible olfato y subió entre ceja, oreja y sien, lo que le hizo recordar que los trabajos anuales de la reparación de tubería de agua caliente habían iniciado por lo menos una semana atrás. Por tanto, era difícil arriesgarse a tomar un baño con las gélidas aguas de las tuberías moscovitas.

Después de casi catorce horas formado, Tenoch pudo ver la ventanilla de boletos al alcance de sus manos. Una mujer de piel dorada y ojos negros, impaciente, le indicó que era su turno. Muchas veces había escuchado que era rarísimo conocer a una mujer rusa de ojos negros, algo tan extraño como encantador. Tenoch se quedó boquiabierto al ver aquella mirada; ahora comprendía el hechizo que había sentido el compositor de la tradicional canción rusa *Ochi Chornye* (*Ojos negros*). Sin embargo, la magia desapareció cuando la mujer, con gestos de enfado tras una agotadora jornada de trabajo, fríamente le pidió destino, fechas de vuelo y documentos.

Las preguntas fueron tajantes y directas, omitiendo cualquier atención, saludo o gesto de amabilidad. Era evidente que ella, al igual que Tenoch, estaba al límite de la paciencia, con la única diferencia que para él viajar a su casa era una gran motivación. Los documentos para autorizar la salida de la URSS eran tantos que siempre se tenía la sensación de que algo le faltaría.

La mujer tomó los papeles e inició una serie de discusiones telefónicas. Enviaba y recibía télex, volvía a consultar y apuntaba mientras el muchacho esperaba pensando que efectivamente salía caro ser pobre, pues los estudiantes de Europa Oriental solían ir a sus casas en tren y con boleto pagado anualmente, al igual que los cubanos, quienes tenían derecho de viajar gratis a Cuba cada dos años en buques transatlánticos. En cambio, para los estudiantes africanos, latinoamericanos y asiáticos las cosas eran diferentes. Las autoridades del instituto exigían buenas calificaciones, recursos de subsistencia y el domicilio de su estancia en el extranjero, incluso si viajaban a sus casas. Los requisitos eran ineludibles, de lo contrario, la visa de salida era negada por el Ministerio de Educación.

Toda persona que entraba a la Unión Soviética estaba obligada a declarar los bienes de valor y efectivo que ingresaba al país. Cuando los estudiantes viajaban a Europa, lógicamente, se gastaban sus recursos en mercancías que comerciaban y no declaraban, pues se suponía que eran para uso personal, pero el efectivo en moneda extranjera era forzoso declararlo, de lo contrario, ¿cómo se suponía que sobrevivirían en el extranjero? Por tanto, la salida del país era tan esculcada como la entrada. De cualquier forma, cuando se requería viajar fuera de la URSS era necesario presentar una carta de invitación en donde se dijera claramente quién absorbería los gastos del invitado durante su estancia en ese país. Los más afortunados tenían algún pariente en Europa que les enviaba una invitación y entonces podían presumir de hacer verdadero turismo durante sus vacaciones.

Existía, claro, otra clase privilegiada, a la que pertenecían los estudiantes que "colaboraban" con las autoridades, ya sea como informantes o como focos de difusión del comunismo en sus países. A estos se les permitían viajes relámpago a Occidente para comprar e introducir mercancía legal, pero regulada por el Estado, tal como mencionaba Irina la noche anterior. Esta clase privilegiada generalmente viajaba en tren a Berlín Occidental, hacían sus compras y regresaban a la URSS con suficientes jeans y aparatos electrónicos para su reventa en el mercado negro.

Tenoch estaba consciente de que también en esos lugares no todo era pureza y rectitud, sin embargo, las ganas de conocer los diversos países de Europa, su historia y su cultura eran una fuerte tentación para su edad. Había estudiantes que odiaban ser soplones; no tenían parientes en Europa ni dinero para pagarse un hotel, pero cruzar la cortina de hierro para hacer un recorrido cultural era simplemente una tentación irresistible.

Justamente ese mismo verano, apenas unos días atrás, el instituto le había negado el permiso para salir de la URSS a José, un amigo centroamericano de Tenoch. Él anhelaba viajar a Londres, visitar el Museo Británico, conocer las galerías de arte más afamadas de la capital del Reino Unido, pero no tenía ni los recursos económicos ni una dirección en dónde hospedarse ni parientes que le pudieran enviar una carta de invitación. No obstante, José no estaba dispuesto a ceder ante esta negativa. Pensativo, regresó a su habitación y se integró a las partidas de ajedrez que los estudiantes solían mantener al término de sus exámenes. Mientras esperaba su turno de retador colocaba los discos de acetato en el tornamesa. Distraídamente, jugueteó con la funda de cartón de la grabación del británico Leo Sayer, hasta que una pequeña inscripción en la parte inferior de ésta llamó su atención, iluminándose por completo su mirada al pensar que podía utilizar la dirección de los estudios de grabación en Londres para sus fines. Inmediatamente, tomó lápiz y papel para escribirse a sí mismo una invitación, autografiada por su tía Isabel, quien no podía esperar un verano más sin verlo en la capital del Reino Unido. En la misiva, su adorable tía le sugería no llevar consigo esa vestimenta e indumentarias de tan mal gusto que había adquirido en la URSS, pues estaba dispuesta a dotarle de un guardarropa completo y obviamente solventaría todos sus gastos de manutención durante su estancia en la capital británica. El día siguiente se presentó nuevamente en el Decanato para extranjeros con la nueva solicitud; la carta que respaldaba cubría todos los requisitos necesarios e inmediatamente le otorgaron el preciado documento de emigración. Obviamente, a su llegada a la isla, las autoridades locales le exigirían demostrar la suficiencia económica y declarar que no iba a emplearse ilegalmente, pero esos eran detalles secundarios que enfrentaría en su momento.

Luego de casi media hora la mujer de ojos negros volvió a dirigirle la palabra:

—Bien, lo tengo. La mejor opción que te pude conseguir es para dentro de un par de días.

—No sé. Es mucho tiempo.

—¿Lo tomas o lo dejas? —irrumpió sin el menor titubeo mirando a los últimos compradores.

—Está bien, sólo que ahora no sé dónde voy a dormir estos días —respondió con cara de preocupación.

—Mi trabajo es conseguirte un asiento en el vuelo más próximo; lo demás, incluyendo los 1,540 rublos del viaje redondo, es tu problema. Si estás de acuerdo, te hago el boleto y pasas en la caja.

—Está bien, está bien. No hay problema. Gracias.

Tenoch esperó el recibo para pasar a la caja. Lejos de sentir enfado y hambre, quería salir cuanto antes en busca de alojamiento en alguna universidad. La luz del Sol ya se extinguía cuando se acercó a pagar. De un pequeño bolso de piel, que guardaba colgado al cuello bajo la camisa, extrajo los rublos necesarios para cubrir el costo del boleto. Las medidas de seguridad parecían excesivas, sin embargo, eran muchas las historias que se escuchaban de carteristas que habían dejado sin pasaje a más de un incauto.

Una vez que le entregaron el boleto y sus documentos, nuevamente los revisó y los guardó con mucho cuidado en el pequeño bolso de piel. Estaba tan contento que se había olvidado de probar alimentos en todo el día. Además, era necesario llegar lo antes posible a las residencias estudiantiles de alguna universidad, de lo contrario, sería muy difícil conseguir alojamiento con algún paisano, pues estaba consciente de que en cada verano muchos estudiantes extranjeros podían solicitar, voluntariamente, su incorporación a las *atriadas* o patrullas de la construcción durante su periodo vacacional, en donde eran bien remunerados. Otros solían tomar algún tour organizado y pagado por el gobierno soviético para recorrer cualquiera de las quince Repúblicas Socialistas que conformaban la URSS. Sin embargo, no todo eran malas noticias para su alojamiento, también existía la posibilidad de que los jóvenes soviéticos desocuparan sus lugares mientras visitaban a sus familias, antes de integrarse a los programas de trabajo especiales para los jóvenes del régimen socialista que buscaba mantener su hegemonía.

En esos años, Rusia, Bielorrusia y Ucrania eran considerados como "los graneros de la Unión Soviética". La Guerra Fría transitaba por una etapa crítica y cada vez era más difícil mantener la estructura geopolítica en el continente. Los aliados de Europa Oriental empezaban a coquetear con Occidente y los pueblos del bloque socialista cada vez exigían mayores recursos al gobierno soviético para mantener su posición de aliado. Incluso dentro de la misma Unión Soviética se percibían las diferencias en los niveles de vida de algunas repúblicas; no era ningún secreto para el resto de los ciudadanos la inconformidad de las Repúblicas Bálticas de pertenecer a la URSS.

Esa batalla geopolítica y la imparable carrera armamentista exigía del esfuerzo de todo el pueblo, por tal motivo, mientras que para los extranjeros el trabajo en una *atriada* era opcional, para los soviéticos era obligatorio, aunque remunerado para ambos. No obstante, llegando el otoño, todos los estudiantes soviéticos eran enviados a los campos de cosecha de papas, donde pasaban un mes en las cooperativas agrícolas llamadas *koljoses*. Este periodo de trabajo era ineludible para todos los jóvenes universitarios de la URSS. Los muchachos eran alojados en los graneros durante todo el periodo sin recibir remuneración alguna, sólo podían evitarlo cuando presentaban una restricción médica, ya que el trabajo era arduo, con duras jornadas sacando papas de la tierra removida por los tractores, independientemente de las condiciones climatológicas que se pudieran presentar. Desgraciadamente, no todos los estudiantes eran aptos para esas labores. Tal fue el caso ocurrido en el mes de octubre de 1982, cuando Tenoch y sus compañeros latinoamericanos regresaron a clases después de haber disfrutado de sus privilegios. Los cuatro "extranjeros", tal como les llamaban sus compañeros soviéticos, independientemente de su nacionalidad, se reencontraron después de las vacaciones de verano y contentos comentaban las anécdotas de sus viajes. No obstante, los soviéticos permanecían más serios que de costumbre, cuchicheaban entre sí y evadían la conversación. Algo había sucedido, pero no estaban autorizados para comentarlo. Pasaron las horas y los extranjeros notaron que faltaba Irina, una chica de enormes ojos verdes y esbelta figura. Los extranjeros empezaron a preguntar cuál era la situación que estaba pasando. El joven soviético *starosta*, o jefe de grupo, finalmente los reunió para comentarles que la chica había muerto de un derrame cerebral durante la recolección de papas. La revelación fue fría y sin rodeos, sin oportunidad para hacer preguntas ni comentarios. Irina era una joven muy tímida de escasos diecisiete años que casi no sonreía, pero cuando lo hacía parecía sacudir a todo el Universo con su alegría. Ella era *Minchanka*, como se les decía a los oriundos de la ciudad de Minsk, su padre era militar y su madre, académica de la Universidad Estatal de Bielorrusia, por lo tanto, no vivía en los hoteles estudiantiles y rara vez convivía con sus compañeros de clases. No podían comprender la razón de ese hermetismo, de esa frialdad para comunicar, sin dar oportunidad para despedirse de alguien que formaba parte de un grupo, todos envueltos en un absoluto silencio ateo, ocultando los sentimientos, tal vez como Tenoch, cuestionándose por qué la gente buena muere tan pronto, pero esa sería la última vez que se mencionaría el nombre de Irina en el grupo. Aunque múltiples preguntas quedaran en el aire se contuvo en decir algunas palabras por el eterno descanso de la chica, comprendió y respetó las costumbres, mordiendo las oraciones en su interior, recordando los consejos de su madre sobre la prudencia: "Quien dice lo que no debe, puede escuchar lo que no quiere".

Capítulo tres

Como pastoreando un gallo.

Al abandonar la oficina de *Inturist*, Tenoch se sentía más que satisfecho, estaba eufórico, rebosante de alegría por haber conseguido el preciado boleto a casa. Salió del edificio y caminó por la acera queriendo saltar de gusto, pero cuando giró en la primera esquina pudo percibir que alguien seguía sus pasos. Sin voltear, aguzó el oído y se dio cuenta de que los pasos eran cortos y quedos, pero cercanos. Entró en la primera cabina de teléfonos que encontró para fingir que llamaba y cerciorarse de quién lo seguía. No se trataba de ningún asalto, pues era una ágil y menuda mujer que tímidamente se acercaba. Pero Tenoch no se podía confiar y salió para observar si ella estaba sola. Siempre había pensado que las calles de Moscú eran seguras con tantos policías, pero no lograba comprender la razón por la que alguien lo estuviera siguiendo.

—Joven, joven.

El muchacho giró su dorso rápidamente sin perder de vista cada sombra que se movía en la calle, entonces pudo observar que se trataba de una mujer de más de sesenta

años, su pelo era corto y su rostro delicado, con rasgos orientales. Hablaba en un ruso educado y sin acento, lo cual no correspondía con su modesta y descuidada vestimenta ni con sus gastados zapatos y viejos calcetines, cuyos elásticos estaban vencidos y desfallecían sobre sus tobillos. Tal vez sólo necesitaba algunos *kopeks* para comer e, instintivamente, se llevó la mano al bolsillo del pantalón vaquero, pero de inmediato la mujer se ofendió, anteponiendo sus manos:

—No es necesario. Gracias, pero no lo necesito.

Cuando Tenoch la observó detenidamente pudo notar que efectivamente su vestimenta era humilde, confusa en moda y época, pero su apariencia física era distinguida y su mirada inteligente.

En virtud de que se había ofendido por los *kopeks* ofrecidos, Tenoch se disculpó y continuó su camino. Muy en sus adentros, pensó: «Ja, pobre y delicada. Parece una auténtica caja de seguridad por su indescifrable combinación de colores en la ropa». Aceleró el paso, pero la mujer le gritó:

—¡Hey! Joven, espera. ¿De dónde eres? Sé que vas a volar a México, pero ¿de dónde eres? No puedo seguir tu paso.

—Entonces no lo haga —le contestó Tenoch con cierto enfado.

—¿Eres de Latinoamérica?

—¿Cómo te llamas?

—*Nu ladno* (está bien). ¿Qué es lo que desea? No necesita dinero, pero hace muchas preguntas y yo no tengo tiempo ni deseos de responderle.

—Estás en lo correcto —respondió la mujer con resignación—. Sé que no has comido ni tomado líquidos en todo el día. Tal vez estás molesto y cansado, pero tú así lo decidiste.

Tenías mil recursos para sobornar a quienes te podían ayudar a conseguir un boleto más fácil y rápido, sin embargo, no lo hiciste. Preferiste hacer una larga fila y pagar sólo lo necesario.

Tenoch se detuvo de inmediato, no podía creer lo que escuchaba. ¿Cómo sabía todo eso?

—También sé que no tienes dónde dormir y que estás preocupado por llegar a la "Universidad Amistad de los Pueblos" para encontrar alojamiento con algún paisano.

Entonces Tenoch trató de recordar cada momento del día; sólo a la mujer de ojos negros le había dicho que no tenía dónde hospedarse. Sin embargo, estaba tan cansado y hambriento que no tenía ánimos de seguir hablando. Intrigado, pero decidido a no seguir la absurda conversación en medio de la calle, intentó dar la media vuelta y seguir su camino. Sin embargo, la mujer insistió:

—Bien. No me digas nada. Sólo quería pedirte un favor. Un favor para un gran amigo. Tú vas a México, ¿no? Pues yo necesito tu ayuda. Te lo ruego, no te cuesta nada y puedes salvar la vida de una gran persona, tal vez hasta lo conoces.

Al escuchar esto, el joven nuevamente se detuvo y le preguntó:

—¿Salvar la vida de quién?

—¿Conoces al escritor colombiano Gabriel García Márquez?

—Lo conozco, es decir, sé quién es y he leído algunas de sus obras.

—Pero ¿lo conoces? O sea, ¿sabes quién es y dónde vive?

—No, por supuesto que no. Solamente conozco algunos de sus libros.

—No importa. Sólo necesito que le lleves una carta, que se la entregues en la mano o que la deposites en algún buzón de la ciudad. Él sabrá de quién se trata y qué debe hacer. En el sobre está la dirección.

—Bueno, si es tan fácil, ¿por qué no la deposita usted misma en cualquier buzón de Moscú? No entiendo cómo una carta puede salvar la vida del escritor.

—Yo no puedo hacerlo. Tú sabes que aquí se revisa toda la correspondencia, pero tú sí puedes llevarla con las cartas que te han encargado entregar tus amigos.

—Momento, entonces, ¿usted me ha estado espiando?

—Es correcto. He visto cada uno de tus movimientos. No te preocupes, también he analizado a cada persona de la fila, sin embargo, cuando entraste por esa puerta de la oficina supe que eras la persona indicada para esta tarea. Es algo muy delicado que necesito explicarte, pero antes debo saber si estás dispuesto a hacerlo.

Cuando pronunció esas últimas palabras hizo una pequeña reverencia, inclinando su cabeza, y puso sus pequeñas manos en posición de oración, como solicitando su aprobación.

—Entonces usted también debería saber que por ahora en lo único que puedo pensar es en comerme unas buenas *kotleti* (albóndigas) con una *pivo* bien fría.

—En todo eso he pensado y tengo la solución —le dijo pacientemente con un discreto guiño de ojo.

Y sin el menor recato se sentó en la banqueta y extrajo de una bolsa de tela de color negro, colgada de su hombro izquierdo, un emparedado de jamón, queso y mantequilla con una botella de *Baikal* (bebida gaseosa).

—Vamos, come. ¿Puedes ver? Todo está listo. Es una cena al aire libre en una de las avenidas más hermosas de Moscú y observando el anochecer en uno de los días más largos del año. Ven, siéntate y disfruta tu cena. Las cosas no van a cambiar sólo por dejar de sentarte un momento a comer. Tu destino ya está decidido desde hace tiempo.

—Le agradezco mucho su propuesta de comer aquí, pero realmente no entiendo todo esto y tengo prisa.

—Bien, si no quieres, está bien. Sin embargo, hay dos cosas que debes saber: la primera es que jamás te podrás perdonar que pudiste salvar la vida de una persona y no lo hiciste. Y tampoco tendrás la forma de conocer lo que llega a suceder… cuando las esferas en tus sueños logran chocar —dijo la mujer casi como un susurro al oído, buscando su mirada, como esperando ver su reacción, escudriñando más allá de sus ojos. Ella tenía la certeza de que esas palabras eran perfectas para retener al joven, pues ahora él buscaría saciar su curiosidad.

Y no era que a él le pareciera poco tener la oportunidad de salvar la vida de una persona, pero sentía desconfianza de la mujer, temía las consecuencias que pudiera tener este encuentro. Por otra parte, le hincaba la intriga del acertijo de las esferas, que eran parte de un sueño recurrente que el muchacho tenía desde que era adolescente y que jamás se lo había contado a nadie. Tenoch se sintió vulnerado, desnudado, despojado de sus pensamientos y hasta de sus sueños. Lentamente se fue derrumbando hasta sentarse en la acera, mirándola fijamente para caer de nuevo en el abismo de sus ojos. Sintió miedo, pero no quería acobardarse y salir huyendo. También quería saber lo que aquella mujer pudiera decirle de ese sueño que últimamente se transformaba en pesadilla.

Tenoch nunca había encontrado explicación alguna para ese sueño. Al inicio le causaba pánico tan sólo recordarlo, pero al pasar de los años trataba de reconstruirlo cuando estaba despierto, como queriendo enfrentar sus miedos.

Mientras devoraba el emparedado llegaron a su mente recuerdos del verano del 82, cuando Anna Mijailovna, una activista religiosa de Minsk, le había preguntado si en sus vacaciones de verano visitaría Roma, pues tenía la necesidad de pedirle un gran favor: llevar una carta a S.S. Juan Pablo II. El contenido de la carta obviamente no le había sido revelado, pero ahora comprendía la razón. Un encargo de esa índole era más seguro que llegara a su destino en el interior del equipaje de algún estudiante extranjero. En aquella ocasión Tenoch no viajó a Italia y la encomienda la llevó a cabo José, su compañero de estudios de origen dominicano, quien le comentó, a su regreso, no haber tenido ningún contratiempo para salir con la misiva, aunque la entrega personal resultó ser algo imposible, lo cual era obvio: no cualquier persona puede acercarse a un personaje de esa talla sin previa cita o audiencia grupal programada, como había sido el caso.

Tenoch no había logrado liberarse del anzuelo de la curiosidad que la mujer le había lanzado en ese juego de acertijos y, a pesar de que se encontraba en un mar de dudas, literalmente ya comía y bebía de sus manos. Mientras tanto, ella lo miraba complacida y le contaba lo que había observado cuando él permanecía en la fila de la agencia de viajes.

—Es asombroso todo lo que puedes aprender de la gente que permanece haciendo fila. Se pueden ver riñas, sobornos, robos, coqueteos, conquistas amorosas y hasta impresionantes actuaciones que podrían llegar a convencer al más escéptico.

—Sin embargo, me imagino que hay algunas cosas que aun poniendo atención no se logran ver.

—Tal vez. Pero siempre hay que aprender a ver los árboles que no te dejan ver el bosque. Te propongo ir ahora mismo a un lugar muy especial. Podemos disfrutar de un buen postre, una relajante bebida y tal vez algunas otras cosas más, si así lo deseas.

Tenoch ya había saciado su hambre, pero no su curiosidad. Entendía lo fácil que podía haber sido para la mujer conocer sus planes, mas no lograba comprender cómo estaba al tanto de sus sueños. Pensó que debería tener más cuidado con sus palabras, pero ¿cómo ocultar sus pensamientos?

Mientras una avalancha de pensamientos cruzaba por su mente alcanzó a observar de soslayo una chispa de goce en los ojos de la mujer, fruto de la complacencia por las dudas sembradas. Sin embargo, las sorpresas continuaron cuando ella le dijo:

—Por tu hotel o un lugar dónde dormir no te preocupes, te lo puedo conseguir por esta noche. Sé que tienes un par de días en Moscú antes de viajar a México, tal vez quieras conocer algunos lugares de la ciudad. Recuerda que para vivir y aprender nunca debes visitar sitios sin conocer su historia, sin caminar por sus tiempos, sin sentir las añoranzas de sus alegrías, sin dejar de estremecerte con sus tristezas.

La mujer tenía razón. Muchas veces Tenoch había estado en la capital soviética para realizar algún trámite burocrático en la embajada mexicana, sin embargo, regresaba el mismo día en el tren nocturno para llegar a clases directamente de la estación del tren. Cuántas veces tuvo que viajar de incógnito, pidiéndole a alguno de sus compañeros de habitación que le compraran un boleto de tren, pues en su calidad de extranjero le estaba prohibido abandonar Minsk sin visa. ¿Sin visa dentro del mismo país? Era ridículo, pero cierto. En invierno no resultaba tan complicado comprar un boleto en las ventanillas de la misma estación de trenes, bajo una gruesa *shapka* (gorra de piel) y enorme *paltó* (abrigo de invierno) e imitando el acento mandón de los sureños, pero hacer esto en el verano era prácticamente jugarse su estancia de becario en el país. Impensable hacerlo por vía aérea en cualquier época del año en el país más grande del mundo.

—¿Qué piensas hacer? ¿Me estás poniendo atención? —preguntó la mujer con cierta inquietud al ver que el joven estaba embebido en sus pensamientos.

—¿Eh? Ah, sí, no hay problema.

—Bueno y, ¿qué piensas?, ¿vienes conmigo o te quedas con las dudas y tu miedo?

—No sé, ¿queda muy lejos?

—No, estamos sólo a un par de cuadras. Creo que te va a gustar. Tal vez necesites más tiempo para pensar en el favor que te estoy pidiendo. Sé que no tienes confianza en mí, pero te demostraré con hechos que no soy una demente, que puedes confiar en mí y que necesito de tu ayuda para salvar a esta persona de un atentado.

—Espere, espere. Aún no logro entender por qué he de hacerlo yo. Usted le pudo haber dicho a cualquiera.

—Porque eres la persona indicada. Porque no puedes evadir tu destino.

—Yo creo que el destino lo trazamos nosotros mismos.

—Cierto, y cada día hacemos cosas que pueden cambiar el mañana de nuestras vidas. Asume lo que está en tus manos cambiar, porque habrá otras cosas que, aunque quieras hacerlo, no será tu decisión. ¿Te has preguntado qué pasaría si cada uno de nosotros cambiáramos las cosas a nuestro antojo? El

Universo siempre mantiene un equilibrio, nos advierte, nos manda señales, sólo necesitamos estar receptivos para hacer el bien y también nos recompensa. La paciencia y la prudencia son virtudes que siempre se deben cultivar. ¡Vamos, ambos sabemos que en el fondo quieres hacerlo!

Y, efectivamente, las raíces religiosas de Tenoch abogaban por la ayuda a un desconocido, incluso sin que él mismo se diera cuenta. Era su propia actitud y sus dudas las que lo delataban. Un tanto renuente, Tenoch se puso de pie y seguido por la mujer iniciaron su camino. El paso impaciente del muchacho hacía que la mujer caminara casi corriendo, recitando una serie de recomendaciones y consejos que no dejaban de fluir, aun cuando su agitada respiración le pedía una tregua.

—Bien, ya llegamos. Por favor, no hables y observa. Ahora todo déjamelo a mí. Al principio yo te guiaré, luego me dirás lo que piensas y, en caso de que algo no te guste, sólo salte y lo platicamos afuera. No tienes ningún compromiso.

—¿Qué es este lugar?

—Es un hotel exclusivo y, como la mayoría ellos, este tiene su bar y restaurante, sólo que no es un lugar abierto para todo el público, es muy selectivo. Dime, ¿acaso no hay de estos en Minsk?

—Tal vez haya, pero nunca he entrado. Siempre me quedo en los hoteles estudiantiles.

—Bueno, pues este es más exclusivo. Pero relájate, dentro verás que hay muchos extranjeros. Ya sabes, aquí se consigue todo lo que los occidentales consumen en bares y restaurantes de su mundo, pero sólo ciertos "guías" tenemos acceso con nuestros "clientes". Aquí encontrarás los platillos y bebidas más exóticas, cigarros importados, habanos, drogas y prostitutas locales e importadas.

Al escuchar estas palabras, un escalofrío recorrió todo su cuerpo. La andrajosa mujer estaba a punto de introducirlo a un mundo que siempre había evitado, a pesar de su espíritu aventurero. Muchos habían sido los peligros por los que había transitado siendo aún muy joven, sin embargo, esto era un mundo desconocido para él. Tragó saliva y aguzó el oído mientras la mujer le comentaba discretamente:

—A este sitio sólo ingresan los soviéticos que trabajan para el *Komitet Gosudárstvennoy Bezopásnosti* (KGB). Ahora podrás ver su *modus operandi*, pero recuerda una cosa: esto no es una película de espionaje, es la vida real. Ah, por cierto, tú no hablas ruso ni conoces nada de acá. Vamos a entrar y las preguntas me las harás después.

En ese momento comprendió hasta dónde lo había llevado la decisión de prestar atención a aquella extraña mujer, que ahora lo envolvía en una historia muy particular, en donde supuestamente salvaría la vida de un afamado escritor. Tenoch sabía de la existencia de compañeros estudiantes de diversas entidades que operaban con bajo perfil, pero que en realidad eran soplones y tenían el encargo de denunciar ante las autoridades universitarias a todo compañero sospechoso con ideas antisoviéticas. También sabía de ciertos "colaboradores" que habían asegurado sus estudios de posgrado mediante el manejo de correspondencia al extranjero y la promoción de la doctrina comunista en sus países, o enrolándose en los ejércitos revolucionarios para combatir en Centroamérica y Angola, tal como lo hacían los americanos cuando otorgaban la nacionalidad a los combatientes mexicanos en Vietnam.

—Buenas noches, traigo a uno —le dijo la mujer al capitán de meseros que esperaba en la entrada, mostrando un carnet.

—Hola. ¿Por qué sólo uno? —respondió el capitán con facciones de oso polar empaquetado en un elegante traje de pingüino.

—Hoy estuvo flojo, no es un buen día y sólo es un cubano.

—Creo que tu lugar está ocupado, pero tal vez no te importe la mesa que está al lado de ese par de *babi (mujeres)* alemanas a las que les di tu mesa cuando vi que no llegabas.

—Ahora veremos —respondió la mujer mientras delicadamente pasaba su mano por la espalda de Tenoch, para cederle el paso.

Las conversaciones se hacían en diversos idiomas, sin embargo, era difícil distinguir los temas, pues en el rincón de la sala, sobre un tapanco, una mujer de vestido oscuro con lentejuelas interpretaba *Starinnie Chacy* (El Viejo Reloj), éxito del momento de Alla Pugacheva. La letra de la canción recordaba a los comensales que la vida nunca se puede volver atrás, que el tiempo no se detiene, que las manecillas siguen su marcha… tic tac, tic tac.

Y así, sin poder echar marcha atrás, con la inocencia de un incauto turista, el supuesto cubano se dejó guiar hasta la mesa, tratando de mantener su atención, que momentáneamente lo traicionó al mirar de soslayo a las atractivas chicas germanas referidas. El capitán de barba pelirroja inmediatamente envió a un mesero, quien les ofreció una lista de bebidas. Ella, con la delicadeza que ameritaba la ocasión, tradujo la conversación a un perfecto inglés británico mientras que el joven cómplice asentía con la cabeza lo que previamente ya había entendido en ruso. La mujer sugirió una botella de champaña, caviar, pan de centeno y mantequilla, a lo cual el joven aceptó con toda naturalidad, sin embargo, al darles la espalda el mesero, Tenoch habló con la mujer en ruso nuevamente.

—¿Qué le pasa? ¿Quién cargará con esto: la revolución cubana o la Perestroika? Porque este paquete no estaba considerado en mis planes.

—Calma. No te preocupes. Además, no será tan caro. Esto no pasará de unos 50 rublos, lo que significan unos 12 dólares americanos para ti.

—Sí. Pero también significa la mitad del estipendio que recibo mensualmente.

—Bueno, ya estamos aquí, además, te lo mereces, sobre todo después de un día tan pesado como el de hoy. También puedes compartir la bebida con esas dos mujeres de la mesa vecina, me di cuenta de que con una breve mirada las has desnudado. Escoge, yo me encargo de tu hospedaje el día de hoy.

La mujer era tan observadora que el muchacho no pudo negar que antes de sentarse había tenido un cruce fugaz de miradas con una de las chicas. La joven llevaba una diminuta falda. Su cintura mostraba el ombligo. Sus pechos eran redondos y erectos, como desafiando a la gravedad. La otra chica tal vez era más atractiva, pero con su vestimenta más discreta llamaba menos la atención.

Por más interesante que pareciera el ambiente, Tenoch sentía que había salido de su zona de confort. Era un mundo extraño y ajeno al entorno estudiantil al que estaba acostumbrado, donde ser extranjero algunas veces tenía sus ventajas, pero en otras era toda una maldición.

Era evidente que sentía un miedo atroz. Fugazmente recordó el caso del homicidio de tres estudiantes africanos ocurrido el pasado invierno en Minsk. Aunque no fueron asesinados simultáneamente, todos los casos fueron cerrados y oficialmente nada se supo en los medios de comunicación, tampoco de la procedencia de las víctimas ni de sus autores. Todo un acontecimiento en la pequeña ciudad tan controlada y organizada, pero los tres casos fueron catalogados como crímenes pasionales. Nunca se indagó acerca de la cruel golpiza propinada, la mutilación del miembro a uno de ellos y la inhumana tortura a la que fueron sometidos antes de ser abandonados a las afueras de la ciudad en una construcción abandonada. Mucho menos se mencionó que habían sido víctimas del odio racial.

Ahora Tenoch se encontraba en un lugar lleno de europeos y americanos que conversaban con los supuestos espías locales; era un mundo interesante, pero él hubiera preferido no conocerlo, especialmente ahora, que sentía que no podía manejar sus neuronas para controlar las hormonas y evitar más riesgos innecesarios.

—Como te decía: este es mi ambiente y, por tu enajenación, puedo deducir que eres muy observador, pero tu ímpetu juvenil te traiciona. Ahora vengo —le dijo la mujer al oído, dirigiendo su paso a la mesa de las dos teutonas.

La mujer conversó por un momento con ellas y en breve regresó para presentarle a Carmen y a Cornelia, oriundas de la República Democrática Alemana (RDA). Ella había acertado, Tenoch estaba poseído por un nerviosismo, mezcla de miedo, deseo e incertidumbre, que se acentuó en el preciso momento en que estrechó la mano de Carmen y rozaron sus mejillas con el beso de la presentación. Sus rostros y soberbias figuras lo impresionaron aún más cuando las tuvo cerca.

—Les he dicho que eres cubano y que hablas español e inglés. Ellas están hospedadas en este hotel. También les comenté que quieres invitarles una copa y que no tienes en dónde pasar la noche. Ellas mañana regresan a Dresden, pero no tienen inconveniente en compartir su habitación contigo. Si decides quedarte con ellas nos veremos mañana en el comedor que está aquí cerca, al lado.

—Bien, ¿por qué no nos sentamos y disfrutamos todos juntos? —interrumpió el joven, sin lograr ocultar su nerviosismo.

El mesero interrumpió trayendo consigo las copas y una botella de champaña en la hielera. Tenoch se sentía sofocado, atrapado, atosigado por esa mirada que leía sus pensamientos. Realmente no comprendía la insistencia de la mujer que trataba de satisfacerle sus deseos, pues no podía calcular cuál sería el costo que debería pagar después. Su paranoia aumentaba conforme conocía más de la situación y menos de la mujer.

Se encontraba en medio de desconocidos. Podía sentir lo denso del ambiente que le rodeaba. Ahora se integraban dos germanas que seguramente eran un par de señuelos. Ambas eran muy atractivas y habían aceptado sentarse a la mesa fácilmente. Insistentemente se preguntaba a sí mismo qué hacía en ese lugar y si realmente existía la carta que advertía al escritor sobre un atentado en su contra. Las cosas no parecían tener lógica alguna.

Para tranquilizarse, prefería pensar que la mujer estaba mal de su cabeza y se dispuso a pasar un momento agradable, luego abandonaría el lugar antes de la medianoche, alcanzaría el tren subterráneo a la universidad y todo saldría bien. Su mirada nuevamente se posó en las atractivas chicas, al tiempo que inconscientemente acomodaba su mochila en su regazo, sin desprenderse un solo segundo de ella, pues ahora sabía que en su interior guardaba el boleto de viaje, 500 rublos en efectivo y algunos dólares americanos en cheques de viajero que había logrado ahorrar de la beca del gobierno mexicano.

Tenoch conocía diversos casos de estafas que habían sufrido sus compañeros en Moscú, donde se movían razas de todos los rincones del mundo socialista. Sin embargo, ahora la belleza de las chicas le impedía echar marcha atrás.

La mujer propuso un brindis por la amistad de los pueblos, la alegría, el amor y todo aquello que sacudiera las preocupaciones. Los cuatro levantaron las copas del dorado y burbujeante líquido para romper el hielo.

—¡Salud! Y gracias por aceptar nuestra invitación para compartir estos momentos —exclamó el muchacho emocionado.

—Sí, gracias por unirse a nosotros. Estamos por festejar el cumpleaños de Tenoch y nos da mucho gusto hacerlo con ustedes.

Nuevamente, Tenoch se quedó helado. Esta mujer parecía tener más información de la que decía poseer. Efectivamente, estaba a unos días de celebrar su cumpleaños.

Después de la primera botella y algunos bocadillos de caviar negro y rojo empezó a fluir una mejor conversación. Los cuatro comensales mezclaban palabras y gramática de diferentes idiomas, haciendo la conversación más divertida, sobre todo cuando el supuesto cubano incluía en su vocabulario todo el caló centroamericano aprendido con sus compañeros de las islas caribeñas. Esta fue la herramienta más importante para conversar con Cornelia y Carmen, quienes el verano anterior habían estado en Cuba por dos meses en un curso de español, por tanto, conocían algo de la cultura y costumbres de los caribeños. Antes de que los cuatro desconocidos terminaran la primera botella de champaña, la mujer explicó la forma de repartir las gotas de la felicidad de la agonizante bebida.

Cada uno de los integrantes de la mesa citaría con una sola palabra aquello que más deseaba poseer en su vida para alcanzar la felicidad. Estaban incluidos el amor, el dinero, la sabiduría, la paciencia y la amistad, entre otras virtudes y deseos. La mujer tomó nota y repartió el contenido de la botella reducido a gotas, repitiendo cada una de las palabras claves para alcanzar esa felicidad. En la última ronda escurrieron también las gotas finales, y así Carmen se quedó con el amor y Cornelia con el dinero. Sólo Tenoch debió esperar un buen rato para que finalmente escurriera una diminuta gota de sabiduría que él anhelaba.

—Uf, por poco me quedo sin nada —expresó entusiasmado Tenoch cuando por fin vio escurrir una ínfima lágrima de licor.

—Paciencia es lo que debes cultivar y con ello llegará la sabiduría. Ustedes propusieron aquello que consideran necesario para lograr su felicidad y aleatoriamente establecimos un orden, por tanto, cada uno de ustedes encontrará en la vida todo aquello que espera tener. De más está decir que la vida sólo te regresa lo que das a los demás. Ahora, tanto sus copas como la botella deberán quedar secas. Debemos tomarlas sin derramar o dejar un mínimo de la bebida, pues eso que hoy dejas podría ser aquello que más llegarás a desear en la vida. Tal vez ahora no logren entender lo que esto significa, aun cuando pudieran tenerlo frente a ustedes mismos. La felicidad consiste en dar y compartir con los demás hasta la última gota de nuestra esencia —explicó la anciana en forma pausada y con voz profunda, buscando con su mirada los ojos de cada uno.

Los tres jóvenes se miraron entre sí. De repente se sintieron ajenos al bullicio del salón, de su música y de los olores a licor y tabaco que flotaban en el ambiente. La mística mujer los había despojado de sus caretas y exhibía la desnudez de su personalidad ante los ojos de los demás, sin que ellos hubieran sospechado la finalidad del juego. Sólo unos segundos después, Tenoch miró de reojo la hora y se dio cuenta de que entre la charla y las bromas habían transcurrido los minutos, entonces se preocupó y pensó que debería apresurarse y salir en busca de alojamiento antes de que fuera demasiado tarde, de lo contrario, no alcanzaría a tomar el tren subterráneo para ir a las viviendas estudiantiles de alguna universidad donde pudiera encontrar algún paisano que le diera hospedaje, pues instalarse en un hotel de la capital era prácticamente imposible para un estudiante, ya que, aunque fuera extranjero, su estatus no era el de un turista.

Carmen dijo que subiría un momento a la habitación. Una discreta mirada con tintes de coqueteo se fugaba de sus ojos para pedirle a Tenoch que la acompañara. Él se puso de pie y por el rabillo del ojo alcanzó a ver que la mujer discretamente retenía a Cornelia en la mesa.

La habitación se localizaba en el primer piso del hotel. La pareja subió por las escaleras y cruzó apresuradamente la mitad del pasillo sin conversación alguna. Atrás de ellos se extinguían las notas musicales de una melodía emblemática de la época, muy apreciada por las mujeres soviéticas, éxito musical de Alla Pugacheva titulado *Un millón de rosas escarlatas*, que relataba la vida de un humilde pintor que se enamoró de una famosa actriz y para expresarle su amor vendió todo lo que poseía para regalarle un millón de rosas rojas. "Quien te ama de verdad convertirá su propia vida en flores para ti...", concluía la cantante.

Ambos aparentaban tener calma, pero se percibían ciertos chispazos de ansiedad. La chica abrió la puerta, empujó a Tenoch al interior de la habitación y de un certero golpe con las nalgas selló la entrada tras de sí. En medio de la oscuridad sus labios se encontraron para unirse en un beso interminable. Carmen hábilmente le había desabotonado los pantalones, bajándolos con los calzoncillos a medio muslo y luego, como si quisiera arrancar una motocicleta, de un pedalazo los llevó hasta sus tobillos. Tenoch la tomó firmemente con sus manos de los muslos y la levantó para sumergirse en sus entrañas. Así atrincherados sobre la puerta de la habitación y con la correa de la ridícula mochila cruzada en el pecho, los dos jóvenes se fundieron en uno solo, entre gemidos y gritos en su propio idioma.

Jadeante y con las pulsaciones a mil, Tenoch empezó a caminar hacia la cama con paso de pingüino, con los pantalones y calzoncillos en los tobillos, con la chica a cuestas sin desprenderse de su montura. Sus ojos, lengua y miembro seguían clavados, como queriendo prolongar ese momento por una eternidad, desparramados de pasión. Ya acostados, desengancharon sus cuerpos. Volvieron a unir sus labios y se acariciaron con las miradas. Ambos sabían que no habría un mañana. Tenoch desconocía cuánto de lo ocurrido era auténtica atracción mutua y cuánto un plan preconcebido por la misteriosa mujer, pero prefirió ignorarlo. Simplemente estaba feliz de saber que sus vidas se habían cruzado en ese momento y en aquel lugar. También estaba consciente de que Carmen tan sólo era una turista en la URSS y que afortunadamente nadie le pondría restricciones de tener amoríos con un extranjero del tercer mundo, tal como sucedía con las reglas establecidas por la Asociación de Estudiantes de la RDA, que, al igual que otros países del bloque socialista, prohibían a sus estudiantes tener amoríos con ciudadanos del subdesarrollo. Sin embargo, nunca se supo si existían las mismas limitaciones para relacionarse con oriundos del primer mundo.

Ambos se miraron a los ojos con ternura y nuevamente se abrazaron. No hubo palabras de despedida ni promesas, sólo sus ojos lo dijeron todo. Tenoch lentamente se encaminó hacia el baño, dejando que la chica perezosamente se sumergiera entre las sábanas y encendiera la luz de una lámpara de buró. Él se lavó y salió para despedirse de Carmen, acarició su pelo y le sonrió levemente hasta cruzar la puerta y alejarse por el pasillo acomodándose la correa de su mochila en el pecho, como si de repente ambos hubieran comprendido que tan sólo respondieron a un instinto, a una necesidad fisiológica, a una atracción impostergable, fugaz y sublime, como la vida misma.

Al cerrar la puerta pensó que atrás dejaba ese episodio, como el final de una historia que se escribe en cada momento de la vida, pero inmediatamente se dio cuenta de que jamás podría borrarlo, era indeleble y ya disfrutaba recordarlo desde ese preciso momento. Ahora se encontraba más relajado, conservaba sus pertenencias y todo parecía indicar que saldría por donde había entrado sin contratiempos. Sin embargo, cuando llegó al bar encontró a la mujer sentada, esperándolo. Cornelia se había ido con un cubano de verdad.

—¿Y bien? Supongo que ahora tendremos un tiempo para conversar y observar. ¿Qué tal si pedimos un café y te comparto algunos detalles? Luego nos retiramos.

—Bueno, supongo que debo ser amable como muestra de agradecimiento por sus atenciones. Está bien, después de todo ese era nuestro plan inicial. Vayamos al grano que el tiempo se nos agota.

—De acuerdo. Como te explicaba antes de llegar, este es uno de nuestros centros de operación. En este sitio recabamos información de muchos lugares del mundo. Ningún encuentro es casual, todo lo tenemos planeado. En cada mesa que ves tenemos ojos y oídos, que a su vez son ojos y oídos en diversos países y diversos niveles. Todo es necesario saber y conocer. Nada es poco, insignificante o inútil. Cada comentario, gesto o sonrisa puede ser la parte de un rompecabezas, donde ninguna pieza sobra, más bien, siempre parece que algo falta. Si observas bien, aquí hay gente de todas las edades, razas y géneros. La forma de vestir, el calzado, el tipo de bebida, el gusto por la comida y el léxico en su lengua natal son algunos factores que definen nuestro interés, especialmente cuando llegan solos, aunque, para ser sinceros, nosotros somos quienes los inducimos a visitar el lugar. Ve al baño y trata de observar discretamente las mesas a tu paso, de regreso harás lo mismo, de tal forma que, al llegar, me puedas describir las imágenes retenidas y todo aquello que haya llamado tu atención.

Tenoch, resignado, apretó disimuladamente sus labios al tiempo que asintió con la cabeza y un tanto reacio se puso de pie para seguir las instrucciones. Ahora sabía que estaba a salvo, que no existía complicidad alguna para robarle o hacerle daño. Pero una vocecilla interior le recordaba que no se debía de confiar.

Caminó al baño, pero en lugar de observar lo que le habían encargado, Tenoch acariciaba la imagen de Carmen en su mente. Cada vez estaba más convencido de que no podía mentirse a sí mismo, por más que su ego le dijera al oído que poseía grandes dotes de conquistador. Todo había sido obra de la mujer celestina que lo esperaba en la mesa. Lejos estaba de pensar como su paisano Miguel, que también estudiaba en Minsk; un joven delgado, moreno, de nariz aguileña y ojos adormilados que siempre guardaba celosamente un chupamirto en un pequeño bolsillo ceñido a la cintura ancha de sus pantalones favoritos de terlenka color crema. Su abuela, una bruja experta en amarres y hechizos para el amor, nació y creció en medio del misticismo y la magia de la sierra poblana, conservando toda clase de secretos en la preparación de amuletos para la atracción y retención de la pareja. El delicado objeto mágico contenía un pequeño colibrí disecado impregnado de licor, mieles, finas esencias y pachuli.

Desde tiempos precolombinos al colibrí se le relacionaba con el dios Quetzalcóatl. La diminuta ave también estaba relacionada con la buena suerte y el amor, siendo de buen augurio cuando el pequeño pajarillo visitaba el jardín de algún hogar; razón por la que Miguel no se desprendía de su invaluable amuleto, pues a él le adjudicaba su gran éxito con las chicas de la facultad. El hijo de Quetzalcóatl, tal como se hacía llamar, dedicaba tanto tiempo a sus conquistas que pronto debió rendir cuentas a las autoridades del Instituto de Agronomía, donde estudiaba, por su inasistencia a clases y bajo rendimiento. Su beca le fue reducida a la mitad y Tenoch, como responsable de la limitada comunidad mexicana en Minsk, debió abogar para que no lo expulsaran.

Frente al mingitorio, distraídamente bajó la palanca y sacudió su miembro sin evitar que la última gota de orina cayera en su pantalón y contrariado exclamó para sí mismo:

—*Blyat´!* (puta) ¿Por qué no podremos sorber con el pene como lo hacemos con la nariz? Nos evitaríamos tantos problemas con las últimas gotas de orina.

Luego, lavó sus manos y observó que sólo quedaba la última parte del rollo de una sucia y húmeda servilleta de tela que pendía de una caja metálica en la pared. Le llamó la atención que hubiera rollos de papel higiénico en los baños, obviamente esto se debía a que el lugar era sólo para extranjeros y el gobierno buscaba dar la imagen de apertura y civilidad. Normalmente, Tenoch leía las últimas noticias o los apuntes de semestre anterior en el sanitario.

De regreso a la mesa, recordó su tarea, así que caminó lentamente tratando de ser discreto y observador, pero conforme recorría el salón se daba cuenta de que el espionaje no era lo suyo. Al llegar a la mesa, se desplomó desilusionado junto con su inseparable y ridícula mochila, dispuesto a sufrir el interrogatorio de la mujer.

—¿Y bien? Vamos, dime todo lo que observaste.

—Bueno, de ida no recuerdo gran cosa, excepto una pareja que daba rienda suelta a su lujuria en la mesa del fondo. Aparentemente ella le realizaba una transfusión de saliva mientras él le daba un masaje al corazón a vestido abierto. Vamos, esto es ridículo. No quisiera perder mi tiempo ni hacerle perder el suyo —dijo el muchacho al levantar la mano para pedir la cuenta.

—Espera. Ten un poco de paciencia. Aquí están algunos colegas de verdad, pero otros ejercen el contraespionaje. Hasta ahora sólo te fijaste en lo evidente, en aquello que cualquiera puede ver a simple vista. No seas tan duro contigo mismo. ¿Acaso observaste los zapatos del tipo que da masajes al corazón de la chica?, ¿o las uñas de su pareja que según tú le realiza una transfusión de saliva? Piensa cómo las escenas pueden distraer nuestros sentidos para ocultar la realidad. Si te das cuenta, al cruzar sus piernas para ocultar su erección, él deja al descubierto la pequeña arma que oculta en su botín derecho. Su ánfora de metal contiene una pequeña grabadora que se activa al destaparla. Ella, por su parte, lleva un prendedor en el pelo con un micrófono integrado y, seguramente, también está armada. Bien, no olvides observarlos a la salida. Ambos son soviéticos, pero existe la sospecha de que ella tiene contactos con la CIA en Budapest. De esta forma puedo describirte a cada uno de los comensales. Algunos son apoyados por meseros, pero te garantizo que en cada mesa existe por lo menos un agente de la KGB, incluso agentes dobles.

—Pero, por lo que me cuenta, ellos utilizan una tecnología muy sofisticada.

—Por supuesto. Sin embargo, no siempre fue así y, como tú bien sabes, no es algo que esté al alcance de cualquiera. Antes todo debería ser codificado y se utilizaban idénticos portafolios, bolsos, periódicos o cajetillas de cerillos para el intercambio o la entrega de información. Desgraciadamente, todo ha sido difundido y ridiculizado en películas baratas de espionaje. Ahora las herramientas son nuevas, únicas en cada agencia y también en este sentido existe una carrera en el perfeccionamiento y originalidad.

Tenoch volvió a echar un rápido vistazo por las mesas aledañas y de nuevo todos le parecieron personas comunes y corrientes.

—Nuestros vecinos de la mesa a tu mano izquierda, por ejemplo, ellos hablan en francés. Aparentemente, el hombre de menor edad es diplomático y nuestro agente tiene la tarea de obtener información sobre el movimiento revolucionario en el Chad y la opinión del gobierno francés. Si observas detenidamente, muchos de los presentes son calvos, esto se debe en gran medida a que en forma continua salen de este tipo de lugares siguiendo a alguien y olvidan sus *shapkas* (gorras rusas). Este constante cambio de temperatura, especialmente en los inviernos locales, afecta en la caída de pelo.

—No sé. Parece irreal y poco convincente todo esto. Entonces, ¿por qué nadie se acercó a Carmen y Cornelia cuando estaban solas?

—Vamos, niño, veo que no has entendido un ápice de lo que es la observación. ¿Acaso no te fijaste en sus manos?, ¿su forma de vestir?

—¿Qué tienen que ver las manos de ellas? —expresó Tenoch intrigado.

—Bien. Te comento que desde el primer instante que yo observé sus manos y su rostro supe que eran de la República Democrática Alemana, que hablaban sólo alemán y que se dedicaban a la albañilería de interiores de edificios de vivienda popular. Cuando hablé con ellas, lo confirmé. Ellas aceptaron compartir con nosotros la mesa, disfrutaron de nuestra compañía y bebida sin tapujos ni limitaciones, ustedes dos se divirtieron y fueron felices. Ahora estás relajado, tranquilo y preparado para aprender. Por supuesto, nada en la vida es gratis y es momento de cooperar conmigo. Recuerda que sólo debes conocer la naturaleza humana para sembrar la semilla de la intriga y curiosidad, el resto lo hacemos nosotros mismos. Es exactamente lo que yo hice contigo y por esa razón estás aquí. La mejor fuente de información para nuestra agencia son las secretarias ejecutivas de compañías privadas y de gobiernos de todo el mundo, las cuales son seducidas por agentes encubiertos para tener acceso a las agendas de trabajo de sus jefes y a todo tipo de información confidencial. Muchas de ellas suelen ganar loterías inexistentes con cruceros y tours por el mundo para hospedarse en hoteles e instalaciones bien monitoreadas, como éste. Recuerda, nada es casual, y no te preocupes, que en la habitación de Carmen las cámaras fueron apagadas previamente. Por cierto, si quieres, aún puedes aprovechar esta noche de hotel gratis; Carmen lo sabe y te espera. Es tu decisión.

Tenoch, romántico por naturaleza, quería que los gratos momentos vividos con Carmen quedaran como un recuerdo único. Por tanto, estaba decidido a no regresar. La cuenta se retrasaba en llegar y tampoco era casualidad. Ahora la cantante de exuberante cabellera rubia y pronunciado escote se retiraba a descansar para dar paso a una grabación del último disco de *Bayarski* y su grupo musical del báltico, estridente y con ritmo monótono, tal vez para disimular las conversaciones comprometedoras que allí se desarrollaban.

Tenoch había salido de México asqueado de ese estiércol, mezcla de una clase política corrupta en complicidad con líderes sindicales de la misma especie. Desafortunadamente, conforme pasaron sus años en la URSS, podía darse cuenta de que también en esos lares la opulencia y el despilfarro de los dirigentes del Partido Comunista y sus familias eran conseguidas de la misma forma. Años atrás, siendo menor de edad, había trabajado como técnico de mantenimiento en una fábrica de estufas. El líder sindical religiosamente descontaba a los trabajadores cada semana una cuota de su salario por más miserable que fuera para la Confederación Nacional de Trabajadores, la cual era la parte fundamental del partido en el poder y sus candidatos. Todo funcionaba como un engranaje perfecto en beneficio de la clase privilegiada, llena de excesos y abusos de poder.

En sus adentros, Tenoch pensaba que ser obrero o trabajador nunca debía ser algo vergonzoso o denigrante, por lo que las palabras de la mujer le parecieron un tanto crueles y agregó:

—La aportación intelectual de esas chicas puede ser poca, sin embargo, gracias a ellas usted logró sus objetivos.

—Vamos, no te pongas sentimental. Comprende la realidad. Ellas sólo son parte de un juego que estuvieron dispuestas a jugar. Ellas estuvieron de acuerdo, nadie fue engañado y todos estamos satisfechos.

—Pero fueron utilizadas, manejadas a su antojo, tal como lo está haciendo conmigo. Sin embargo, tiene razón en que todos obtuvimos algo.

El camarero se acercó para dejar la cuenta en la mesa. El muchacho sacó de su cartera los 57 rublos y dejó diez más de propina, se levantó de la mesa y avanzó hacia la puerta de salida. La mujer fingió dejar su bolsa negra de nylon de grandes asas para regresar a tomar el excedente de la cuenta. Por el rabillo del ojo Tenoch observó que ella recuperaba el *cherbonets* (billete de diez rublos) que había dejado al mesero para dárselo al capitán, luego lo alcanzó y le dijo:

—Los meseros tienen un buen salario, frecuentemente obtienen buenas propinas en moneda extranjera, tienen acceso a todos los productos que sólo se venden en las tiendas para turistas, pero no es el caso de este capitán. Él me conoce desde hace años y seguramente ha notado algo extraño en mi comportamiento. No pretendo comprar su silencio, sólo alimentar su alcoholismo para que mañana no pregunte. Ahora ya está medio borracho y las tiendas están cerradas, pero él acostumbra a comprar bebida en el taxi de regreso a casa; cuesta el doble, pero siempre hay. ¿Comprendes?

—Vamos, debemos apurarnos para alcanzar el último convoy.

Juntos bajaron hasta el túnel del metro y, al despedirse, Tenoch extendió su mano y le besó la mejilla. Aunque él trataba de ser amable, era evidente su impaciencia por terminar con esa intriga que le pronosticaba un desenlace incierto, tal vez hasta desagradable si era descubierto por alguna autoridad. Por tal motivo se atrevió a preguntar en voz baja si tenía la carta para el escritor, motivo central de la reunión. La mujer le correspondió el beso y retuvo la mano del muchacho; lo miró a los ojos y le dijo:

—Hoy no te la daré, será mañana, después de que logre ganarme completamente tu confianza, cuando no tengas la menor duda de lo que te cuento y de lo que soy. Ahora debes marcharte y tener cuidado. Una gran sombra protectora te cubre y te cuida, aun en las condiciones más adversas, aunque no encuentres explicación alguna. Por ahora sólo recuerda que no debes ocultarte de la Luna, deja que las estrellas sean tus testigos y evita las sombras que se mueven con el viento.

Tenoch se quedó perplejo. No sabía cómo interpretar esas últimas palabras; trataba de digerirlas al tiempo que impaciente insistía, justificando sus dudas:

—Tal vez deba darme la carta, mañana tengo muchas cosas que hacer y no quisiera continuar con esta cadena de misterios. Si bien es cierto que quiero ayudarla y también que soy muy curioso, no me gusta esta intriga constante. Estamos en plena Guerra Fría y no creo que sea este mi lugar. No me gustaría perder todo lo que he logrado por esta curiosidad que usted alimenta con cada acertijo.

—Insisto en que no puedes controlar tu destino, tu papel en la vida está definido y tus tareas, escritas. La carta ahora no te la puedo dar porque no estás consciente de la importancia que tiene. No sabes lo que yo arriesgo con esto. No te imaginas lo que son capaces de hacerme si se enteran de estas conversaciones.

—No sé. Yo sólo me formé y seguí las reglas con las que he vivido aquí. Hacer una fila para comprar un boleto a mi casa realmente no es una gran cosa, sobre todo cuando se tienen tan pocas alternativas.

—Algunas veces pensamos que todos actuamos igual y que por lo tanto no existe ningún mérito en lo que hacemos, pero cada persona se comporta según su naturaleza, su educación y sus principios. Sé que mañana nos encontraremos y te prometo que visitaremos un lugar interesante y nos conoceremos mejor. Anda, ve a descansar, que tu tren ha llegado. Mañana nos veremos y conversaremos.

—¿Pero dónde y a qué hora?

—No te preocupes. Lo sabrás en su momento. Hasta pronto y recuerda cada detalle de nuestra conversación. Cuídate.

Finalmente, la mujer se retiró entre inclinaciones y reverencias a la usanza oriental. El final de un día lleno de sorpresas parecía estar cerca, pero Tenoch estaba tan confundido y cansado que sentía su cabeza como un enjambre de avispas. Había soportado estoicamente los efectos de los tragos, a pesar del calor y el hambre que padeció durante todo el día por temor a perder su lugar en la fila, pero pensaba que haber soportado las historias de paranoia y delirio de persecución de la mujer fue su mayor logro. Ambos habían mostrado cierta desconfianza, estaban recelosos, ocultando sus verdaderos pensamientos y dudas, pues desconocían cuál sería la reacción de su contraparte cuando la carta cambiara de mano. Ninguno de los dos estaba dispuesto a arriesgarlo todo ante un desconocido.

Sin embargo, no todo había sido tan malo, aún disfrutaba el sabor de los labios de Carmen. Sea cual fuere el motivo, ambos habían disfrutado las mieles de la atracción y la pasión sin palabras, sin temores ni remordimientos. Para ellos nunca hubo ni pasado ni futuro, sólo el momento.

El molesto rechinido de los metales al frenar las ruedas metálicas sobre las vías del tren subterráneo lo regresó a la realidad. El convoy se detuvo, seguido de la voz en el interior del vagón que advertía tener cuidado con las puertas que escandalosamente se abrían. El salón móvil estaba casi vacío. Subió y se dejó caer en el primer asiento que se le cruzó. Nuevamente los recuerdos lo invadieron antes de que la voz advirtiera que las puertas se cerraban y anunciaran la siguiente estación.

Se preguntaba qué tenía de especial el haberse formado por tanto tiempo, si en la URSS todo mundo lo hacía para cualquier compra. Muchas veces la gente se formaba y luego preguntaban para qué era la fila. En México había esperado su turno después de más de 150 personas para la entrevista de selección de becarios a la URSS. ¿Qué tenía de especial la de ese día? ¿Acaso no había valido la pena? ¿Qué más daba? ¿Cuál era la diferencia? Sin embargo, también se preguntó si hubiera sido capaz de sobornar a alguien para lograr sus objetivos, si hubiera tenido la suficiente desfachatez para hacerlo. ¿Qué era eso que él tenía que no le permitía ser como otros chicos de su edad? Tal vez sus amigos de la secundaria le hubieran dicho burlonamente: "Para pendejo no se estudia". Pues llevaba consigo suficiente dinero para abrir cualquier puerta a su paso, para sobornar y comprar favores, pero él había preferido hacer las cosas correctamente; además, consideraba que el dinero que llevaba le hacía más falta a su familia que a esas personas. Bien valía la pena pensar que al final de cuentas el tiempo en la fila había transcurrido con calma, pacientemente, tal como decía su hermano: "Como pastoreando un gallo".

Convencido de que todo caminaba según lo planeado, esbozó una leve sonrisa y casi sin darse cuenta acarició su ridícula mochila, la cual permanecía intacta con su contenido.

Luego especuló sobre lo peligroso de ese encuentro. Estaba consciente de que esos momentos pudieron haberle cambiado la vida. Fue entonces cuando se estremeció al comprender que las cosas ya habían cambiado y que jamás volverían a ser iguales. Pero, tal como le había dicho la mujer, ¿acaso eso no sucede cada día?

Con ese cuestionamiento aparecieron más preguntas: ¿cómo poder distinguir los momentos claves que deciden el rumbo de la vida? Pero, sobre todo, ¿a qué se había referido al decirle eso de caminar a la luz de la Luna y evitar las sombras que se mueven con el viento? «Son demasiados acertijos para un día», concluyó diciéndose para sí mismo, al tiempo que pasaba sus dedos por su espesa y arisca melena negra.

Capítulo cuatro

El camino al infierno está empedrado de buenas intenciones.

Tenoch se preguntaba si realmente pudo evitar el contacto con la mujer. Tal vez si hubiera salido corriendo cuando ella lo seguía nunca se hubiera enterado del supuesto atentado y no tendría cargo de conciencia alguno. También pudo haberse rehusado a seguirla hasta el bar y evitar conocer ese mundo de espionaje al que ella decía pertenecer. En todo ese tiempo que había estado en la Unión Soviética nunca conoció a alguien que le insinuara colaborar o que le pidiera algún intercambio de información. Entre los estudiantes se decía que estos agentes eran como el mismo diablo: que todos les temen, pero nadie los ha visto. También sabía lo difícil que era sacar dinero ilegalmente o introducir ciertos objetos a la Unión Soviética, pues todo era revisado meticulosamente. Las sanciones en los puntos fronterizos eran muy severas, tan penado era introducir biblias como el contrabando de pornografía u objetos eróticos; incluso cabía la posibilidad de ser echado del país sin discusión alguna, pero no tenía idea de cuál sería el castigo si en su equipaje encontraran correspondencia de algún agente secreto.

Inconscientemente levantó la mirada para analizar a cada uno de los pasajeros. No podía distinguir nada especial en ellos, como tampoco lo pudo hacer la noche anterior en el tren de Minsk a Moscú. Se preguntó: por cuánto tiempo había sido observado sin que él lo sospechara, ¿en cuántas ocasiones?, ¿en qué lugares? Nuevamente se estremeció y se encomendó a las oraciones de su madre.

Cerró los ojos y repasó la conversación con la extraña mujer. El convoy que viajaba en círculo llegó hasta el cruce de la línea que lo llevaría a la universidad. Caminó por los largos pasillos sin admirar la majestuosidad de la estación del metro, haciendo caso omiso de sus techos decorados; pasó sin detener la vista en los monumentales frescos y las finas figuras talladas en mármol. En visitas anteriores a Moscú quedó anonadado con la arquitectura de las profundas estaciones del tren subterráneo que asemejaban a salas de museos de arte, pero ahora estaba preocupado, quería escapar de esa realidad, encontrar algún paisano en la universidad y descansar. Tal vez el próximo día podría ver las cosas de otro color.

Llegó hasta el andén y esperó por unos segundos el arribo del tren. De nuevo el vagón estaba casi vacío y conforme avanzaba por los túneles los viajeros disminuían. Le cruzó por la mente la pregunta: ¿qué hubiera pasado si se hubiera quedado con Carmen?

Ya era casi la medianoche y los hoteles estudiantiles más cercanos estaban a poco más de dos kilómetros de la estación del metro. Del tren sólo salieron algunas personas que se disiparon por diversos túneles, perdiéndose el sonido de sus pasos conforme se alejaban. Subió por las interminables escaleras, pero al abandonar la estación se encontró en medio de la nada. Las calles estaban desiertas, la iluminación era escasa y sólo a lo lejos se divisaban las luces de algunas viviendas para estudiantes prácticamente abandonadas, como ocurría normalmente en el verano. El transporte público sólo se reanudaría hasta las cinco de la mañana. Tenoch tuvo la intención de acercarse a un trío de entusiastas jóvenes que aparentemente tomaban el mismo camino, pero se paró en seco cuando uno de ellos arrojó un escupitajo en su dirección mientras otro hacía alusión al color de su piel. El paradero de taxis tampoco era una opción, pues sólo había dos vehículos mal estacionados con sus robustos conductores envueltos en una discusión por la venta fallida de vodka al trio de muchachos racistas que caminaban adelante de él. Tenoch esperó a que estos avanzaran, pero ellos se internaron en el bosque para tomar un atajo, dejándole el paso libre hasta el dormitorio estudiantil más cercano ubicado en la calle Miklukho Maklaya. El mexicano, confiado, avanzó con rapidez, pero unos metros más adelante un par de ellos salió de su escondite para tratar de cerrarle el paso sobre la acera, donde se interponía un poste de alumbrado. Tenoch pronto comprendió su error, se aferró a su mochila y trató de esquivar el poste sobre la banqueta, pero de repente escuchó a sus espaldas el chasquido de una navaja de muelle del tercer malandrín. Instintivamente, soltó un manotazo a su garganta sin medir las consecuencias y salió disparado, corriendo por la mitad de la calle con dirección al dormitorio estudiantil. Los rufianes lo persiguieron y trataron de acorralarlo para obligarlo a dirigirse hacia el bosque, donde no habría testigos, entre las sombras que se movían con el viento. Entonces el chico inesperadamente corrió en su dirección, los esquivó y continuó corriendo a la mitad de la calle, bajo el alumbrado; ellos enfurecidos lo persiguieron muy de cerca, pero pronto quedaron atrás debido a su ebriedad.

Agitado y temblando del miedo, Tenoch se internó en la primera residencia estudiantil que encontró con la puerta abierta y las luces encendidas.

—*Kuda ty molodoy chelovek?* (¿a dónde vas, joven?) —gritó la *vakhter´*, anciana que resguardaba la puerta y que todos los estudiantes la conocían como la abuela, por su edad.

—Solamente voy al tercer piso, a ver a mi paisano.

—Tú no vives aquí. ¿A quién vas a ver? Dame tu pasaporte o lárgate si no quieres que llame a la policía.

—Está bien, abuela, aquí tiene mi pasaporte. Si quiere llamar a la policía me parece bien porque apenas salí del metro trataron de asaltarme. La verdad es que sólo estoy de paso en Moscú y no tengo dónde dormir esta noche. ¿Puedo pasar a buscar a algún paisano? Estas personas son peligrosas y están esperándome afuera.

Tenoch agitado explicaba al tiempo que sacaba de su mochila el documento de pastas plásticas de color azul que había tramitado en la embajada mexicana meses atrás. Ella, desconfiada, y sin dejar de observarlo, comenzó a hojear el pasaporte sin comprender el idioma del documento ni el significado de los sellos fronterizos ahí plasmados, lo cerró y trabajosamente leyó y murmuró para sí: "Estados Unidos Mexicanos".

—Ah, *meksikansky*, ¿no? Pasa, aunque creo que no encontrarás a nadie. Pero debes dejarme tu documento. En cuanto a esos maleantes, no creo que se atrevan a pasar por aquí, ¿viste cómo eran?

—No, sólo sentí la navaja cerca de mi espalda y salí corriendo.

—Va, tal vez sólo querían preguntarte la hora. ¿Cuántos eran?

—Eran tres o cuatro. No creo que necesitaran la navaja para preguntarme la hora, a menos que quisieran llevarse todo.

—Ya, ya, largo de aquí. Sube a ver si encuentras lo que buscas. Voy a cerrar y más te vale que localices a alguien porque de lo contrario voy a tener que irte con todo y tu cuento de asaltantes. Aquí no hay ladrones, eso solamente sucede allá con ustedes, en el capitalismo.

—Está bien, abuela, gracias.

Todo parecía confuso, ya eran demasiadas coincidencias en tan poco tiempo. Tenoch se encaminó en busca de algún latino que pudiera darle alojamiento. Subió los cinco pisos sin encontrar un alma; iba fijándose en las puertas de las habitaciones, pues comúnmente los estudiantes extranjeros colocaban una pequeña bandera de su país natal para identificar su vivienda. Los pasillos eran largos y estaban comunicados por escaleras localizadas en ambos extremos, por lo que decidió no sólo asomarse en cada pasillo, sino recorrer uno a uno, bajando por las escaleras de cada extremo. Su preocupación aumentó cuando a lo lejos se empezó a escuchar el típico sonido de los apagadores de pastilla de las lámparas de servicios generales. Las luces se extinguían, al igual que sus esperanzas de encontrar a algún paisano en el edificio. Al llegar al tercer piso, en medio del silencio escuchó la inconfundible fricción de unos pantalones de mezclilla acompañado del sonoro golpeteo de unas botas vaqueras. Se asomó al corredor y en la penumbra, al fondo del pasillo, pudo distinguir la silueta de un joven. Al acercarse comprobó que vestía unos ajustados jeans y camisa a cuadros. Parecía que sólo le faltaba el caballo porque su caminado era como si recién se hubiera bajado de la silla de montar. «Sin lugar a dudas, así sea un jinete del Apocalipsis, este vaquero me cae como bajado del cielo», pensó Tenoch mientras se dibujaba una leve sonrisa en su rostro.

—Quiubo. Ni te pregunto si eres mexicano. Mejor dime: ¿de qué parte de México eres?

—Soy Martín, de Sabinas, Coahuila. ¿Y tú?

—Tenoch, de San Luis Potosí, y, antes que nada, gracias. Me acabas de salvar, güey —le dijo a su paisano con un fuerte abrazo.

—Ah, chingao, espérate, espérate. Yo no tengo ni para comer, así que no presto.

—No, cabrón, acabo de llegar. Yo estudio en Minsk, Bielorrusia, y voy a México, pero salgo en un par de días y no tengo dónde quedarme. Recorrí los pasillos para ver si encontraba a alguien. Luego pensé en quedarme a descansar en la sala de lectura hasta que llegaran a hacer el aseo, pero está cerrada y pues estaba a punto de salir a buscar otra residencia, pero está cabrón porque afuera hay unos vatos que me quisieron apañar, me siguieron desde el metro, pero como el miedo no anda en burro, hasta alas me salieron.

—Ah, pues entonces ya chingamos. Porque yo ando aquí de pendejo haciendo tiempo mientras mi compa africano está con su morra en el guayabo. Pero este güey parece que coge a destajo. Imagínate: ya cogieron, hicieron de comer, comieron, volvieron a coger y ahora están cenando para volver a coger. La neta, ya tengo un chingo de sueño. Así que vamos y me haces el paro de que me llegaste de visita y ya queremos dormir. Digo, si no te molesta dormir en primera fila con el sonido estereofónico de una película porno, porque estos tortolitos no pierden el tiempo, son golosos, no se bajan del guayabo en toda la noche. Realmente somos tres en la habitación; este güey de Malí, un ruso y yo, pero el ruso se fue a su pueblo por una semana, así que estás de suerte, puedes quedarte a dormir en su cama. ¿Cómo la ves?

—No, pues ya rugiste. ¿Quieres comer algo antes?

—No, gracias. Precisamente estaba en la cocina del fondo del pasillo tomándome un *chay* mientras leía al buen Rulfo. ¿Y tus maletas?

—Las dejé en la cámara de seguridad de la estación, ya sabes, para no andar cargando.

—¿Entonces acabas de llegar?

—Sí. Bueno, realmente salí anoche y llegué hoy en la mañana, pero todo el día estuve formado en *Inturist* comprando el boleto a México. Luego, pues ya ni te cuento.

—Pues a mí me encontraste de pura chiripa porque mañana tengo mi último examen y pasado mañana me pinto de colores tempranito. Vamos a descansar porque es tarde y me caigo de sueño. ¿Qué, te perdiste o por qué llegaste tan tarde? —preguntó extrañado Martín mientras juntos desandaban sus pasos hasta la habitación localizada a principios del corredor sumido en el silencio y envuelto en la penumbra, muestra de que el verano había llegado y que la mayoría de los estudiantes ya se habían marchado.

—Lo que pasa es que conocí a una señora muy extraña, pero no sabía cómo zafarme. Creo que está media deschavetada, luego te cuento —respondió Tenoch, quien no dejaba de mostrar su alegría ante un cansado Martín, que al igual que él estaba contento con el inesperado encuentro, pero más feliz de haber encontrado un buen pretexto para irse a la cama.

Tenoch nunca se había sentido tan feliz de encontrar a un paisano. Era como si existiera una conexión familiar por el simple hecho de compartir una cultura, una historia y una lengua. Juntos caminaron hasta la mitad del corredor para encontrar la *komnata* 312. En la puerta no había banderas ni letreros que indicara quién vivía en esa habitación, pero Martín con toda familiaridad introdujo la llave y empujó la puerta, encendió la luz y el ambiente viciado les dio la bienvenida.

A dos pasos de la puerta se encontraba una cama individual de cada lado, seguida de dos burós y una mesa al centro con dos sillas; después una cortina semi transparente que separaba el territorio africano del resto del mundo. Atrás de la flotante línea divisoria había un sofá cama, una mesa con dos sillas y una nevera con un televisor de color rojo encima. En este tipo de inmuebles generalmente el serpentín del calentador se encontraba al fondo, bajo las ventanas de doble vidrio que aislaban la habitación del frío exterior durante el invierno.

Del viejo magnetofón colocado sobre una repisa cercana a la cama del africano se desprendía a medio volumen una melodía en francés. Era Joseph Ira Dassin, quien románticamente interpretaba *Et Si Tu N'Existais Pas...* transportando a tierras parisinas a la pareja binacional, inundando la habitación de romanticismo y pasión de un amor multicultural condenado a expresarse sólo entre muros, oculto a una sociedad intolerante que implacable juzgaba por el color de la piel. Ella, una rusa blanca como la nieve, reposaba su rubia cabellera en el pecho lampiño del joven negro acharolado mientras ambos dibujaban con sus labios aros de humo que se disipaban en las sombras de la habitación. Los aromas de comida, cigarro y transpiración de una reciente batalla pasional a puerta cerrada tonificaban un fuerte aroma que golpeó brutalmente el sensible olfato de Tenoch. Por momentos el muchacho pensó que sería mejor salir a enfrentar a los malandrines que soportar una noche en ese ambiente.

Si bien era cierto que los soviéticos no eran fanáticos del baño diario, también era cierto que en los ochenta no era fácil conseguir desodorantes y que el ajo y la cebolla eran parte fundamental en la dieta, lo cual era fatal para el olfato de

Tenoch, que frecuentemente sufría con los aromas en el transporte público, especialmente durante el verano.

Martín, sin cerrar la puerta y conteniendo la respiración, cruzó la cortina divisoria y se dirigió hasta la ventana para abrirla completamente. Molesto, recriminó a Bakary y a su amiga por fumar en el interior de la habitación. Estaba prohibido y les podría costar una fuerte sanción por parte de las autoridades de la universidad. Finalmente aspiró y saludó.

—*Privet*, raza. ¡Puf, qué tragaron, pinche Bakary! Ya quedamos que hay que abrir la ventana, cabrón, aquí huele a rayos.

—*Privet*, Martín —contestó Liuba, apresurándose a apagar su cigarro.

—*Bonjour*, Martín. Disculpa, pensé que no dormirías aquí —dijo Bakary, soplando con fuerza el humo del cigarro hacia la ventana.

—¿Y dónde más voy a dormir, cabrón? Sabes que aquí está prohibido fumar. Deja la ventana abierta un rato para que se ventile. Les presento a mi paisano, se va a quedar a dormir un par de días —les comentó Martín enfadado.

—*Privet* —levantó la mano Tenoch.

—*Privet* —respondió la pareja con gesto de indiferencia.

Liuba y Bakary se cubrieron con las sábanas para abrigarse del frescor de la noche. Martín se sentó en la cama, se quitó las botas y las arrojó a media habitación, cerca de las patas de la mesa. Lo mismo hizo con sus pantalones vaqueros que colgó en una silla, pero el pesado cinturón de enorme hebilla metálica con el relieve de una escena de rodeo hizo que se escurrieran hasta el piso ante la mirada de indiferencia del norteño, quien se sumergió en la cama sin decir palabra.

Tenoch sacó de su ridícula mochila una bolsa de plástico con sus utensilios de limpieza personal, salió de la habitación y se dirigió a los baños comunitarios localizados al final del pasillo. Esto le dio un respiro a su estómago.

Cuando regresó a la habitación las luces ya estaban apagadas, se despojó de su vestimenta y se metió en la cama. El aroma era menos irritante y pronto logró acostumbrarse. El cansancio le había ganado rápidamente la batalla a Martín y sus ronquidos ya arrullaban a los tortolitos que iniciaban la nueva función entre besos, suspiros y leves gemidos. Tenoch intentó dormir, pero entre sueños alcanzó a escuchar que Bakary sigilosamente cerraba nuevamente la ventana. Relajado y al cobijo de unos desconocidos, descansaba pensando que nuevamente había corrido con suerte, lo cual le dio confianza para pensar que el día siguiente lograría superar el miedo y la curiosidad. Tenía la certeza de que esta broma que la vida le estaba jugando había llegado a su fin.

Antes de ceder al cansancio y caer en el más profundo de los sueños, Tenoch pensaba que realmente le gustaría salvar la vida del escritor, pero sin arriesgar su trabajo de cinco años; mientras tanto por su mente deambulaban el rostro y las caricias de Carmen, la insistente y profunda mirada de la señora que lo perseguía con acertijos, augurios y misterios… Sólo tenía la esperanza de que esa gran sombra que también él sentía lo protegiera, lo resguardara y no le permitiera confirmar que "el camino al infierno está empedrado de buenas intenciones".

Capítulo cinco

Siempre hay buenas noticias allá donde no estamos.

El Sol del amanecer entraba por la ventana, iluminando con sus primeros rayos el delicado rostro de Liuba. Su espalda desnuda yacía desmayada al lado del incansable Bakary, sobre el sofá cama que ocupaba casi la mitad del territorio africano junto a la ventana. Ambas siluetas se dibujaban tras el velo semitransparente que pendía a media habitación. Liuba se despertó y perezosamente deslizó sus dedos de pianista en el ensortijado pelo de Bakary, quien aún dormía boca abajo.

Tenoch entreabrió los ojos. La luz de la mañana iluminaba toda la habitación. Por un momento no reconoció el lugar en donde había pasado la noche; al frente todo parecía igual a su habitación en Minsk. Lentamente levantó la cabeza sobre la mesa que se interponía entre las camas, vio a Martín con la mirada clavada en el techo y de nuevo dejó caer su cabeza sobre la almohada. Luego, de reojo, alcanzó a ver que éste empezaba a incorporarse lentamente.

—¿Qué onda, güey? ¿Cómo ves? —preguntó Martín, señalando con los ojos la silueta de Liuba.

—No, pues tienes un bonito paisaje —respondió Tenoch al momento que se sentaba en la cama.

—¿Cuál es el plan? ¿Qué tal si mientras son peras o son manzanas vamos a comer algo? Aquí hay un comedor en la residencia.

—Órale, vamos. Realmente no tengo un plan. Quiero hacer unas compras y, si tienes chance, en la tarde te invito una *pivo* por ahí —le dijo Tenoch mientras se ponía los pantalones.

—No, pues ya sabes: a la gorra no hay quien le corra.

Entre bromas y risas se vistieron, tomaron sus toallas y se dirigieron a darse un baño vaquero. Mientras caminaban bostezando por el pasillo, Tenoch recordó que, desde sus primeros días de estudiante en la URSS, los baños le parecían algo especial, pues los mingitorios eran similares a los de occidente, pero las tazas simplemente no existían, como tampoco existía el papel higiénico ni las servilletas desechables. Los lugares donde se obraba estaban separados por delgadas paredes y puertas al frente. En lugar de tazas se alzaban dos pedestales a la altura de las rodillas, en donde los jóvenes se subían posando los pies y en cuclillas se leía el periódico o alguna revista antes de darle un segundo uso. Los latinos frecuentemente se preguntaban por qué los oriundos del Medio Oriente no llevaban ningún papel. La mayoría de los musulmanes usaban una botella con agua. Sin lugar a duda, el choque cultural para Tenoch había sido fuerte, especialmente el primer año. Pronto comprendió que existían razones religiosas y culturales que les prohibían el uso del papel, por lo que acostumbran a lavarse después de evacuar.

Muchas fueron las sorpresas que Tenoch, al igual que Martín, había vivido a su llegada a la Unión Soviética, donde además de convivir con estudiantes locales lo hacía con extranjeros de diversas culturas, religiones, razas y lenguas. Ambos coincidían en la sorpresa que se habían llevado al ver que los musulmanes se salían de clases para hacer sus oraciones o en lo inexplicable que les resultaba ver la abstinencia de los hindúes a la carne de res, o a la carne de cerdo, de otras culturas de Medio Oriente.

—Nada que ver con nosotros o con los orientales, ya ves que hasta se dice: "todo lo que camina, se arrastra o vuela va para la cazuela" —comentó Martín con sonora carcajada.

El baño que les esperaba no sería amable porque durante el verano se daba mantenimiento a las tuberías del agua caliente de la ciudad, ya que ésta provenía de las calderas de las termoeléctricas locales, las cuales distribuían energía eléctrica, vapor y agua caliente para uso industrial y doméstico, por tanto, aunque el aseo fuera necesario, Tenoch y Martín estaban de acuerdo en que un baño vaquero era suficiente.

—Mejor vivir mugroso que morir vanidoso —aseguraba Martín.

Mientras regresaban a la habitación, Martín confesó que estaba triste porque no sabía cuándo podría volver a casa. Habían transcurrido dos años desde que salió de Sabinas, pero no tenía dinero para a visitar a su familia. Su padre era obrero de la fundidora y había empeñado su alma al Partido Comunista para que su hijo pudiera estudiar en Moscú. Tenoch consideraba que estudiar en Moscú era una gran oportunidad para conocer la cultura no solamente de Rusia, sino de toda la Unión Soviética. Sin embargo, Martín estaba preocupado por cosas que iban más allá: estaba seguro de que al terminar su carrera de periodista le sería prácticamente imposible conseguir un trabajo en México. Ambos jóvenes se encontraban ante un destino incierto, pues eran tiempos de la Guerra Fría, en donde la posición de México era tan indescifrable como aquella frase que inmortalizó el mismo presidente mexicano de los años setenta: "Las relaciones de México con los Estados Unidos ni nos perjudican ni nos benefician, sino todo lo contrario". Lo cierto era que toda persona con una visa de la URSS estampada en su pasaporte tenía prácticamente prohibido entrar a los Estados Unidos. Ellos coincidían en que graduarse ahí significaba estar dispuestos a llevar consigo el estigma de ser socialistas, aunque no lo fueran, pero graduarse en la Universidad de la Amistad de los Pueblos, que llevaba el nombre del célebre líder anticolonialista y nacionalista congolés Patrice Emery Lumumba, era otra cosa.

A Martín le resultaba frustrante saber que los sacrificios de estudiar lejos de su familia, soportar los crudos inviernos moscovitas, la alimentación y la discriminación racial serían esfuerzos vanos por la fama que había ganado la Universidad Patrice Lumumba cuando tuvo como discípulo al célebre venezolano Carlos Ilich Ramírez, conocido como "El Chacal", quien a principios de la década de los setenta fue expulsado de esa universidad. En los ochenta, dicho personaje se instaló en Jordania, donde ingresó a un campo de entrenamiento de acciones militares gracias a los contactos realizados en Moscú. Sus actividades eran bien conocidas en Occidente, sin embargo, en la Unión Soviética no se hablaba del tema porque las noticias de Occidente en idioma ruso solamente se captaban a través de estaciones de radio de banda corta, que se filtraban en forma clandestina desde estaciones como Europa Libre o La Voz de América, ambas con perfil anti-comunista. Así que poco o nada se sabía de los atentados terroristas perpetrados por este guerrillero, mercenario o revolucionario, según era catalogado por Libia, Venezuela o Palestina.

La conversación de pasillo de los jóvenes se interrumpió momentáneamente al llegar a la habitación para dejar sus cosas de aseo personal y despedirse de la pareja de enamorados, quienes aparentemente iniciaban sus calentamientos para la actividad amorosa del nuevo día. Ya abajo, en la recepción, Martín se despidió de la abuela y Tenoch recogió su pasaporte. Era evidente que ella sentía un gran afecto por el norteño, pues lo abrazó para saludarle y desearle lo mejor, al tiempo que discreta y recelosa le preguntaba si su acompañante era el paisano que lo estaba buscando la noche anterior. Luego, desviviéndose en recomendaciones y bendiciones, se despidieron para ir a desayunar.

En el comedor local encontraron una pobre variedad de platillos y Martin sugirió ir a otro lugar. Ambos coincidieron que caminar un poco les serviría para hacer más hambre. Martín sabía que era difícil que su paisano pasara a visitar a su familia hasta Coahuila, pero le pidió que depositara algunas cartas en la Ciudad de México. Fue entonces cuando Tenoch pensó que tal vez la mujer, además de evitar cualquier sospecha de fuga de información, lo había contactado porque tenía urgencia para advertir al escritor que su vida corría peligro.

La distracción de Tenoch no pasó desapercibida para Martín, quien con suspicacia preguntó si la propuesta para ir a tomar una cerveza por la tarde seguía en pie y, tras la confirmación del plan nocturno, ambos entraron callados al comedor de otra facultad, donde encontraron lo mismo que en el anterior, sólo que ya tenían más hambre. Se sirvieron medio vaso de crema entera, conocida como *smetana*, puré de papa, pan negro y un vaso de cacao. Mientras desayunaban, Tenoch le comentó a Martín sobre la extraña mujer que lo había abordado el día anterior, omitiendo todo lo ocurrido en el bar, su encuentro con Carmen y el favor que le había pedido para impedir el atentado. Tratando de encontrar una explicación sobre la impresión que le había causado la singular mujer, Tenoch le comentó a Martín acerca de una experiencia que tuvo en sus primeros días en Minsk, cuando conoció a un centroamericano que solía pasear en el verano con sombrilla, abrigo y gorra de invierno; a su paso advertía a los estudiantes de habla hispana sobre el peligro que corrían si eran contactados por agentes de la KGB y de la *Central Intelligence Agency* (CIA). Así mismo, decía ser testigo de un atentado previo a las olimpiadas de 1980, en la ciudad de Minsk, mediante el intento de la contaminación bacteriológica de las aguas que cruzan y nutren la ciudad del mismo nombre. Muchos compañeros opinaban que el chico sólo sufría de esquizofrenia y paranoia después de las severas tensiones a las que había sido sometido en las sesiones de exámenes de idioma y conocimientos. Otras versiones referían que después del año de preparatoria viajó a Italia, donde había sido contactado por agentes de la CIA y después por agentes de la KGB cuando hubo de regresar a la URSS.

Después de la conversación, ambos jóvenes concluyeron que la mujer era tan sólo una indigente con cierta dosis de paranoia, aunque en sus adentros también reconocían que en el país no existían los indigentes.

Sin embargo, Martín estaba intrigado por el relato de Tenoch y su escape de los delincuentes la noche anterior, por lo que trató de conocer más detalles sobre las palabras de la mujer que, al parecer, lo habían puesto en alerta sobre el ataque. Sin embargo, Tenoch no estaba dispuesto a profundizar sobre el tema, ahora tenía dudaba si había pecado de indiscreto y prefirió cambiar la conversación.

—Oye, güey, ¿qué onda con tu vecino? Dile que si come burro le quite las pezuñas. No mames, ¡qué pinche apeste!

—Ah, ¿te refieres al olor de pescado? Bueno, además de lo evidente, resulta que hace unos días le llegó de su casa un paquete. Él decía que le iban a enviar un platillo especial, delicioso y nutritivo que sólo se prepara en Malí. Pero cuando abrimos la caja de madera encontramos una enorme cantidad de filetes de pescado de color verde negruzco con un fuerte olor. Por atención y buena onda me comí un filete completo, pero este güey tiene tres días comiendo lo mismo. Su novia Liuba y yo cumplimos nuestra promesa de probarlo y ya no queremos ni oler su platillo. Tal vez él opine lo mismo de mi comida porque cuando le pongo picante dice que sólo el diablo puede comer eso.

—Pues sí que huele mal.

—¿Pero qué onda con la ruca? Vamos, cuéntame, aún no puedo comprender. ¿Está buena?

—No sé, si tú la vieras no darías tres *kopeks* por ella. La señora es casi tres veces más grande que yo, pero es una persona interesante, inteligente, una autentica biblioteca andando, pero, sobre todo, es misteriosa. Tengo una mezcla de curiosidad, temor e inquietud tan sólo de pensar en ella.

Tenoch trataba de disimular el temor que sentía cuando pensaba que se volvería a encontrar con la mujer, además, sentía un cierto remordimiento por no haberle contado a Martín. Sin embargo, se justificaba pensando que no había tenido otra alternativa por las condiciones en las que había llegado con su paisano. Ahora trataba de esquivar el tema y ser cuidadoso con sus palabras, pero Martín, al igual que él, ya estaba envenenado por la curiosidad.

—¿No te dio su teléfono? ¿La volverás a ver?

—Dijo que sí nos veríamos, pero no quedamos dónde ni cuándo.

—Ah, chingao, entonces, ¿cómo la vas a encontrar?

—Pues ahí es donde la marrana torció el rabo: porque ella dijo que me encontraría.

—No, pos estás jodido, carnal. Bueno, yo tengo un examen, así que voy a la biblioteca a echarle una leidita a mis apuntes, nos vemos como a las siete, si te parece.

—Sale. Yo voy a comprar algunas cosas para llevar a México y pues a ver qué pasa. Ahí te cuento por la tarde.

Ambos jóvenes recorrieron parte del campus y luego se separaron. Tenoch estaba atento a toda persona que se cruzaba en su camino; sospechaba que en cualquier momento se toparía con la mujer o con alguno de los malandrines de la noche anterior, sin embargo, no fue así. Todo lucía tranquilo en medio de una mañana fresca y con un Sol radiante.

Llegó a la estación del metro sin dejar de mirar discretamente a sus espaldas, palpando instintivamente su ridícula mochila, como acariciando un tesoro que sólo él sabía que llevaba consigo. Sólo había algo que empezaba a cansarle: esa sensación de incertidumbre. Pensaba pedirle a la mujer que le entregara la carta y despedirse para siempre. Sin embargo, estaba consciente de que ahora se encontraba atrapado, pues en realidad desconocía cuánto y cuántos sabían sobre él. Ahora resultaría inútil resistirse a cooperar. Añoraba la libertad que tanto le envidiaban sus compañeros soviéticos y comprendía el significado de la esclavitud de pensamiento y el hostigamiento mental.

Distraídamente se subió al metro, cambió de línea y llegó nuevamente a la estación de trenes Bielorrusia. Pasó a la caja de seguridad, dejó la ropa sucia y tomó un cambio para el día siguiente; lo colocó cuidadosamente en su ridícula mochila y volvió a cerrar la caja por otras veinticuatro horas.

Ya de regreso a la estación del metro le vinieron a la mente las últimas palabras de la mujer, acerca de cómo sería su reencuentro. «Qué cosa más absurda. Yo seguiré mis propios planes, allá ella y sus pinches locuras», pensó mientras introducía la moneda de cinco *kopeks* en el mecanismo de acceso. Observó a su alrededor y se internó para iniciar su descenso por los túneles profundos hasta los andenes de la línea del metro en anillo. Al dejar atrás la escalera eléctrica y pisar tierra firme, levantó la vista y en medio del bullicio de la multitud en movimiento encontró la apacible mirada de la mujer; menudita, desarrapada, pero conservando su amabilidad y elegante paso al caminar. Como una flor de cactus, que luce en medio de las espinas, mostrando una belleza otoñal con la espesa cabellera cortada al estilo del príncipe valiente. A la luz del día parecía más joven que la noche anterior, pero ahora estaba seguro de que ella no era de origen ruso, pues al querer saludarla ella retrocedió levemente, juntó sus manos y se inclinó con una reverencia al estilo oriental, mostrando su respeto.

—*Zdrastvuyte*. Eres puntal.

—*Zdrastvuyte*. ¿Cómo puntual? No teníamos una cita —respondió el muchacho, disimulando su emoción por el encuentro con alguien que al parecer no era tan mayor como le había parecido la noche anterior.

—Cierto. Sin embargo, estábamos seguros de que nos encontraríamos. Y en el fondo lo deseábamos. Me gustaría saber qué quieres conocer de Moscú. Prometo contarte la historia del lugar que elijas, pero también prometo mostrarte algo más convincente que las palabras para despejar tus dudas. ¿Qué dices?, ¿vamos?

Tenoch olvidó todo el discurso que había planeado, renunció a las objeciones que pondría y, aunque titubeante, se dejó conducir por los andenes mientras tímidamente replicaba:

—Bueno, es cierto. Tengo muchas preguntas, pero también hay demasiadas cosas por hacer.

—Tendrás tiempo para todo. Ahora, dime: ¿qué espacio de Moscú te gustaría conocer?

—Ok. En vista de que no se dará por vencida y que dispongo de tiempo, ¿podríamos visitar el museo Pushkin?

—Excelente elección. Entonces vamos por la línea del tren subterráneo en anillo y hagamos el cambio a la línea roja para bajarnos en Kropotkinskaya.

—Pero ¿le molestaría explicarme cómo hizo para encontrarme aquí y ahora?

—Es muy simple, pero no te precipites, todo a su debido tiempo —respondía la mujer al momento que el convoy se acercaba.

La mujer se abrió paso entre la gente y se sentó en el primer asiento que le ofrecieron, justo cuando la voz del vagón decía: "Distinguidos pasajeros, permitan que la gente adulta, las mujeres y los niños puedan viajar sentados. Gracias". Ambos viajaron en silencio, como viejos amigos que han agotado toda conversación y dan por entendido cualquier comentario. Al bajar del tren, ella lo tomó del brazo para dirigirse a las escaleras, se acercó al muchacho y discretamente le dijo:

—La única ventaja de ser viejo es que tienes el asiento asegurado. Mucha gente piensa que soy siberiana. Lo cierto es que soy de origen chino. Llegué hace muchos años. Aquí estudié, me gradué, me casé y he trabajado en diversos lugares.

Al salir a los andenes de la estación Kropotkinskaya, su comportamiento cambió radicalmente. Ella tomaba el mando de la situación como una auténtica guía de turistas. Su relación se tornó fría y soltaba datos y fechas de cada cosa que se cruzaba en el camino. Juntos recorrieron la estación bajo las miradas de los transeúntes. No había mentido, literalmente estaba describiendo cada detalle de la estación, desde las dos hileras de columnas de mármol blanco de diez caras iluminadas con lámparas ocultas en la parte superior hasta cada detalle de las paredes que estaban bordeadas con blanco Koyelga y mármol Ufaley, así como la procedencia del piso de granito gris y rosa por donde caminaban.

—El modelo de esta estación ganó dos premios: el Gran Premio en exposiciones en París en 1937 y Bruselas en 1958. En 1941, los diseñadores e ingenieros también fueron galardonados con el Premio Stalin de la URSS por la arquitectura y la construcción.

Sin lugar a duda estaban en un verdadero palacio bajo tierra, una estación del tren subterráneo llena de elegancia y sobriedad.

Una vez al aire libre y bajo la luz del Sol, de nuevo la mujer retomaba su amabilidad al hablar, se acercaron a la imponente fachada del museo mientras ella lo interrogaba para saber por dónde empezar.

—¿Conoces algo de Alexander Pushkin? Supongo que has leído alguno de sus libros, ¿no es así?

—Sí, he leído *La hija del capitán* y algunos poemas.

—Eso me alegra mucho, pero ¿cómo es que lo conoces?

—Bueno, en realidad la lectura de los clásicos rusos es algo que nos exigen en los cursos de la lengua. Lo de los poemas es cosa mía, pues me ha ayudado para conocer amigas.

—¿Me imagino que también conoces algunos datos biográficos del escritor?

—Un poco. Ya sabe, sólo conozco lo que nos permiten saber. Mucho me ha llamado la atención la fisonomía de Pushkin. Sus rasgos obviamente no son rusos, sin embargo, nuestros maestros esquivan cualquier tema relacionado con la época imperialista. Es complicado encontrar documentación de historias y tradiciones de la burguesía rusa.

—Acerca de su fisonomía tienes razón. No es de origen eslavo. Se dice que su fuerte temperamento y carácter explosivo fueron herencia de su tatarabuelo materno de origen africano, Abram Gannibal, una figura que posteriormente Pushkin referiría en sus obras. Lo único que se sabe acerca de las raíces de Gannibal es que nació en alguna parte de África entre 1688 y 1696 en el seno de la familia de un soberano local. A la edad de ocho años fue secuestrado y llevado a Estambul, Turquía. Luego, un diplomático ruso lo trajo a Moscú como regalo al emperador Pedro I, quien adoraba todo tipo de curiosidades exóticas y solía tener entre la servidumbre a personas de raza negra. Fue bautizado como Ibrahim, pero su nombre en ruso quedó como Abram, siendo su padrino el mismo Pedro I, quien le otorgó el patronímico Petrovich. El apellido Gannibal lo tomó en honor al general cartaginés Aníbal Barca.

Mientras la mujer relataba los detalles del árbol genealógico de Pushkin, los recuerdos de Tenoch se remontaban al verano de 1981, cuando se encontraba recorriendo la república de Bielorrusia en una caravana de extranjeros de más de cien países denominada "El tren de la amistad". Los recibimientos en cada lugar eran espontáneos y cordiales, sin embargo, para muchos soviéticos oriundos de la también conocida como Rusia Blanca era su primer contacto con gente de color. Tenoch emitió una sonrisa casi imperceptible al recordar que, en una de las ceremonias de bienvenida, un niño de escasos cuatro años no contuvo su curiosidad y fue a tocar a su amigo Joao de Angola. Luego se miró las manos e incrédulo corrió hasta su madre gritando: "No se despinta, no se despinta". Su madre, avergonzada, tomó a su hijo en brazos y salió de la ceremonia mientras todos los extranjeros reían. «Si eso sucedió en los años ochenta, ¿qué no podía suceder tres siglos atrás?», se dijo a sí en sus adentros.

—Como te decía, Alexander Pushkin nació el seis de junio de 1799 en Moscú. Su padre pertenecía a la nobleza rusa y su madre era bisnieta de Abram Gannibal. Los recuerdos de la familia daban testimonio que el niño desde entonces ya tenía un carácter bastante difícil: era muy inteligente y aficionado a la lectura, pero no le gustaba estudiar mucho; se paseaba de un extremo a otro o se sentaba solo en algún lugar abandonado. Algunas veces iniciaba juegos bruscos, hasta salvajes, con otros niños y no había poder humano que pudiera detenerlo. Pasó su adolescencia en el liceo imperial de Tsárskoye Seló, una localidad cercana a San Petersburgo, donde los jóvenes estaban rodeados de los mejores profesores y tenían a su disposición las bibliotecas más completas de la época. El liceo poseía un programa experimental que tenía como objetivo principal preparar a los estudiantes para ocupar cargos de altos funcionarios estatales. Una de las características que diferenciaba al liceo de otras instituciones educativas era la prohibición de todo tipo de castigos corporales. Alexander Pushkin formó parte del primer grupo de estudiantes del liceo. Esos seis años forjaron su personalidad y dieron forma a los pensamientos políticos y literarios que marcaron su vida. Muchos amigos del liceo educados en el espíritu de la nueva corriente intelectual liberal posteriormente se convirtieron en "decembristas", nobles que no se conformaban con el absolutismo del poder de la realeza rusa y quisieron introducir reformas en el sistema político, por lo que en diciembre de 1825 protagonizaron un intento de golpe de Estado contra el emperador Nicolás I.

—¿Y en qué idioma era la educación?

—En francés, por supuesto. En aquella época los nobles del país solían hablar, leer y escribir exclusivamente en francés. El ruso era considerado como el idioma del pueblo. Por esa razón la literatura rusa también necesitaba cambios y fue en el liceo donde se formó para toda la vida el programa literario ideado por Pushkin y sus compañeros. Querían acercar la literatura al pueblo y eso sólo se puede lograr cuando el gobierno y el pueblo hablan el mismo idioma. ¿Estás de acuerdo?

—Sí. Estoy de acuerdo con eso —asintió Tenoch mientras permanecían parados frente al edificio principal del museo.

—Bueno, creo que aún es temprano y podemos aprovechar para dar un breve paseo por los jardines y contarte algunos detalles interesantes de este edificio. Luego pasaremos al interior del museo. Como puedes observar, estamos en el centro de Moscú. Desde aquí se alcanza a ver el Kremlin, la Plaza Roja y del otro lado está el río Moscú. Este museo fue fundado en 1912 bajo el nombre Museo de Bellas Artes del Emperador Alejandro III. En 1937 se le cambió el nombre para hacerle honor al poeta ruso Alexander Pushkin. El arquitecto Román Ivánovich Klein ideó un edificio clásico decorado con columnas de estilo jónico en su fachada principal. En el interior vas a poder observar que las salas están ordenadas según los estilos y periodos históricos, exponiendo el arte de las civilizaciones antiguas, pinturas del siglo VIII al XX, dibujos, esculturas y artes aplicadas. Este edificio fue parcialmente destruido durante la Segunda Guerra Mundial. Sin embargo, frente a mis ojos aún desfilan las imágenes de aquel entonces, cuando todas las obras del museo estaban resguardadas en bodegas subterráneas.

Durante la guerra muchas fueron las vidas que se perdieron, pero los alemanes buscaban algo más que eso: querían destruir el alma, la esencia del pueblo ruso. El salvajismo nazi buscaba borrar todo rastro de arte e historia rusa, arrancar de la memoria de todo ser viviente el espíritu de una raza, de una cultura. En los años de la postguerra, yo solía caminar por estas calles y mi corazón se sentía oprimido tan sólo de pensar en el destino que habían tenido tantas y tantas obras de autores de todo el mundo. Mis maestros me contaban que en 1941, cuando cruzaban por estas calles, sus ojos se empañaban de lágrimas al ver que las columnas de esta fachada principal rodaban por el suelo. Varios artistas pasaron interminables momentos en el interior de sus paredes trabajando, plasmando sus historias, sus sentimientos y pasiones. Fue muy triste conocer el destino que tuvieron la casa-museo de Tchaikovsky, en la que los alemanes construyeron un garaje para motocicletas, o la misma casa de León Tolstoi en Yasnaya Polyana, que, tras el paso de los nazis, quedó hecha ruinas. Desgraciadamente, otros edificios, catedrales e iglesias no tuvieron tanta suerte y fueron completamente destruidas. Por ejemplo, la Catedral y Monasterio de Nueva Jerusalén, devastada y saqueada, al igual que la iglesia de la Asunción del siglo XI, minada y demolida completamente, desapareciendo con ella todos sus tesoros.

—Bueno, siendo sinceros, yo creo que para la reconstrucción era muy importante conocer la relevancia que tenía cada edificación en la idiosincrasia del pueblo, por ejemplo, la ciudad de Minsk fue devastada en su totalidad por los nazis y reconstruida a través de fotos y algunos planos, respetando los trazos originales. Sin embargo, la iglesia de san Simón y Elena fue el único edificio que quedó en pie, pero ahora se le conoce como "La Casa del Cine", y el resto de edificaciones religiosas no se reconstruyeron o se encuentran en condiciones muy deplorables.

—Eso también es cierto. Es innegable que en el régimen socialista no hay lugar para la religión. Lo puedes observar en muchas ciudades donde las iglesias y catedrales han sido convertidas en museos. Te puedo describir prácticamente la historia de cada edificio de esta ciudad, la biografía de los arquitectos, constructores y artistas plásticos soviéticos más famosos, pues aunque ahora laboro en la Agencia de Inteligencia, yo no hago trabajo de campo, toda mi función es intelectual. Veo y selecciono cada película que se proyecta en las salas de cine de toda la Unión Soviética. Antes también evaluábamos el cine que se proyectaba en todas las salas del bloque socialista, pero las cosas cambian. Por mi trabajo conozco la visión de la guerra en Occidente, la espectacularidad y el engaño que los americanos han propagado por el mundo de su triunfo inexistente sobre el ejército alemán y nuestra lamentable aportación de más de veinticinco millones de soldados y civiles soviéticos que perdimos desde el inicio del conflicto hasta la toma de Berlín. O, ¿acaso no fue la bandera del ejército rojo la que ondeó en el Reichstag? Yo estudio de cuatro a seis películas diariamente, dependiendo de su duración. Anoche no me fui a dormir, fui a completar mi cuota de trabajo para no tener problemas. Durante años he dado recorridos a presidentes, embajadores, intelectuales y políticos que nos visitan. Ahora mi objetivo es muy particular y, por tanto, te ofrezco mi tiempo para recorrer los lugares que tú elijas.

—Gracias, sinceramente se lo agradezco mucho. Tal vez estoy abusando de su tiempo libre.

—Absolutamente no. Este es mi trabajo, pero debo guardar ciertas apariencias, así que discúlpame, por favor, si algunas veces me transformo durante nuestro recorrido. Debes recordar que la Guerra Fría apenas empieza a descongelarse, ¿comprendes?

—Creo que sí —respondió Tenoch, que se encontraba en un auténtico tobogán sin conocer cuál sería su final.

—Bien, ahora te contaré un poco acerca de nuestro anfitrión. Alexander Pushkin es la figura más prominente de la literatura rusa. Es el creador del lenguaje literario ruso y uno de los duelistas más empedernidos de su época. Se dice que fue en el duelo vigésimo primero con d'Anthès en donde perdió la vida. El poeta arrojó el guante quince veces y en seis ocasiones recibió "la invitación". Sin embargo, once de estos duelos no se dieron debido a que sus colegas o amigos lograron apaciguar a las partes involucradas.

Mientras ella hablaba, Tenoch observaba cómo sus ojos se iluminaban con un brillo especial al tiempo que imaginaba y contaba las escenas históricas con sus diálogos y gesticulaciones propias de los personajes que narraba. Era tan elocuente en su relato que no sólo ella se transportaba, sino que, además, lo arrastraba a vivir esas historias. Una experiencia que el muchacho sólo había vivido en su infancia, cuando no había televisores y se escuchaban las radionovelas en casa. En aquel entonces su imaginación volaba tan sólo al escuchar el sonido de los cascos de los caballos galopando por los callejones de Querétaro, persiguiendo el carruaje donde escapaba un bandolero llamado Chucho el Roto, que disfrazado como un personaje de alcurnia lograba estafar a los ricos de la nobleza acompañado por sus amigos el Rorro y la Changa. Incluso llegaba a transportarse imaginariamente a las enigmáticas tierras del Medio Oriente al escuchar la voz serena y profunda de Kalimán, que sabiamente aconsejaba a Solín, su pequeño amigo, cuando lo tranquilizaba al decirle: serenidad y paciencia, mi pequeño amigo, mucha paciencia.

Los recuerdos de su infancia se esfumaron abruptamente para trasladarse al instante al mismo escenario del duelo sostenido por Pushkin y d'Anthès en aquella fría madrugada, mientras tanto, la mujer continuaba arrojando sin piedad fechas, lugares y nombres.

—Pushkin se graduó en el liceo en junio de 1817 y obtuvo un puesto en el Ministerio de Relaciones Exteriores. Fue entonces cuando empezó su labor para introducir cambios en las letras, porque la literatura rusa nacional como tal casi no existía. En aquel entonces se empleaban las versificaciones propias del alemán con léxico del ruso antiguo eslavo eclesiástico, pero en la lengua hablada eso ya no existía. En mayo de 1820 concluyó su obra *Ruslán y Ludmila*, concebida como poema épico nacional basado en los principios propios de la lengua rusa viva. La obra provocó numerosas críticas, ya que no seguía las reglas del "alto estilo" propias de este género literario; violaba explícitamente las tradiciones del romanticismo clásico típico en la poesía de la época y contenía demasiados elementos del habla viva popular. En la primavera de 1820, por el contenido de algunos de sus poemas, Pushkin fue enviado a seguir con sus tareas para la administración pública al sur del país; fue como una especie de destierro. En su viaje se enfermó y para curar su pulmonía sus amigos lo llevaron al Cáucaso y a la península de Crimea, donde pasó una parte del verano y el otoño. Allí siguió trabajando en su poema *El Cautivo del Cáucaso,* que, al publicarse, lo convirtió en el poeta más famoso del país. Allí nació también la semilla de otro poema, *La fuente de Bajchi Sarái,* y de su obra más famosa, la novela en verso *Eugenio Oneguin,* que me imagino ya conoces.

—Así es. También es parte de la literatura que debíamos leer para cumplir el programa de estudio. Sin embargo, no era fácil hacerlo.

—Por supuesto que es difícil, especialmente cuando no es tu lengua nativa. También debo reconocer que los escritores clásicos de la literatura rusa suelen utilizar un lenguaje diferente al de los clásicos postrevolución. Respecto al poeta, te contaré que en 1823 otra vez cambió de residencia, en esta ocasión se fue a residir a la ciudad sureña de Odessa, donde no mostró el menor interés de seguir al servicio del Estado, y, debido al gran éxito que había logrado con sus obras, finalmente había comprendido que su verdadera vocación era la literatura. Además, era evidente su simpatía por el ateísmo y una indiscreta aventura amorosa con la esposa de su jefe le valió algunas referencias negativas entre sus superiores. Aun así, no fue hasta un año después cuando fue despedido y enviado a Mijáilovskoye, una hacienda propiedad de su madre, en donde debería permanecer bajo supervisión paterna sin permiso para salir. Este "destierro", si se le puede llamar así, se prolongó por dos largos y prolíferos años, durante los cuales creó unas 100 obras, entre ellas el drama popular *Borís Godunov*, el poema burlón *El Conde Nulin*, el poema *Los Gitanos* y uno de sus versos más famosos: *El Profeta*; todo ello sin interferir en el desarrollo de la novela *Eugenio Oneguin*. El destierro de Alexander Pushkin terminó con el inicio del reinado de Nicolás I, quien había heredado la corona de su hermano mayor, el emperador Alejandro I, fallecido en 1825. En septiembre de 1826 el poeta fue convocado a una reunión privada con el emperador, donde éste le prometió su amparo personal ofreciéndole un cargo en la corte y anunció que sería el único censor de sus obras. A cambio de ese apoyo a Pushkin se le prohibiría leer en público y publicar cualquier obra antes de ser leída por el monarca.

—Perdón, entonces, ¿cuándo escribió *La Hija del Capitán*? Esa obra la leímos en el primer año de estudios como examen preliminar.

—*La Hija del Capitán* es una historia de amor, pero tiene como trasfondo la rebelión campesina. Fue escrita en la situación económica y social más crítica que vivió el poeta, pues su afición por el juego le demandaba demasiados recursos y su salario de historiógrafo era insuficiente para mantener su matrimonio con cuatro hijos, muchas deudas y, para colmo, dos hermanas solteras de su esposa que vivían con ellos. Realmente su talento literario le traía pocos dividendos y sus obras no se publicaban porque estaban censuradas. No fue hasta 1836 cuando se publicó esta obra, dos años después de haberla escrito.

—Ah, ya comprendo. Entonces, si la rebelión campesina es el tema central, esa es la razón por la que debíamos leerla. Debo reconocer que la literatura para extranjeros está seleccionada de una manera estratégica, pues nos instruían en historia, literatura y política al mismo tiempo. Ahora veo que lo mismo se buscaba con obras, como por ejemplo *La guerra y la Paz* de León Tolstoi, *Crimen y Castigo* de Dostoyevski o *Así se Templó el Acero* de Nicolái Ostrovski, ¿no es así?

—Sí, es cierto, así está pensado y así se ha aplicado año tras año a miles de estudiantes extranjeros en toda la URSS. También eso ha sido parte de mi trabajo —exclamó la mujer con cierto aire de satisfacción al ver que alguien comprendía que su trabajo de selección literaria para extranjeros contenía de forma muy discreta un mensaje subliminal para el adoctrinamiento político.

—Interesante. Y regresando al apoyo condicionado por el emperador que usted mencionaba, me parece algo muy triste que se le pusieran estas condiciones tan poco flexibles para expresar sus ideas, aunque puedo ver que hasta hoy en día las cosas no han cambiado mucho. Por ejemplo, su función dentro de la Agencia de Inteligencia es analizar las obras que pueden presentarse en las salas de cine en la actual URSS. Yo frecuentemente asisto al cine y en muchas ocasiones no comprendo por qué hay películas tan malas en cartelera cuando existe una infinidad de excelentes cintas locales y extranjeras.

—El mensaje. Esa es la clave para su selección. No podemos darnos el lujo de permitir todo tipo de propaganda capitalista por nuestros medios de comunicación masiva. Sin embargo, lo que dices es cierto y me alegra que me hagas esa observación, pero, como tú sabes, en nuestro país hay mucha gente que piensa que todo es mejor en Occidente; desconocen la violencia, el racismo, la corrupción y el desempleo que se vive allá; piensan que la libertad de expresión de la prensa es absoluta y real.

Al escucharla, Tenoch permaneció callado por un momento, tratando de comparar la situación que él conocía en ambas culturas, luego trató de explicar su punto de vista.

—Lo curioso es que allá sucede exactamente lo mismo. Ahora que estoy fuera del país lo puedo ver con mayor claridad. Es muy importante la propaganda y la difusión de noticias financiadas por los gobiernos. En mi país, sea o no temporada de elecciones, tenemos publicidad permanente de la presidencia, de las cámaras de diputados o senadores, de los partidos políticos, del ejército, etc., para demostrar dónde se gastan los impuestos del pueblo. Sin embargo, resulta interesante conocer las noticias de la TV y radio de otros países porque cuando las cosas se hacen bien no se necesita alardear de que se cumple con su deber, que las autoridades administran los recursos correctamente, que se ejerce la justicia, que no hay impunidad ni corrupción. Esa es la razón por la que muchos ciudadanos se sienten decepcionados de los gobiernos y no aquilatan la verdadera riqueza de su pueblo, de su cultura, de sus tradiciones. Siempre observamos las deficiencias en todo lo que nos rodean, sin apreciar las cosas buenas, pensando que el pasto del vecino es más verde o, como se dice por acá: "Siempre hay buenas noticias allá donde no estamos".

—Así es, desgraciadamente para nosotros no es posible conocer otras condiciones de vida por experiencia propia. Supongo que para ustedes tampoco es sencillo, pero ambos sabemos que eso es necesario, de lo contrario, siempre se es esclavo de quienes acoten tus pensamientos, tu visión y tus sueños. Esa falta de libertad es como estar sumergido en un pozo donde no se puede ver qué hay a tu alrededor porque la luz de la superficie te deslumbra. ¿Cómo saber qué hay afuera e incluso dentro del mismo pozo?

Con pasos cortos la pareja regresó de los jardines al edificio principal del museo, ajenos al bullicio del tráfico que aumentaba en las calles aledañas y a los transeúntes que, en su prisa cotidiana, apresurados se dirigían a sus actividades. Era un día maravilloso, con un Sol radiante que diluía casi imperceptiblemente el frescor de la mañana.

Capítulo seis

No todos los salmones son del oso, aunque estén en su territorio.

Al estar frente al edificio, Tenoch admiró con detenimiento la fachada del Museo de Bellas Artes de Pushkin, uno de los espacios culturales más importantes de Moscú, un complejo arquitectónico de seis edificios donde se exponían más de quinientas mil obras de arte de todos los tiempos. El complejo más importante estaba compuesto por cuatro edificios localizados en el centro de Moscú, muy cerca del Kremlin y la Plaza Roja. El edificio principal estaba integrado por una galería, un museo de colecciones privadas y un centro educativo.

Para el joven las comparaciones eran inevitables, inconscientemente refería sus nuevas experiencias a los recuerdos de los museos en México con piezas de gran valor histórico y artístico realizadas en barro y piedra, pero nada que ver con los museos europeos que albergaban piezas en oro, plata, jade y piedras preciosas de origen local y procedentes de todo el globo terrestre. Esta desafortunada diferencia le hacía recordar que las artesanías realizadas en metales y piedras preciosas en su país habían sido saqueadas a lo largo de tantas intervenciones extranjeras. «¿Acaso no existían piezas suficientes para montar una exposición como en los "Museos del Oro" de Colombia, Costa Rica o Perú?», se cuestionó con cierta tristeza.

La mujer inició su recorrido con la descripción del edificio principal, pero el chico aún seguía ensimismado en sus pensamientos.

—El arquitecto Román Ivánovich Klein ideó este edificio clásico decorado con columnas del estilo jónico en su fachada principal. Permíteme, ahora regreso. Voy por los pases de entrada —aseveró la mujer al observar que el joven no seguía la conversación.

Al acercarse a la recepción del edificio, Tenoch intentó pagar los pases de entrada, pero la mujer lo detuvo suavemente del antebrazo. Ella se acercó a la caja y solicitó las entradas mostrando un carnet de color rojo.

Una vez iniciado el recorrido, era fascinante la forma en que la mujer describía cada pintura, escultura, figura de porcelana u ornamento. Su conocimiento era impresionante, siempre iba más allá de la simple descripción de lo evidente; conocía y disfrutaba explicar todo lo relacionado incluso con el edificio, sus pasillos y salas finamente decoradas con una gran variedad de obras de arte.

—Nunca es suficiente ver e incluso observar una obra de arte, es necesario conocer a quién fue dedicada, quién fue la musa de esa inspiración, en cuánto tiempo y bajo qué circunstancias fue realizada esa creación artística, porque esos serán los sentimientos que quedarán plasmados e identificarán a la obra por toda su existencia. Muchas veces nos preguntaremos si una obra de arte hace a un artista o es el artista quien realiza la obra. Los novelistas, poetas y artistas plásticos sangran sus sentimientos, extirpan el dolor y el gozo de su alma para llevarlos a los sentidos de su interlocutor, pero ellos mismos son el producto de esos sentimientos en estado de éxtasis, de ese aliento divino, de esa musa que inspira y, cuando uno de esos interlocutores logra interpretar ese detalle en la pintura, en alguna frase de una novela o poesía, eso transformará la vida del artista para siempre, pues todo el esfuerzo habrá sido compensado.

Los relatos y el ambiente silencioso de aquel lugar hicieron que Tenoch se sumergiera en las experiencias narradas por la dulce y misteriosa voz de su guía. De pronto parecía que respiraba la historia, que palpaba los sentimientos que impregnaban cada pieza de aquel histórico lugar y hasta podría jurar que sentía la presencia fantasmal de aquellos artistas, musas, dioses y demonios que habitaban entre los gruesos muros del edificio. De pronto, inesperadamente sintió una fría exhalación en la parte trasera de su cuello, recordándole escenas de su niñez, cuando dormía en el suelo, sobre unos cartones, con su hermano menor en un pequeño cuarto al fondo de la casa. Ahí frecuentemente escuchaba sonidos de picos y palas que a medianoche escarbaban en los corrales sembrados de nopales y cactus que dividían las propiedades. Era una sinfonía macabra en medio de la nada que les crispaba la piel y los cabellos, que les empapaba sus cuerpos de un sudor frío y sólo el rechinar de sus dientes y la respiración del perro que dormía entre ellos cortaba ese silencio agobiante. Ambos estiraban la vieja cobija de lana hecha hilachas que alguna vez fue llamada "la poderosa" para cubrirse la cabeza y no ver ni escuchar. Noches interminables de excavaciones y caída de bardas completas hechas de adobes que cedían a los golpes del metal y sólo desaparecían con el cantar de los gallos en medio de sus oraciones. Benditos gallos, siempre tardaban tanto.

Cerca de las tres de la tarde ya habían recorrido la mayor parte del museo. Habían desfilado entre obras medievales y renacentistas, incluyendo dibujos, monedas, grabados, documentos, libros e iconos bizantinos, pero una gran parte del tiempo lo dedicaron a las pinturas del siglo XIX y XX de artistas como Monet, Rembrandt, Botticelli, Renoir, Picasso, Van Gogh y Matisse.

Tenoch siempre había sentido una gran atracción por las artes plásticas, incluso llegó a dibujar y pintar para montar exposiciones grupales con sus compañeros de preparatoria en su natal San Luis Potosí. Ahora se encontraba fascinado admirando las obras de prominentes pintores; su espíritu se llenaba de gozo tan sólo de pensar que alguna vez esos grandes artistas estuvieron parados a la misma distancia de sus obras. Sin embargo, sentía una especial afinidad por un grupo de artistas plásticos que estudió en las clases de idioma al llegar a la Unión Soviética, por lo que inmediatamente buscó las obras del grupo "Los Pintores Errantes", artistas rusos a quienes admiraba por su carácter, estilo de vida y belleza de sus obras. Ellos eran conocidos como los *Peredvizhniki*. Esta corriente del realismo crítico fue fundada por P. A. Fedótov en la segunda mitad del siglo XIX, entre Moscú y San Petersburgo. Ellos marcaron el destino del arte ruso. El crítico Vladímir Stásov exhortaba a los pintores a buscar en la vida cotidiana los motivos para sus obras. Lo académico fue sustituido por el realismo. La propuesta era no sólo reproducir con veracidad los episodios de esa vida habitual, sino identificarse con ellos. Su programa determinó una orientación artística hacia el civismo y la conciencia social en el arte mediante el interés por el mundo interior de la persona. "Los Errantes" llevaron su arte en exposiciones por toda Rusia con el fin de ilustrar al pueblo. Entre ellos había algunos de origen muy humilde que iniciaron la expresión de su arte con oleos sobre cascarones de huevo, tal fue el caso de E. Repin.

Cuando salió de su estado de contemplación se dio cuenta de que ya no estaba acompañado de la mujer. Sin preocuparse por su ausencia se dirigió a la sala de figuras de yeso, en donde siglos atrás inició la historia de ese museo, cuando aún era una academia de arte. Mientras observaba las reproducciones de los clásicos de las culturas griega y romana pudo darse cuenta de la ausencia de visitantes en toda la sala. Justo en ese momento la mujer se acercó a sus espaldas y discretamente deslizo un periódico doblado bajo su brazo izquierdo sin detener su andar. El muchacho giró su dorso levemente y su mirada se cruzó con los ojos mudos de la mujer, que por una rendija de sus labios le decía que continuara caminando hasta la siguiente sala después de leer el periódico. Ella sólo aminoró su andar y continuó su camino hasta cruzar el deshabitado salón y alcanzar la puerta del fondo. Tenoch observó a su alrededor y entreabrió el periódico, en él encontró un delgado folleto del museo en forma de libro con fotografías en blanco y negro. Sus ojos se abrieron a más no poder y su mirada nuevamente buscó la ausencia de testigos. Finalmente tenía ante sus ojos las pruebas que desvanecían toda sospecha de locura o paranoia de la misteriosa mujer.

Como autómata caminó lentamente hasta el monolito de yeso del *Moisés* de Miguel Ángel, como queriendo evitar el compartir la foto con todo testigo humano o electrónico que pudiera existir en la sala, pero los ojos de aquella réplica permanecieron imperturbables ante la fotografía de aquella misteriosa mujer con el líder de la revolución cubana, Fidel Castro.

Rápidamente pasó a la siguiente fotografía. La mujer lucía más bella de lo que él pudo haber imaginado. En esta foto se apreciaban con plenitud sus delicados rasgos orientales y negra cabellera, que le daban un toque elegante y hermoso al lado del sonriente escritor Gabriel García Márquez.

Tenoch estaba tan emocionado como temeroso. Se sentía aún más acorralado, víctima de su propia curiosidad. Si la noche anterior había logrado salir ileso, ahora no tenía esa certeza. Una tercera fotografía confirmaba la buena relación que la mujer mantenía con el Estado Soviético, pues aparecía con el secretario general del Comité Central del Partido Comunista de la Unión Soviética, Leonid Ilich Brézhnev, quien había presidido al país desde 1964 hasta su fallecimiento acontecido tan sólo tres años atrás. Además, había otras fotos de personajes intelectuales soviéticos y extranjeros, como Graham Greene y otros más que él no lograba identificar.

Nervioso, giró cada una de las fotos esperando encontrar algún antecedente de fechas o identificación de los protagonistas, pero en la fotografía del escritor encontró algo más que la fecha y la firma. Había un pequeño, pero emotivo, texto en castellano de escasos renglones en diagonal dedicados a ella. Al momento de leer la dedicatoria, Tenoch comprendió el sentimiento que alguna vez los había unido. En el texto, el escritor agradecía a quien había interpretado más que sus palabras, sus sentimientos, a quien siendo de una cultura tan diferente encontraba la empatía con sus emociones. Vidas tan lejanas y diferentes, historias ajenas, fantásticas e increíbles que se tejen desde su origen y se cruzan en el tiempo. El escritor agradecía al Universo y a todo lo divino por ese encuentro.

Y así, mientras cerraba el periódico para cubrir las fotos, Tenoch caminó absorto por el pasillo central de la sala. Su corazón estaba aún más inquieto. Titubeante, se detuvo ante la réplica casi perfecta de *La Piedad* para ver nuevamente las fotos, verificar las fechas y releer la dedicatoria hasta memorizarla. Una extraña sensación de miedo a lo desconocido se había apoderado de él. Ahora estaba completamente seguro del peligro que corría, no sólo sus estudios y su carrera, sino, además, su persona. Inconscientemente, levantó la mirada en busca del consuelo de *La Madonna*, pero ella permanecía con la mirada fija en el cuerpo inerme de su hijo postrado en su regazo.

No sabía qué hacer. Era la misma mujer que apenas unas horas antes le había rogado por su atención, la misma que había actuado como celestina para obtener oídos a sus palabras y ahora ella misma lo había dejado sin razones para dudar. Sin embargo, aún había algo que no cuadraba: ¿cuál era su conexión con la KGB? ¿A quién le interesaba acabar con la vida del escritor? ¿Cómo esa mujer conocía su pesadilla de las esferas? ¿Por qué tanto misterio para mostrarle esas fotos? Eran preguntas que atizaban una hoguera interminable de dudas y temores.

Se pasó las manos por la erizada melena y respiró profundamente. No estaba dispuesto a sentir miedo por algo que aún no hacía, no había pruebas que lo pudieran involucrar en algo ilegal. Ingresó a la sala de pintores impresionistas donde *El viñedo rojo* salió a su encuentro, era la única obra de Vincent Van Gogh que éste vendió en vida y no podía dejar de admirarla. Leyó detalladamente la información del lienzo que había sido adquirido por la coleccionista belga Anne Boch por unos 400 francos en 1890, poco antes de la muerte del artista. La escena plasmada recogía los momentos de la vendimia en una tarde de otoño que teñía de tonos rojizos y dorados el viñedo. Estas imágenes de la vida cotidiana en la Provenza fueron vendidas por Anne Boch al coleccionista ruso Serguéi Shchukin y, posteriormente, los bolcheviques nacionalizaron tanto esta obra como el resto de la colección de Shchukin, que pasó a formar parte del Museo Pushkin.

Tenoch se quedó parado frente a la obra del pintor holandés por varios minutos, imaginando cada pincelada precisa y perfecta que el artista había trazado durante su ejecución hasta lograr ese tapiz de colores vibrantes, llenos de vida y nostalgia de un día que se extingue con la luz del Sol, tal como se extinguían sus dudas sobre la mujer.

Los minutos transcurrían y el muchacho continuaba extasiado frente a la pintura, sin embargo, sus pensamientos estaban más allá de los límites del museo, donde irremediablemente tendría que enfrentar a la mujer, y todo indicaba que requería tiempo para tomar la decisión.

La frágil figura se asomó por la puerta al final de la sala, indicándole con una mirada discreta que la siguiera. Cuando dejó de fingir que admiraba la obra volvió a sentir en sus manos el periódico que contenía las fotos, entonces pensó que esos documentos eran lo único que lo comprometía. Era necesario deshacerse de ellos.

Salió del museo, se alejó algunos pasos del pórtico de entrada y al borde de una esquina de arbustos en los jardines alcanzó a distinguir las medias desmalladas en los tobillos de la mujer. Ella se encontraba sentada en una banca del jardín; impaciente lo esperaba. Se puso de pie y sin palabras se internaron en los pasillos del parque. Era un verano caluroso y la gente caminaba por los senderos. Las jóvenes madres paseaban a sus pequeños en carriolas. Era un día soleado y lleno de bullicio, como si los moscovitas celebraran cada día del verano, cuando la vida resucitaba con la primavera y florecía con el verano, quitándose de encima los pesados abrigos de invierno, al igual que la naturaleza se desprendía de los abultados mantos de nieve.

Antes de sentarse en una banca, Tenoch depositó el periódico en la bolsa negra de nylon que la mujer invariablemente llevaba consigo y que, en aparente descuido, había dejado entreabierta. Luego, él se estiró y disimuladamente se sentó a su lado, justo cuando ella sacaba de la misma bolsa dos emparedados de jamón con queso.

—¿Tienes hambre?

—Sí, gracias.

Comieron esperando que alguno de ellos iniciara la conversación. La gente cruzaba y los miraba con indiferencia. Tenoch sintió que se atragantaba con los enormes bocados del emparedado y decidió buscar un tarro de *kvas*, bebida fermentada agridulce hecha de centeno o trigo, muy similar al tepache, refrescante y muy popular en Rusia. Esta bebida era muy común encontrarla durante el verano en expendios al aire libre por tan sólo tres *kopeks*. Regresó, le alcanzó una de las bebidas y se sentó a su lado. Ella asintió con la cabeza en señal de agradecimiento, luego lo miró a los ojos y le dijo:

—Tal como pudiste leer, al reverso de la foto está un poema que el escritor me dedicó hace apenas unos días en su última visita a nuestro país. Como tú sabes, el escritor pasa gran parte de su vida en Cuba y suele tener un fuerte protagonismo en la lucha por los ideales de los pueblos en Latinoamérica. Por eso fue invitado por Fidel Castro como parte de su comitiva para venir a la URSS y estar presente en una recepción en honor al líder de la Perestroika, Mijaíl Gorbachov. Te comento que hace dos años, en 1983, una editorial soviética publicó su obra *Cien años de soledad*, arrancando todo indicio que pudiera dar pie a la más mínima imaginación erótica de su obra literaria. Esto por supuesto que le molestó mucho al escritor y, aunque su descontento en principio lo guardó en lo más íntimo, cuando estuvo frente a Gorbachov finalmente explotó. Era la oportunidad que esperaba para externar toda su ira al líder soviético, quien no encontró una mejor salida que invitarlo al Festival Internacional de Cine de Moscú. El escritor de temperamento latino sofocó en lo posible su irritación, sin embargo, era evidente que su estado de cólera no requería de los servicios de traducción. Con una serenidad aparente y su rabia contenida, días después asistió a la puesta en escena de una adaptación de su obra, pero entonces la directora tuvo que escuchar todo lo que el escritor no le pudo decir al líder de la Perestroika.

—Interesante, aunque me resulta difícil comprender el punto de vista soviético con respecto a los derechos de autor; tengo entendido que este tipo de obras pasan a ser patrimonio de la humanidad. Sin embargo, sigo sin entender las razones por las que alguien quisiera asesinarlo; se supone que aquí le tienen un gran respeto. Además, no considero que esos reclamos sean razones suficientes para tomar una represalia de tal magnitud. Tal vez existan otras razones que desconocemos por las que quieran liquidarlo, ¿no cree usted?

—Un momento. Hasta ahora nadie te ha mencionado quién planea el atentado. Recuerda: "no todos los salmones son del oso, aunque estén en su territorio".

—Bueno, realmente hay muchas cosas que yo desconozco. También le pido que acepte mis disculpas, pues yo estaba equivocado en mi juicio hacia usted, pero sigo considerando que esto no es para mí, que tengo mucho que perder en caso de que me descubran. Y, francamente, me incomoda, incluso me molesta, que usted me haya puesto en esta situación. No considero que sea justo levantarse un día y decir: este chico me puede servir para lo que necesito. Usted desconoce lo que me ha costado venir a estudiar a este país, pero lo más triste es que usted lo hace sabiendo que puedo perder cinco años de mis estudios. Y lo peor de todo: usted ni siquiera tiene la certeza de que el atentado sea real, ¿o sí?

—Esto es real. No es un supuesto, es algo que sólo un grupo de personas conocemos. Ahora, ¿por qué tú? Precisamente por todo eso que has dicho, porque eres la persona menos sospechosa para hacerlo. Ahora, sólo recuerda que hay una vida de por medio. También quiero que comprendas que tú eres mi única salida, pero, ahora que conoces tanto, también yo soy tu única salida.

—Es cierto. Tal vez ahora es demasiado tarde para salir huyendo. Acabemos con esto, deme la carta. Yo mañana saldré a México y el escritor tendrá el mensaje en sus manos. No comentaré nada con nadie, ¿le parece bien?

—De acuerdo, sólo que no será ahora cuando te la dé. Lo haremos mañana cuando te vea con las maletas rumbo al aeropuerto. Por ahora de nuevo piensa en cada cosa que hemos conversado.

En aquel momento la pareja se despidió. Tenoch consideró inútil preguntar dónde y cuándo sería la siguiente cita.

Mientras él se alejaba y se confundía entre la multitud, ella permaneció observándolo por unos instantes, luego dio media vuelta y en silencio se sumergió en las profundas cuevas del tren subterráneo.

Él sintió su mirada, pero no quiso voltear. Estaba contrariado al sentirse utilizado, manipulado, su paciencia estaba a punto de acabar y quería, cuanto antes, terminar con esa absurda trama de intriga que ponía en riesgo sus planes. Las miradas de los transeúntes cada vez le pesaban más, sentía que lo inculpaban, que lo sentenciaban y todos le parecían sospechosos. Un tanto agitado, se detuvo, se dio un par de golpes leves en la cara buscando sacudirse la paranoia y continuó su camino rumbo al gran almacén que se localiza frente a la Plaza Roja, conocido como el *Gosudarstvennyi Universalnyi Magazín (GUM).*

La tarde era espectacular, con un Sol descarado que se asomaba en medio de un cielo azul inmaculado. Las calles y los parques estaban invadidos por la nieve de verano que perezosamente flotaba en el ambiente, desafiando la gravedad al ritmo de un viento mansurrón y caliente. Los pequeños grumos de las florecillas del diente de león danzaban en el aire y se atoraban en el arisco pelo de Tenoch. Era uno de esos días donde las mujeres rusas paseaban sin una pizca de maquillaje en el rostro, cubriendo su cuerpo con holgados vestidos floreados de falda circular, sin medias de nylon y con ligeras sandalias. Las calles estaban invadidas por el bullicio y la alegría de una apresurada juventud que caminaba al lado de los viejos que salían a calentar sus huesos y acariciar sus recuerdos. En el reloj del Kremlin sonaban las cinco de la tarde y los amantes de la fotografía se regocijaban al encontrar las sombras que sólo el atardecer puede regalar.

Luego de hacer sus compras, Tenoch caminó entre los edificios que delimitan la plaza roja, admirando la catedral de San Basilio, el Kremlin y el museo y mausoleo de Lenin. Finalmente, llegó a la estación del metro para sumergirse en las entrañas de la tierra y abordar el convoy de regreso a la residencia estudiantil de la Universidad de la Amistad de los Pueblos.

Capítulo siete

Hay muertos que no hacen ruido y son más grandes sus penas.

Durante su asenso por las interminables escaleras eléctricas, Tenoch tuvo tiempo para recordar paso a paso su recorrido de la noche anterior, sobre todo cuando salió a la superficie y estuvo a punto de sucumbir ante los ataques y la persecución de los maleantes. Fue entonces que cayó en cuenta de que había olvidado por completo contárselo a la extraña mujer.

Cuando salió de la estación las calles no le intimidaron como la noche anterior, tal vez porque era más temprano, tal vez porque no tenía otra alternativa que volver a enfrentar sus temores. Caminó hasta la residencia estudiantil y antes de llegar se encontró a Martín con un grupo de amigos que conversaban.

Martín le presentó a Ikal, otro paisano de su misma facultad que todos conocían como el Itacate; con él estaba Abdul, el Sharmuta, originario de Sudán. Ambos esperaban a Rosendo, un japonés que prefería que lo llamaran con el nombre que aparecía en el día de su nacimiento en el almanaque que Martín tenía colgado en la pared de su *komnata*. El oriental estaba dando su último examen del periodo. Él era un fanático de la cultura mexicana y Martin contaba que en más de una ocasión le había pedido, como regalo, el almanaque, que tenía la imagen de un guerrero azteca con una doncella tlaxcalteca inerme en sus brazos. Rosendo conocía perfectamente la leyenda del Iztaccíhuatl y Popocatépetl; decía que eran el Romeo y Julieta de la cultura prehispánica y que, al igual que ellos, habían tenido un amor que nunca se concretó, una pareja de enamorados que jamás se unió en vida, una leyenda romántica que lo inspiró para adoptar su nombre según su fecha de nacimiento, tal como se hacía en las tradiciones mexicanas.

El grupo de jóvenes bromeaba y se divertía a escasos metros de la residencia estudiantil. Era interesante ver cómo los mexicanos conversaban en ruso con el sudanés utilizando la típica picardía mexicana. Sin embargo, todos guardaron silencio al ver que una bella chica etíope se acercaba envuelta en un agradable aroma de flores e incienso. Era Ayana ("flor hermosa" en su lengua natal), novia de Abdul. La chica sin lugar a duda hacía honor a su nombre, era la misma Nefertiti caminando elegantemente hacia ellos. La princesa del Nilo saludó a todos los amigos de Abdul, extendiendo su cuello para besar a cada uno de los jóvenes en la mejilla, excepto a Abdul, quien la recibió con un *Marhaba habibi* ("hola, mi amor", en árabe) acompañado de un apasionado beso en los labios.

—¿Qué onda, Sharmuta? ¿Van a ir tú y Ayana con nosotros al restaurante? —preguntó Martín con toda normalidad a Abdul; al momento, éste cambió de color y empezó a transpirar de vergüenza ante su novia.

Para Abdul fue el momento más bochornoso de su vida, pues no sabía cómo explicarle a su novia la razón por las que los latinoamericanos lo conocían con ese nombre.

Ella avergonzada cambió su agradable aspecto a enfado y exigió airadamente una explicación a Abdul en su lengua natal. Los mexicanos lograron comprender que a la chica le disgustaba que los latinos le llamaran "Sharmuta", le parecía algo vulgar, grosero e irrespetuoso. Abdul inútilmente le explicaba que todo había iniciado como un juego cuando un grupo de amigos latinos le preguntaron por qué los oriundos de habla árabe utilizaban la palabra *sharmuta* en cada frase cuando se comunicaban entre ellos. Abdul, como broma, les dijo que esta grosería significaba "amigo" en español. Los latinos lo creyeron, pero para Abdul resultaba muy gracioso insultarlos en su propia cara sin que ellos se dieran cuenta, sin embargo, cuando los latinos también lo llamaban "amigo" en árabe frente a sus coterráneos, especialmente si eran mujeres, la broma se convertía en algo muy bochornoso.

Mientras Ayana y Abdul discutían, los mexicanos reían a carcajadas. Luego se acercaron a Ayana y le pidieron disculpas, asegurándole que jamás le volverían a llamar de esa manera a Abdul, al menos cuando ella estuviera presente. Todos estuvieron de acuerdo, pero Rosendo, que recién llegaba y no sabía el origen de la broma ni su interpretación para los latinoamericanos, ingenuamente le preguntó a Abdul:

—*Nu chto sharmuta*? (¿qué pasó, perra?).

Tenoch tenía deseos de seguir la conversación, pero viendo la incomodidad de la pareja trató de apurar a sus compañeros, señalándose discretamente el costado de su cuello con la uña de su dedo índice derecho, lo cual, según las costumbres rusas, significaba que era el momento de ir a tomar alguna bebida espirituosa y alimentarse. Esta costumbre estaba muy arraigada entre los jóvenes soviéticos, pues era algo muy discreto y fácil de interpretar. Su origen se remontaba a la época del imperio antes de la revolución, cuando se construían las vías férreas entre San Petersburgo y Moscú. A cada trabajador se le marcaba el cuello para obtener gratuitamente una dotación de vodka diaria que le permitiera realizar sus labores en las terribles condiciones climatológicas que vivían. Los obreros solían formarse y señalar la marca en el cuello al capataz para recibir su dotación de alcohol. Años después la costumbre de señalarse el cuello se extendió por toda la URSS y era muy popular entre los hombres para indicar sus planes para irse de parranda, su estado de ebriedad o su deseo de ingerir cualquier bebida alcohólica.

Tenoch ya tenía un hambre atroz, pues sólo había comido aquel emparedado de queso que la mujer le había invitado, pero Rosendo, Abdul y Ayana tenían otros planes y se despidieron del trío de mexicanos, quienes pasaron a sus respectivas viviendas a dejar algunos objetos antes de salir a divertirse.

Cuando Tenoch y Martín llegaron a la *komnata* encontraron un calcetín en la perilla de la cerradura, lo cual significaba que Bakary seguía ocupado con Liuba.

—¿Qué onda, güey? —preguntó Tenoch a Martín.

—Pinche Bakary. Deja le toco para que me dé chance de dejar nuestras cosas y nos vamos de volada. Este güey piensa que se la tiene que acabar hoy mismo.

Martín tocó en varias ocasiones, pero no obtuvo respuesta. Empujó la puerta y una fuerte corriente de aire salió a su encuentro. Las ventanas estaban abiertas de par en par y la pareja yacía completamente desnuda sobre la alfombra del territorio africano. El joven estaba con su nariz sumergida en el pelo de la rubia, ambos desfallecidos, sólo los cobijaba la luz rojiza del atardecer moscovita que se filtraba por la ventana. Por un momento los mexicanos se asustaron y Martín se precipitó para checar si respiraban, pero ambos estaban ebrios y profundamente dormidos, agotados de experimentar "las poses del calendario del amor", una especie de *kamasutra* gráfico que Bakary tenía colgado en la pared. Martín tomó las sábanas, cubrió los cuerpos y salieron de la habitación.

Fuera de la residencia estudiantil ya los esperaba Ikal, un chico de piel cobriza, cuerpo atlético y amplia sonrisa. Ya juntos discutieron dónde sería la cena que según ellos tenían bien merecida. Martín e Ikal bromeaban diciendo que por fin comerían algo decente después de tanto tiempo. Todos sabían que la beca era suficiente para sobrevivir, pero insuficiente para gastos de diversión, correos o viajes. Ese día, Martín había terminado sus exámenes y planeaba trabajar en la construcción durante el verano. Ikal, gracias a su carisma y a sus facciones indígenas, solía posar como modelo para pintores y escultores, en su mayoría del sexo femenino. Ese trabajo le había permitido conocer muchos lugares y personas, ya que solía acompañar a las artistas hasta sus casas de campo en las playas en el Mar Negro o en el Cáucaso.

—¿Dónde quieren cenar, vatos? —preguntó Tenoch.

—¿De cuánto es tu presupuesto? —exclamó Martín.

—No hay problema. Ya tengo todo lo que necesito para mi salida de mañana.

—Entonces vamos a un restaurante bien chido al que siempre he querido ir. Es de comida cosaca y dicen que tienen un show bien chingón —comentó Ikal.

—Pinche Itacate. Nomás ves burro y se te ofrece viaje, ahí cobran un chingo. ¿Qué tal si a este compa no le alcanza? Yo no traigo ni madres. ¿Y tú?

—No hay pedo, se quedan a lavar los platos. No, ya en serio, no hay problema. Me gusta la idea, especialmente para agradecerle a Martín por su hospitalidad y buena onda. ¿Ya le contaste a Ikal que anoche me salvaste el pellejo? Además, este tipo de lugares no existen en Minsk —comentó Tenoch.

—No, pos entonces arre —dijo Martín con su acento norteño.

—Oye, güey, ¿por qué siempre dices arre? —preguntó Ikal.

—Ah, porque así se les dice a las mulas en mi pueblo —contestó Martín.

—Hum, pinche Martín.

Esa noche los muchachos comieron como reyes y bebieron como cosacos. Era un lugar exclusivo para extranjeros, exótico y muy bien ambientado, con un excelente espectáculo montado al centro de las mesas, simulando una carpa cosaca. Las mujeres bailaban con sensuales movimientos de cintura, diminutas prendas y pañuelos en el rostro que sólo dejaban ver sus enigmáticos ojos. Los malabares con antorchas encendidas ejercían un extraño poder hipnótico sobre los espectadores. De pronto saltó a escena un personaje como salido de las historietas de Medio Oriente, con su turbante y pluma al frente, enormes pantalones abombados y zapatillas de largas puntas enroscadas al frente. Sus centelleantes latigazos zumbaban por doquier, cortando como navajas el viciado ambiente de aquel refugio de Babel atiborrado de comensales de diferentes razas y lenguas. Sus estruendosos azotes reventaban globos multicolores que pendían de la bóveda central, invadiendo el recinto de confeti dorado y serpentinas.

La especialidad de la casa era la cocina tártara y cosaca, pero hasta ese momento los entremeses no tenían nada que ver con la comida a la que estaban acostumbrados los muchachos en los comedores estudiantiles. Cada bocadillo era una verdadera delicia exquisita y exótica. El plato fuerte para Martín fue *tsyplenok tabaka*, pollo a las brasas, algo simple, pero atípico en la URSS. Para Martín este platillo le alimentaba algo más que a su cuerpo, pues le refrescaba recuerdos de su dura infancia en las áridas tierras de Monclova. Los jóvenes alzaron sus copas con los "cien gramos" de vodka y brindaron por el encuentro.

Entre risas y tragos de vodka, Martín les relató que algunas veces su perro se robaba las gallinas de los vecinos y él entonces aprendió a prepararlas en la parrilla, asadas con carbón y rociadas con agua salada. Tanto el animal como Martín obtenían comida fácilmente, sin embargo, los vecinos pronto descubrieron que su perro era un ladrón y lo envenenaron.

Ikal prefirió comer algo saludable, algo que le hiciera olvidar aquellos noventa kilogramos con los que había llegado a la URSS y que sus paisanos le harían recordar con el sobrenombre de "Itacate". Con un tanto de nostalgia les explicó que su nombre era de origen maya y significaba "espíritu". Les contó que era miembro de una familia de 20 hermanos; todos habían sido adoptados en diferentes lugares. Don Lucho, su padre adoptivo, trabajaba en la Cruz Roja Mexicana y se había hecho cargo de los pequeños abandonados en hospitales, centrales de autobuses y hasta en la basura. Ikal contaba que casi todo el tiempo sólo tenían papas o arroz blanco para comer, por lo que la dieta de los comedores estudiantiles era algo común para él.

Cuando se acercó el camarero para servirle un salmón en salsa tártara, sus ojos se empañaron y sus compañeros pensaron que realmente estaba emocionado de disfrutar el suculento pescado, pero Ikal les confesó que preferiría mil veces unos tamales de chipilín o de hierba santa.

—Ah, qué nostalgia por las tortillas, los frijoles con cochito y el chile de árbol —exclamó Ikal que muy "resignado" disfrutaba el primer bocado de salmón.

Mientras tanto, Tenoch ya paladeaba una carne tártara y les relataba que era originario de San Luis Potosí.

—¿Por qué escogiste esa pinche carne cruda? Tan cara y sin cocinar —preguntó Martín.

—Porque me recuerda cuando tenía seis o siete años y mi madre nos mandaba a mi hermana y a mí a la carnicería.

—Pero ¿qué tiene que ver eso con la carne tártara? —preguntó Ikal.

—Bueno, porque comprábamos la carne molida y las tortillas, pero para aguantar el hambre nos echábamos un taco de carne cruda en el camino —dijo Tenoch y todos volvieron a reír.

Tenoch realmente disfrutaba de ese platillo tradicional y legendario de origen tártaro, cuya receta había sido creada por los grupos nómadas de Asia Menor. En aquel entonces la carne cruda se colocaba en trozos bajo la silla de montar y los jinetes se la comían mientras cabalgaban para ahorrar tiempo en sus largas travesías.

Era curioso ver a tres mexicanos procedentes de tan diversos lugares, pero con una sola raíz, misma que ahora los unía al otro lado del océano. Los tres provenían de clases sociales marginadas y entre bromas coincidían en que los países poderosos se equivocaban al decir que había un "tercer mundo", cuando realmente pertenecían al "inframundo", broma que festejaron a carcajadas.

El sonido metálico del choque de sables que sacaban chispas en un combate cosaco simulado en medio de la sala sacudió la atención de los jóvenes y los recuerdos se truncaron para dar paso a los comentarios de sorpresa.

—Órale. Güey, ya empezó la danza de los machetes —comentó Martín sin dejar de observar el espectáculo.

Un mesero de prominente nariz se acercó para preguntar si querían una botella más de vodka o si preferían como digestivo un coñac de su tierra natal, la república de Armenia. Los jóvenes aceptaron la segunda opción sin el menor titubeo, pero acompañado de unos quesos con dátiles.

—Para darle cuerpo al vómito —bromearon y rieron nuevamente.

El espectáculo llegaba a su fin y los jóvenes se dispusieron a cerrar la cena con una taza de té del Cáucaso. Tenoch se puso de pie para ir al baño e instintivamente recordó aplicar las enseñanzas de la noche anterior, pero le quedaba claro que el espionaje no era lo suyo. Aunque los efectos del alcohol habían borrado sus preocupaciones, la sensación de sentirse observado no lo abandonaba. En su recorrido al sanitario no dejó de pensar cuántos de estos extranjeros adinerados eran investigados, sin embargo, todos parecían inofensivos, indiferentes, hasta distraídos, nada que ver con la realidad que la mujer le había mostrado. Sólo tenía la certeza de haber notado un detalle: en esa sala tampoco estaba permitida la entrada a ciudadanos soviéticos.

Cuando salieron del restaurante tomaron el subterráneo y, en el camino, Martín trató de indagar lo que había acontecido con la cita de ese día por la mañana, pero Tenoch estaba hermético, esquivo a sus preguntas, cuestionándose si había cometido una indiscreción al contarle a Martín sobre la mujer.

Al salir del subterráneo, caminaron a la residencia estudiantil mientras Tenoch les compartía los pormenores de la fuga de la noche anterior.

Muy cerca de la vivienda, Martín e Ikal le preguntaron si podían enviar algunas cartas y pequeños regalos a sus familiares en México. Tenoch aceptó e Ikal fue a su habitación por las cartas.

—Arre, ya suéltala, vato, ¿cómo te encontró hoy? Lástima que mañana ya no te voy a ver en la tarde. Me perderé la parte final de tu historia. Mañana salgo con mi grupo de trabajo a Yakutia.

—¿Yakutia? No mames, güey, eso sí queda en casa de la chingada. ¿Por qué hasta allá?

—Hay chamba, carnal, y muy bien pagada. Estaremos tendiendo algunos circuitos de transmisión de energía en las aldeas. ¿A poco allá en Minsk no hay estos grupos de trabajo?

—Pues sí, güey, pero eso se lo dan sólo a los soviéticos, dicen que nosotros estamos muy pinches ñangos para aguantar el calor y las jornadas de trabajo. Pero yo creo que es porque son los empleos mejor pagados y sólo se los dan a los locales. Aquí en Moscú hay soviéticos de muchas nacionalidades, pero en Bielorrusia la mayoría son de ahí o algunos del báltico. ¿Pero ustedes van a trabajar a Yakutia, la capital de la república de Sajá, o a otra parte de Siberia Oriental?

—No, pos eso sí quién sabe. Ya ves que son muy comunicativos estos güeyes.

—Pues qué bueno que vas ahora en verano, porque dicen que los inviernos van desde menos treinta a menos setenta grados; es un verdadero infierno frío, la auténtica Siberia. En mi primer año en la URSS compartí la habitación con un

chukcha, ¿sabías que así se les llama a los esquimales rusos? Son gente muy amable y buena onda, te va a ir bien. Ellos hablan muy bien el ruso y tienen una forma muy particular de ver las cosas. Bueno, ya te imaginas lo que se requiere para sobrevivir en esas condiciones. Ya ves que en su honor se hacen la mayor parte de bromas en ruso, tal como sucede en Colombia con la gente de la región de Pasto o con los gallegos en España. Yo, la neta, me quedé con ganas de ir a trabajar allá desde hace años.

Minutos después Ikal llegó con un par de sobres para remitirse al Japón y a los Estados Unidos, así como un paquete de cigarros rusos ilustrados con pequeñas postales de la URSS para su padre adoptivo, que vivía en la Ciudad de México.

—Oye, carnal, pero yo sólo voy a México. Te puedo llevar los cigarros, pero las cartas a Japón y los Estados Unidos las depositaré en un buzón, ¿está bien?

—Claro, güey, lo importante es que salgan de aquí. Son cartas para mis carnales.

—Ah, chingao, ¿no dijiste que estaban bien jodidos y que eran un chingo? —replicó Martín.

—Jodidos, pero no pendejos. Mi jefe nos consiguió becas a todos. En la familia hay de todo, como en botica, hasta un gabachito que dejaron en el aeropuerto de Acapulco.

—¿Te cae, güey? ¿Entonces tú de dónde eres? —preguntó Martín.

—No, pues eso es tema de otra parranda. No me hagan soltar la lengua.

—A ver, güey, ya cuenta —insistió Tenoch.

—Bueno, pues les contaré algo. Yo nací en Guatemala y desde chavito me escapé de la casa porque mi padrastro me arrimaba cada madriza, siempre me trató de la chingada. Por una razón u otra se desquitaba conmigo, incluso llegó a apagar su cigarro en mi lengua y me embriagaba con aguardiente para divertirse con sus amigos.

—¿Y tu jefa qué decía?

—Mi jefa no decía nada, ella le tenía miedo. Decía que todo se lo debía a él porque la había recogido con dos hijos, pero cuando estábamos solos me decía que me fuera, que huyera de la casa. Temía que me pasara algo malo. Yo soy chapín, pue —dijo Ikal sonriente, exagerando un acento que ya había perdido con el paso de los años—, de un pueblo que se llama Malacatán. Una noche, cuando el viejo llegó bien borracho, me mandó por unas cervezas para seguir la juerga, pero yo tomé el dinero y nunca volví. En aquel entonces, el mercado era el lugar más lejano que yo conocía, así que corrí como chucho con rabia hasta subirme a un camión en el que estaban cargando plátanos. Sin zapatos, sólo con una playera a rayas y pantalones cortos, pero esa misma noche llegué hasta la frontera con México. Cuando descargaron el camión me descubrieron y el pinche chufa no me preguntó ni quién era ni lo que hacía, sólo me sacó de entre la fruta, me levantó y me arrojó al suelo. Luego tomó una pequeña piedra del tamaño de un garbanzo y me la arrojó en la frente con toda su fuerza. Sentí como una descarga eléctrica en la cabeza y un hilillo de sangre corrió de mi frente, luego me pateó y dijo que me largara, que no quería problemas. Crucé la frontera por el Suchiate, flotando en una cámara de llanta que pagué con el dinero del viejo. En Tapachula pasé de todo, menos hambre. Dos días después estaba de polizón en el tren de pasajeros de Tapachula a México. En la estación de Alta Vista duré varios días durmiendo envuelto en periódicos, comiendo los desperdicios de los trenes de pasajeros, hasta que un día me agarró la "tira", pero don Lucho me rescató. Ese viejo sí es cabrón. Me llevó a su casa, me dio escuela y hasta una familia. Dime si ese no es un padre para mí.

—No, pues estás cabrón, Ikal. Nunca me habías contado eso —comentó Martín intrigado mientras que el oriundo de Guatemala sólo se encogía de hombros, desestimando la historia de su cruel infancia.

Tenoch comprendió el dolor que le causaba a Ikal recordar todo aquello y sin proponérselo llegaron hasta su memoria los crudos relatos de Vera en el Tren, y así, espontáneo, citó las palabras que su madre solía decir cuando alguien, lejos de quejarse, sólo seguía adelante:

—"Hay muertos que no hacen ruido y son más grandes sus penas".

—Bueno, ¿y tienes hermanos o hermanas? Digo, de sangre, allá en Malacatán —preguntó Martín.

—Tenía. Es decir, tengo una hermana tres años mayor, pero ella se fue un año antes que yo. Creo que también vive en México. Ya saben ustedes: todo mundo cruza por el Suchiate o por el Usumacinta; siempre hay zonas poco profundas y sólo tienes que encontrarlas para cruzar la frontera caminando. Bueno, algo así me dijeron mis primos que ahora viven en EUA y con quienes aún tengo contacto. Don Lucho me consiguió los datos, él siempre dice que debemos conservar nuestras raíces para saber de dónde venimos y nunca debemos olvidar quiénes somos porque es muy triste cuando alguien niega su origen.

Esa noche, Martín y Tenoch se despidieron de Ikal en la puerta de su dormitorio y subieron las escaleras callados, cada quien con sus pensamientos y sus planes. Al cruzar el primer piso, se escuchaba entre muros una melodía con ritmo de circo que se desprendía de unas potentes bocinas de alguna habitación. La música de fondo parecía perderse cuando surgía la inconfundible voz aguardentosa y grave de Vladimir Visotsky, quien imitaba la *conversación de una pareja frente al televisor* al final de la jornada. El diálogo era la descripción perfecta de un matrimonio ordinario soviético inmerso en la rutina diaria, donde Vanya, el esposo, cada día después de la jornada de trabajo se sentaba frente al televisor a embriagarse, escuchando los reclamos de su esposa que no le permitía salir a tomar con sus amigos e, incluso, la mujer aprovechaba los comerciales para expresarle los deseos de tener cada producto que se anunciaba, sin dejar de criticar a sus amigos de parranda. Para Tenoch, el cantautor era un viejo conocido, pues siempre había tenido compañeros de cuarto fanáticos de sus canciones. En un principio le resultaban aburridas y poco melódicas porque desconocía el lenguaje coloquial utilizado en sus interpretaciones; años después el mexicano le tomó un gusto especial. El talentoso cantante, icono del alma rusa, a pesar de haber sido borrado de la lista de artistas predilectos de *Melodiya*, seguía en el gusto del pueblo; su música era reproducida en cintas magnéticas por doquier. No había universitario, militar, obrero o intelectual que no conociera su talento; era como un Oscar Chávez o J. M. Serrat, que con sus cantos de protesta e ironía alzaba la voz de la sociedad soviética que estaba afónica y sedienta de libertad. Visotsky criticaba el estilo de vida, el alcoholismo y los excesos que se vivían en Rusia, era como la conciencia de una juventud que no se atrevía a hablar libremente en un régimen autoritario. A pesar de la prohibición de sus canciones, Visotsky era el artista más popular y admirado por los soviéticos, tan así que cuando murió, en 1980, su cuerpo fue expuesto en el Teatro Taganka durante los juegos olímpicos de Moscú y se calcula que más de un millón de personas asistieron a sus funerales. Se decía que miles de fanáticos abandonaron los estadios para despedir a quien muchos consideraban la voz que decía lo que todos callaban durante los años setenta.

Cuando llegaron al cuarto esperaban encontrar a Bakary y a su bella acompañante, sin embargo, la habitación estaba vacía, totalmente limpia y ordenada, entonces pensaron que llegarían más tarde, pero en el fondo deseaban tener la tranquilidad de una noche sin show.

Tenoch tomó las cosas de aseo y se dirigió a los baños comunitarios. Cuando regresó, Martín ya estaba profundamente dormido. Sus botas vaqueras yacían al lado de la cama, una caída y la otra de pie, como esperando dar el siguiente paso en la tundra siberiana.

En medio de la obscura habitación, Tenoch se sentó en la cama y pensó en las sorpresas que tan sólo en dos días le estaba dando la vida. Recordó a las personas que en ese breve tiempo se habían cruzado en su camino, reflexionó sobre sus palabras, trajo a su memoria sus rostros y, antes de que pudiera darse cuenta, le estaba haciendo coro a los ronquidos de Martín.

Capítulo ocho

Parque BДHX (VeDeNJa).

Eran las seis de la mañana cuando las notas del himno nacional soviético se escuchaban desde la habitación vecina. Martín se revolcó en su cama. Tenoch checó su reloj y decidió darse una hora más, esperando el mejor de los consejos de su almohada para saber si era conveniente el baño de agua frío o no.

Pasaron menos de cinco minutos cuando Martín saltó de la cama, como impulsado por un resorte. Tomó sus cosas de aseo personal y salió a la ducha sin pensarlo dos veces. Tenoch, entre bostezos, escuchó azotar la puerta y no le quedó otro remedio que levantarse. Se estiró para ver si había señales de vida en el territorio africano, pero la cama seguía intacta, como la noche anterior.

Se puso de pie y salió a tomar la temida ducha de agua fría. Eran casi las siete de la mañana y Martín debía salir corriendo con rumbo al aeropuerto para partir a Siberia. Una vez hecha su maleta debería entregar su ropa de cama a la encargada del hotel estudiantil y resguardar sus objetos personales en la cámara de seguridad. Todo debería quedar desocupado antes de tomar el metro con rumbo al aeropuerto, por lo que el desayuno de ese día quedaba fuera de sus planes.

Tenoch le ayudó. Juntos bajaron las cosas y las entregaron a la portera de edificio, la misma abuela que dos noches atrás lo dejara pasar a regañadientes ahora estaba amable y de buen humor. En la URSS era algo muy común emplear a mujeres de la tercera edad como porteras en edificios públicos, generalmente eran muy rígidas, estrictas y poco amables, pero en el fondo eran personas muy nobles y de buen corazón que invariablemente terminaban comportándose como abuelas cariñosas, por lo que todo mundo las conocía como *Babushka*. Ella despidió a ambos con un maternal abrazo seguido de su bendición a la usanza ortodoxa. Ya en la calle Martín le entregó una carta para su madre en Sabinas. Las botas de tacón cubano estaban impecables, sus ojos brillaban de emoción como la hebilla con la escena de rodeo ceñida al vientre. En unas cuantas horas estaría en los confines del mundo, donde el día suele prolongarse por varios meses.

Luego llegaría el momento de separarse. La despedida de los mexicanos fue algo tan natural que tal vez ellos mismos se sorprendieron. Ambos estaban acostumbrados a ese abrir y cerrar de las puertas para salir volando y dejar volar a los demás. A pesar de la empatía que habían logrado encontrar en tan poco tiempo, ambos sabían que el destino los había unido sólo momentáneamente, y, sin mayor discurso que el agradecimiento y los buenos deseos, se dieron un fraternal abrazo, como si tuvieran un acuerdo para el lugar y la hora del siguiente encuentro, aunque, en el fondo, tenían la certeza de que esta sería su última reunión. Martín, emocionado, corrió para alcanzar un avión que lo llevaría hasta las extrañas e intrigantes tierras del lejano oriente ruso, mientras que Tenoch, por ahora, sólo deseaba saciar su hambre para más tarde salir al encuentro con su propio destino.

Unos metros adelante encontró el comedor estudiantil del día anterior. Se paró en la pequeña fila para tomar dos vasos de té, un par de empanadas de carne con ajo y cebolla, conocidas como *chebureki*, y medio vaso de *smetana*.

Al sentarse y poner la charola sobre la mesa, de soslayo alcanzó a distinguir a una hermosa mujer musulmana que tomaba de la mano a su pequeña, de unos tres años, seguida por su marido. A ambos los había conocido cinco años atrás en Minsk. Ella se llamaba Mala, era originaria de las Islas Mauricio, y él era Jamal, de Túnez. Ella alguna vez había sido el gran amor de Tenoch. Cuando se conocieron se comunicaban sin palabras, su conversación era a señas, con miradas y sutiles caricias en el saludo, un lenguaje que sólo el amor es capaz de interpretar. Cuando Tenoch cruzó su mirada con Mala, el muchacho sintió un ligero mareo.

Los recuerdos lo aturdieron, le llegaron escenas de cuando ambos aprendían a comunicarse en ruso. La comunidad musulmana de lengua francesa se encargó de advertirle a la joven que la naturaleza latina de Tenoch no le convenía para profundizar en una relación amorosa, dado que las diferencias entre musulmanes y católicos eran enormes. A pesar de eso, Tenoch cada día visitaba a Mala en su habitación, donde practicaban nuevas palabras y frases en ruso, conversaciones sobre la cultura, naturaleza y religión, y combinaban el ruso con el inglés y el francés, que ella dominaba. Apenas transcurridos dos meses de amistad, Mala le expresó que deseaba formar una familia con él y continuar estudiando, pues ella sentía que sus diecisiete años eran excesivos y, según su religión, ella no podía dejar pasar el tiempo saliendo con diferentes jóvenes. Era evidente que ambos sentían lo mismo, pero Tenoch no estaba dispuesto a olvidarse de sus objetivos y, poco a poco, se fueron alejando. Jamal era un tipo pudiente, de porte elegante, enorme nariz, sumamente religioso y tradicionalista que, al vestir su túnica blanca con el turbante y *kaffiyeh* sobre su cabeza, lucía como un auténtico emir. Durante los primeros días en Minsk, Jamal solía hacer sus oraciones puntualmente, incluso llegó a salirse de clases para orar a las doce del día, alineando su tapete hacia La Meca. A pesar de su corta edad, ya empezaba a marcarse en su frente una pequeña mancha obscura que sólo los musulmanes adquieren al colocar su frente en el suelo durante las cinco sesiones diarias de oración. Incluso los maestros soviéticos tuvieron que hablar con él para hacerle comprender que sus costumbres religiosas deberían quedar de lado si quería continuar estudiando. Sin embargo, él se resistió e incluso durante el Ramadán cumplía con el ayuno conforme al Corán.

Unos meses después de haber dado por terminada la amistad con Tenoch, Mala contrajo matrimonio en la primavera del 81, aún sin terminar los estudios de preparatoria y, al final del año académico, los dos fueron enviados a Moscú para continuar su preparación universitaria. Cuatro años después, Tenoch la tenía nuevamente cerca. Al terminar de desayunar, la joven familia se levantó de la mesa y Jamal no se enteró de su presencia. Pero ese breve cruce de miradas con Mala había sido suficiente para que ambos recordaran que, como antaño, las palabras no eran necesarias cuando se habla con el corazón a través de una mirada.

Habían transcurrido tan sólo un par de días desde que Tenoch recordara cómo había sido el choque cultural a su llegada a la URSS, sin embargo, el reciente encuentro con Mala le hizo reflexionar que la embestida también había sido brutal en el sentido religioso y social. Muchas fueron las conversaciones que sostuvieron en torno a las religiones que ambos profesaban; en un principio a manera de interés, luego comparando y después defendiendo cada uno sus raíces religiosas. El origen humilde de Tenoch y las bases religiosas inculcadas por la iglesia católica desde su niñez lo habían forjado, acotando su moral en ciertos aspectos de la vida, pero también abrieron su mente a otros. "La caridad, el sacrificio y la fe siempre serán recompensados", le repetían en el catecismo. "Haz el bien sin mirar a quién", le decían en su casa. "Arrieros somos y en el camino andamos", sentenciaba un viejo refrán popular. Esas reflexiones sobre su pasado, su relación con Mala y el momento que estaba viviendo lo hicieron darse cuenta de que no podía negarse a llevar la carta si de ello dependía la vida de una persona, y eso lo sabía la misteriosa mujer, quien asombrosamente lo había encontrado el día anterior. «Tan asombroso como lo pequeño que resultaba ser el mundo y la naturaleza humana», concluyó Tenoch.

Aún era temprano y ya habían empezado las sorpresas del nuevo día. Tenoch se preguntaba si llegaría a tomar el avión a México sin más sobresaltos o este era tan sólo el principio de una jornada interminable. Por lo pronto se dispuso a disfrutar del resplandeciente Sol que se filtraba a través de los cristales del comedor en esa linda mañana de verano. Los *chebureki* eran poco comunes en los comedores estudiantiles, así que Tenoch se propuso disfrutarlos con su *smetana* y pequeños sorbos de un *chay* bien caliente.

De camino a la estación del metro planeó el día. Por un lado, rogaba perderse entre la multitud y no ser encontrado por la mujer, pero, por otro, le gustaría tener ya la carta en sus manos para terminar con todo ese misterio. Planeó, primero, visitar algunos almacenes de libros, luego depositaría todo en la terminal de trenes y después pasearía por las calles del centro de la capital soviética hasta que la luz del día se extinguiera, para entonces regresar a la terminal por sus maletas para tomar un taxi con rumbo al aeropuerto.

Sin pensarlo más, inició su marcha por la avenida Lenin hasta encontrar una librería de segunda mano con excelentes títulos de su especialidad. Se sentía como niño en dulcería; había tantos libros de diversos títulos que no sabía cuál comprar, prácticamente ninguno de ellos se podía conseguir en Minsk. Sólo pensaba en el posible problema del exceso de equipaje.

Después de las compras, Tenoch fue a la estación del tren Bielorrusia y descargó en sus maletas la ropa sucia, los libros y los regalos. Ya era casi el mediodía y su plan marchaba sin contratiempos. Para pasar la tarde pensó tomar un tour en barco por el río Moscú. Sólo llevaba consigo la inseparable mochila con sus documentos. El Sol estaba en el zenit, por lo que el calor y la humedad del ambiente dificultaban las largas caminatas. Salió de la terminal para buscar la estación del metro. Pensó que quizá había logrado evadir a la mujer, tal vez ella lo esperaría en el aeropuerto. Extrajo de su pantalón una moneda de cinco *kopeks* para depositarla en la ranura de la tijera del metro, pero nuevamente sucedió lo que tanto temía...

Una pequeña mano le detuvo el brazo y con delicadeza lo guio hasta el acceso controlado. Ella inclinó la cabeza en señal de saludo y continuó caminando a su lado mientras mostraba una credencial de libre acceso a la vigilancia. Tenoch se sintió secuestrado. Inútil preguntarle a la mujer cómo lo lograba, cuánto había esperado o por cuánto tiempo lo había seguido.

La mujer sabía que "el apetito viene comiendo" y que a estas alturas ya no había disyuntivas: el muchacho iría engolosinado tras la zanahoria.

Al bajar por las profundas escaleras, ella le preguntó si tenía algún sitio de interés que quisiera conocer. Tenoch titubeó, pero finalmente desechó sus planes de viajar por el río Moscú. Se sentía frustrado, aunque trató de sobreponerse y encontrar el lado bueno de la situación.

—¿Qué le parece si vamos al "Parque *VeDeNJa*"?

ВДНХ *(VeDeNJa)* eran las siglas de: *Выставки Достижений Народного Хозяйства*, también conocido como "Centro de Exposiciones de la Economía Nacional".

—Oh, esa es una buena elección. Me has sorprendido, no pensé que este tipo de exhibiciones te pudieran interesar. Es una buena oportunidad para salir del ambiente citadino y respirar aire fresco, además, podremos conversar y te contaré una historia que poca gente conoce.

En silencio se trasladaron por la línea del metro en anillo hasta llegar al cruce de la línea de color naranja que los llevaría a su destino.

—El proyecto del parque nació en los años treinta en la mente del arquitecto Viacheslav Oltarzhevski. Era considerada como la Ciudad de Ensueño y estaría destinada para la Exposición de los Logros de la Economía Nacional de la Unión Soviética. Sólo era cuestión de encontrar el lugar ideal para su construcción. Oltarzhevski se tomó con gran seriedad su proyecto. Sabía que en los tiempos antiguos, antes de construir una ciudad, se acostumbraba consultar a brujos y magos para determinar si el lugar poseía un buen campo energético y, por ello, decidió visitar a un astrólogo que le recomendaron sus amigos. De tal manera que, una tarde del verano de 1934, Oltarzhevski fue en busca del astrólogo que le aconsejaría la mejor ubicación para el complejo. Sin embargo, a pesar de llevar un mapa en la mano, se perdió en la aldea de Golúbina a las afueras de Moscú. Decepcionado de su búsqueda infructuosa, se sentó en unos troncos que yacían frente a una choza. Entonces, una vieja lo abordó para decirle que la siguiera, que ella sabía lo que buscaba. Ambos analizaron los mapas. Después de varias mediciones, ella tomó el mapa de Moscú y sus alrededores y señaló con el dedo un punto lejano de la capital. Viacheslav se sorprendió; le parecía que el lugar seleccionado no convenía para la Ciudad de los Sueños, pues estaba en los bosques de Ostankíno, una región perdida en la nada, finca de los Sheremétiev, que había sido nacionalizada recientemente. Pero la vieja le insistió en que fuera al bosque, donde recibiría una señal. Oltarzhevski se dirigió a Ostánkino hasta llegar a un sombrío estanque, donde encontró una pequeña roca con un orificio en el centro. Tal vez esa era la señal. En ese momento sacó su bloc de notas y empezó a esbozar pabellones, esculturas y fuentes. En una hora diseñó la nueva Ciudad de los Sueños. Observó su diseño y con asombro confirmó que el proyecto correspondía al Sol y los nueve planetas encerrados en una cruz ortodoxa. Oltarzhevsi, temblando de la emoción, se apresuró a abandonar aquel lugar encantado. Si observas con atención podrás ver que, efectivamente, en el plano de Oltarzhevski se ve el Sistema Solar. La plaza de la Mecanización representa el Sol, alrededor de la cual se colocaron cuidadosamente los nueve pabellones, los nueve planetas. El proyecto fue aprobado enseguida y a él lo nombraron director principal. Empezó la construcción y sólo se realizó un cambio sustancial: en lugar del monumento a Lenin en la plaza de la Mecanización debía estar el caudillo de todos los pueblos, Iósif Vissariónovich Stalin, y a su alrededor debía formarse el nuevo universo socialista. Por muchos años nadie se pudo explicar esa contradicción. El Kremlin había aprobado un proyecto que incluía símbolos religiosos en pleno auge del ateísmo, pues los caminos y senderos estaban dispuestos de tal manera que, si se observa atentamente su trazo desde las alturas, se podrá ver una cruz ortodoxa. Stalin consideraba que la exposición demostraba mejor que nada la fuerza y la superioridad de la URSS, sin embargo, todavía pasarían algunos años hasta concluir la construcción del complejo.

El relato de la mujer logró captar la atención de Tenoch. Esa extraña mezcla de esoterismo, religión y comunismo siempre lo había sorprendido. Desde inicios de los ochenta, cuando recién llegó a la URSS, conoció a un cubano llamado Pedro, que estudiaba física nuclear en la Universidad Estatal de Bielorrusia. Él pasaba cada domingo a las residencias estudiantiles para invitar a los estudiantes de nuevo ingreso a asistir a las ceremonias religiosas, que prácticamente se celebraban en la clandestinidad en algunas iglesias ortodoxas de Minsk. Pedro reunía a los recién llegados que, por curiosidad o creencia religiosa, quisieran asistir. Muchos le cuestionaban que había diferencias entre la religión católica y la ortodoxa, sin embargo, el cubano era convincente al decir que ambas religiones tenían un solo Dios y que la ortodoxa, o "creencia recta", mantenía el credo original sin las alteraciones que la Iglesia Católica Romana había introducido. El misterioso recinto religioso abría sus puertas sólo unos minutos antes de la ceremonia y posteriormente la misa se celebraba a puerta cerrada. Pedro, en silencio, conducía al grupo en medio de las tinieblas, que sólo se disipaban con las luces de las ventanas en lo alto de la bóveda y las vacilantes velas que alumbraban los altares donde todos los asistentes se persignaban a la usanza ortodoxa, es decir, de derecha a izquierda juntando los dedos pulgar, índice y medio de la mano derecha y doblando hacia la palma los otros dos. Los asistentes eran pocos, en su mayoría adultos mayores, quienes asombrados observaban el ingresar del grupo de estudiantes, pues se decía que las ceremonias y sus asistentes eran vigilados por la KGB. Algunas veces Pedro traducía del sermón lo que consideraba más importante; también hablaba con los sacerdotes para que los pecados de cada uno de los muchachos les fueran perdonados y así pudieran recibir la comunión, que consistía en un pequeño trozo de pan negro mojado en vino tinto.

Como la ceremonia se celebraba los domingos al mediodía, algunas veces Pedro llevaba al grupo a casa de Anna Mijailovna, la activista religiosa que solía invitarlos a comer la auténtica cocina bielorrusa. Cuando el grupo llegaba a su departamento, ella ya tenía preparada la mesa, pues curiosamente no asistía a las ceremonias religiosas. Después de la comida ella les mostraba diversas fotografías de sus recuerdos, entre las cuales había muchas con el Sumo Pontífice en su reciente visita a Cracovia, a donde ella asistió no solamente para ver a su amigo de la infancia, sino, además, para establecer acuerdos que fortalecieran la relación entre la iglesia y el Estado soviético. Ella guardaba celosamente algunos retratos del joven "Karolus", tal como lo llamaban cariñosamente sus amigos más cercanos en los tiempos de la ocupación alemana en Polonia, cuando las tropas de Hitler clausuraron todos los centros universitarios y los estudiantes organizaron una universidad clandestina en la que estudiaban filosofía, idiomas y literatura. Con el tiempo, Tenoch y otros estudiantes de su generación ganaron la amistad y la confianza de Anna Mijailovna, quien padecía de presión alta y problemas cardiacos que le impedían salir de casa. Sin embargo, algunos muchachos seguían visitándola aun después de la partida de Pedro, quien tenía la firme convicción de que la URSS era un país libre, sin limitaciones de religión, raza o credo. Tiempo después se supo que al terminar su doctorado en Física y regresar a Cuba trabajó en los campos de caña.

Tenoch y su guía continuaron su paseo por el arco del triunfo que conducía al acceso principal de la exposición. Una vez que ingresaron se detuvieron para admirar una de las más hermosas fuentes que se hayan erigido: la monumental Fuente de la Amistad de los Pueblos, donde alegres chorros de agua brincaban hasta alcanzar las figuras de espigas colocadas en el centro, en varios niveles, rodeadas por esculturas femeninas que lucían vestimentas típicas de cada una de las quince repúblicas que conformaban la URSS.

La mujer caminaba con pasos lentos mientras comentaba que durante la Segunda Guerra Mundial se suspendió la construcción de la exposición y, curiosamente, no cayó ni una sola bomba en las más de treinta hectáreas que abarca el complejo. Todo había quedado intacto. Después de la guerra se reanudaron los trabajos y se añadió la majestuosa fuente.

La inquietud del muchacho no le permitía seguir los pasos lerdos de la mujer que, sofocada por el calor, buscaba constantemente alguna banca a la sombra de los árboles. Mientras tanto, él visitaba diversos pabellones adornados con enormes figuras de estuco que simbolizaban la abundancia y opulencia que vivía una sociedad sin desempleo, sin hambre ni pobreza, despertando la admiración de propios y extraños.

A Tenoch le sorprendió la enorme grúa que sostenía la réplica del cohete en el que voló Yuri Gagarin el 12 de abril de 1961, cuando por primera vez el hombre salió al espacio exterior. Este era el centro del Universo del proyecto original, donde alguna vez se planeó erigir el monumento a Vladimir Ilich Uliánov, Lenin, pero que a su muerte sería ocupado por la esfinge de Stalin y a su alrededor se ubicaban los pabellones que simbolizaban los planetas del Sistema Solar, tal como indicaba la carta astrológica de Oltarzhevski. Paradójicamente, en el auge de la propaganda atea, el lugar más socialista de la URSS era uno de los sitios de mayor misticismo.

Para él era un descubrimiento; después de haber vivido cinco años en aquellas tierras rodeado del hermetismo y la rígida forma de vida soviética, ahora tenía frente a sus ojos todo un universo desconocido, místico e histórico. Trataba de comprender las razones del ateísmo que se vivía en la URSS, sobre todo durante y después de la Gran Guerra Patria, como llamaban los soviéticos a la Segunda Guerra Mundial. Fueron años marcados por la miseria, el hambre y la desgracia, por preguntas que nunca tuvieron respuesta. El muchacho se cuestionaba cómo se pudieron cometer tal cantidad de crímenes contra la humanidad en el nombre de Dios. Tal como lo predicaba la leyenda grabada en las hebillas de los cinturones de los soldados nazis: "Dios está con nosotros". Inexplicable que cualquier deidad pueda ver con beneplácito las atrocidades que se cometieron en su nombre. Incluso pensaba si esa era la razón por la que el dólar lleva inscrito la leyenda *"In God We Trust"*, ¿pudiera ser que en realidad se deposita la fe en el dinero?, ¿será que ese es el auténtico Dios para algunas culturas?, o, ¿a qué Dios se refieren?

Tenoch visitó el pabellón del Cosmos, lugar que representaba originalmente a Saturno y sus anillos. Ahí se quedó fascinado con la exhibición de múltiples objetos de los cosmonautas soviéticos. El Sputnik pendía de algunos hilos metálicos de la bóveda del pabellón. Se acercó hasta los trajes espaciales de los cosmonautas que participaban en el proyecto del programa espacial Mir, palabra que tiene el significado dual de paz o planeta. Luego se dirigió a la réplica del acoplamiento Soyuz-Apolo, que diez años atrás había unido en el espacio lo que en la Tierra parecía imposible.

Capítulo nueve

Entre el oso y el dragón.

Al salir del pabellón, regresó con la mujer, quien observaba a los niños jugar en los jardines del parque. Antes de que él se sentara, ella se paró y lo invitó con la mirada a seguir sus pasos. Juntos se alejaron del bullicio. Caminaron por las apartadas veredas hasta llegar a los apacibles jardines a orillas de un estanque, donde se sentaron. La mujer respiró profundamente y colocó la bolsa negra de nylon negra en su regazo, de cuyo interior extrajo un sobre. Estaban en medio del silencio y de la quietud, sin un alma de testigo. El amarillento sobre contenía un paquete de fotografías en su interior.

La primera fotografía estaba fechada con el año 1950, en ella aparecía una pareja de jóvenes orientales. Ella lucía unas hermosas trenzas rematadas con un moño que brillaba al frente de su vestimenta oscura. Sus grandes ojos poseían el inconfundible brillo de la inteligencia. Una nariz recta, labios bien delineados y delicado mentón conformaban su jovial rostro. A su lado estaba un joven de espesa cabellera negra y frente despejada. Sus cejas pobladas enmarcaban unos ojos de mirada franca. Aparentemente era una pareja de jóvenes

orientales que posaban frente a la cámara para perpetuar su unión matrimonial. La mujer miró la foto de reojo y bajó su mirada al comprender que el joven mexicano no lograba reconocerla. Sus ojos se nublaron, pero Tenoch no lograba comprender quiénes eran esos orientales, hasta que pasó a la siguiente foto, en donde estaba la misma chica junto al líder de la revolución socialista china. Entonces ya era tarde, la mujer tenía las lágrimas a punto de brotar. Le era imposible emitir palabra alguna, sólo jaló con fuerza el aire por la nariz y lo soltó lentamente, como si quisiera soltar toda una avalancha de recuerdos que habían llegado hasta su mente. Cerró sus ojos por un momento para que las lágrimas al fin fluyeran, las enjugó y afinó su garganta para ser capaz de hablar.

—Te agradezco que nunca preguntaras quién soy. Jamás cuestionaste nada. Siempre tuviste dudas y hasta miedo, pero tus principios no te permitieron salir huyendo. Germinó la semilla de la bondad regada con la curiosidad para retenerte, a pesar de los riesgos y la impaciencia propia de tu juventud. La primera foto es de mi matrimonio. Mi nombre es Liu Siqi. Y fui la única esposa del hijo mayor de Mao Tse-Tung. Soy filóloga de profesión, pero muchas han sido las actividades que he desarrollado en mi vida. Nací en Shanghái en 1930. Mi madre y padre eran funcionarios del Partido Comunista Chino. Ambos fueron encarcelados. Mi padre fue ejecutado antes de que yo naciera. Mi madre sólo fue liberada de la cárcel para que diera a luz. Ambos, como viejos funcionarios del Partido, sabían de la existencia de Mao Tse-Tung y de su lucha, pero nunca lo conocieron. Fui yo quien tuvo el primer contacto con él, en Yanan, cuando apenas había cumplido los ocho años. Sin embargo, lo recuerdo como si hubiera sido ayer. En la sala de actos de mi escuela se presentaba una obra de teatro llamada *La hija huérfana*. En ese lugar nos encontrábamos los alumnos y algunos invitados especiales, entre ellos el presidente del Partido, el gran Mao Tse-Tung. Durante una escena en la que los enemigos arrestaban a los padres de la "Hija huérfana", yo lancé un fuerte grito: "¡Mamá! ¡Mamá!". La sala estaba totalmente silenciosa. En ese momento nadie parecía seguir la escena, todos voltearon a verme; estaban conmovidos por mi reacción. Mis gritos incluso arrancaron un par de lágrimas a nuestro líder. Al terminar la obra, el gran Mao preguntó por mí. Le explicaron que era la hija del anterior secretario del Partido Comunista, quien años atrás había sido encarcelado y ejecutado. Minutos después fui llevada ante Mao Tse-Tung. Sus ojos me miraron con ternura y dijo que nunca más sería una hija huérfana, pues él sería mi padre, como lo era de todos aquellos que habían perdido a sus progenitores en este cambio que llevaba el país. Desde entonces estuvimos en contacto. Durante años viví en Sintseyan, en el Noroeste de China. Al cumplir dieciséis años regresé a Yanan Zhang Weqi. Al día siguiente Mao envió por mí. En esa ocasión se reunían varios jóvenes, entre ellos su primogénito, Mao Anying, quien visitaba a su padre después de haber pasado un tiempo en la URSS. Fue entonces cuando nos conocimos. Yo era muy joven; recuerdo que llevaba una vestimenta negra, con uno de esos abrigos ligeros qsue llamábamos "Chaquetas Lenin". Nuestra mutua simpatía fue inmediata. Conversamos largamente sobre su vida en la Unión Soviética y la posibilidad de llegar a estudiar ahí, incluso me ayudó a escoger mi carrera: yo estudiaría filología rusa. Era increíble; en tan sólo unos minutos, y sin conocernos, habíamos planeado nuestras vidas.

—¿Y el hijo de Mao Tse-Tung? ¿Cómo fue que llegó a la URSS?

—Esa es una larga historia. Mao Anying nació en Changsha a fines de 1922. En 1930, mientras su padre se encontraba en la clandestinidad, ocurrió la ruptura de alianzas entre partidos en China. Su madre, Yang Kaihui, fue detenida por fuerzas del Guomindang KMT, o Partido Nacionalista Chino, siendo torturada y asesinada delante de él. Mao Anying tenía tan sólo ocho años, la misma edad que yo tenía cuando conocí a su padre. Él y su hermano menor alcanzaron a escapar a Shanghái. Después de tener que mendigar por las calles de la ciudad fueron protegidos por agentes clandestinos del Partido Comunista. En 1936 fue llevado a París y después a Moscú. ¿Te puedes imaginar? Con tan sólo 15 años, Mao Anying y su hermano llegaron a esta ciudad, donde estudió bajo la protección del régimen de Stalin. Esa era una práctica común para todos aquellos que buscaban la revolución en sus lugares de origen. A finales de 1938 estudió la lengua rusa durante un año y luego fue internado en la residencia estudiantil conocida como el Interdom Internacional en Monino, para posteriormente ser trasladado al de Ivanovo, siendo aún un adolescente. Durante su estancia en la URSS adoptó el nombre de Serguei. Por mucho tiempo su vida fue pacífica y reservada, sólo el inicio de la guerra y la invasión de la Alemania nazi interrumpieron su tranquilidad. Cuando ambos éramos estudiantes disfrutamos días maravillosos e inolvidables. Aprendí tanto de él. Siempre me sentí protegida a su lado, era todo un caballero, me parecía que sabía todo, que nada se le complicaba y siempre encontraba una solución a los problemas y palabras de alivio para mis dudas y miedos.

—Pero ¿y usted cuándo llegó acá?

—Fue después de la guerra cuando Anying intervino para que yo fuera enviada a estudiar a la URSS. El pueblo soviético disfrutaba las mieles de la victoria, los días transcurrían en una paz y una tranquilidad seductora. Por un buen tiempo la gente no quería saber lo que sucedía a su alrededor. La relación del líder soviético no podía ser mejor con nuestro representante chino. Por supuesto, escuchábamos los terrores y atrocidades que se cometían por ambos gobiernos, pero nosotros no teníamos los oídos ni los ojos puestos en el presente, sino que luchábamos por aprender y ser mejores para algún día regresar a China a construir nuestro propio comunismo. Obviamente no podíamos ser críticos de un gobierno que nos daba todo lo necesario para vivir, incluso mejores condiciones que en China. La URSS en aquel entonces ya se consolidaba como una potencia mundial. No teníamos razón alguna para criticar a nuestros benefactores.

—Pero me imagino que ustedes no se encontraban con frecuencia. Es decir, él vivía en el internado militar y usted en alguna universidad.

—Efectivamente, era muy complicado y, como tú bien sabes, hay días difíciles, llenos de nostalgia y desesperación por la falta del idioma y no encontrar empatía con la gente que te rodea. Yo realmente considero que era una muchacha muy tonta e inútil, en comparación con él que sabía cocinar, zurcir y lavar su ropa con tal pulcritud y delicadeza que yo nunca lo pude hacer. Al principio, Anying era para mí como un hermano mayor, un ejemplo de quien siempre se aprendía algo, pero ese cariño y esa admiración pronto se transformaron en un amor profundo. Nunca en mi vida había tenido esa protección, esa seguridad y ese cariño incondicional, en especial en un país extraño y lejos de aquellos con los que crecí. Era como si la vida de repente me diera todo cuanto me había quitado. Incluso llegué a dudar que todo aquello fuera real, porque deseaba que esa felicidad se prolongara por toda la eternidad. Cuando Anying estaba en Moscú, solíamos pasear y hacer largas caminatas por los parques, aunque generalmente estaba en el internado. La tranquilidad que se vivía después de la guerra era algo que se disfrutaba y se agradecía, pero aún rondaba su fantasma

en cada rincón de la ciudad; la miseria y el hambre se veían por doquier, las condiciones de vida eran una auténtica pesadilla y la falta de agua, comida y jabón para el aseo era un caldo de cultivo para enfermedades y plagas. Mensualmente recibíamos una ración de pan, azúcar y jabón para el aseo personal, pero siempre era insuficiente. En una de tantas ocasiones en que me enfermé, recuerdo que caí en cama. Anying estaba en el internado por un largo periodo. Mi situación era deplorable, de mi cabeza parecían colgar dos sogas de cabello grasoso y sucio, verdaderos manojos de piojos y liendres. La rapiña y el vandalismo se habían apoderado de mis amigas y compañeras, convirtiéndose aquello en una verdadera batalla por sobrevivir. Estando postrada en mi cama podía ver cómo saqueaban mis cosas mientras yo permanecía postrada, sin poderme poner de pie para defender mis pertenencias. Mi ración de pan la llegué a guardar debajo la mi almohada, pero todo era inútil; mis propias compañeras de habitación me despojaban de lo poco que tenía para alimentarme sin importarles mi estado de salud. Sin embargo, lo peor era que mi colchón, cobijas y la habitación completa estaban plagadas de parásitos. Las pulgas y chinches habían causado una terrible anemia en mi cuerpo y yo me mareaba al hacer el más mínimo esfuerzo, por lo que permanecí en cama por varios días hasta la llegada de Seriozha; así le llamábamos a Serguei de cariño.

—¿Y cómo fue que sobrevivió?

—Cuando llegó Seriozha a visitarme yo ya estaba sola en la habitación, abandonada por mis compañeras en medio de la plaga, postrada en cama, semiinconsciente y con fiebre. Él dejó su uniforme militar en la silla, sacó de un bolso su ración de jabón, calentó agua y me cargó para bañarme y cepillar mi cabello hasta dejarme envuelta en su suéter. Luego quitó el colchón, descolgó los harapos que teníamos

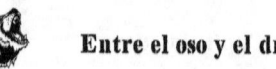

como cortinas y los tendió sobre su abrigo militar para hacerme una nueva cama. Es extraño, pero recuerdo que no sentí vergüenza alguna al exhibir mi desnudez cuando me bañó, tal vez porque sólo podía sentir admiración al conocer su noble corazón. Aquella vez, Seriozha regresó al cuartel sin su ración de pan, azúcar y jabón. Pero, además, me dejó sus pantalones de invierno, camiseta y abrigo, entonces comprendí que él era todo lo que tenía en mi vida y que yo le pertenecía en cuerpo y alma. Nuestros sueños de unirnos y ser felices parecían estar lejanos. En ese entonces la ciudad de Moscú era una pila de escombros que no parecía cambiar, a pesar de los esfuerzos de la gente para levantarla.

—No puedo imaginar la vida como extranjero durante la guerra en una ciudad sitiada y llena de limitaciones.

—Teníamos la certeza de que lo peor ya había pasado: los días en que Seriozha se desesperaba viendo cómo el ejército nazi destruía Moscú sin poder hacer nada. Incluso se atrevió a expresar sus sentimientos a través de una carta en ruso al camarada Stalin, pidiéndole ser enviado al frente. Seriozha escribió: "Soy parte de la Juventud Comunista China. Llevo cinco años viviendo en su país. Me encanta la Unión Soviética y amo a China. No puedo ver cómo los fascistas alemanes pisotean este pueblo que me ha dado tanto. Estoy decidido a ir al frente, quiero vengar a esos millones de soviéticos que han muerto. Por favor, apoye mi solicitud". Al final de la carta hizo hincapié en que era el hijo de Mao Tse-Tung. Sin embargo, nunca tuvo una respuesta. Él no se desanimó, escribió dos cartas más, una tras otra, mas la contestación nunca llegó. En una ocasión, el representante del Partido Comunista Soviético visitó el internado. El general Manuisky realizaba una inspección de rutina al Interdom correspondiente. Este personaje era el subjefe del Departamento Político del Ejército Rojo y ya le habían presentado a Seriozha

cuando llegó por primera vez a Moscú. Era la oportunidad que estaba esperando y no podía dejarla escapar. Entró en la habitación en donde descansaba el general y le expresó su deseo de luchar contra el enemigo en el frente. Cuando el general se enteró de que Anying era el hijo de Mao Tse-Tung, elogió en varias ocasiones al joven diciendo algo que equivale a "de tal palo, tal astilla", haciendo referencia a la grandeza de Mao Tse-Tung. Finalmente, por instrucciones del general Manuisky, en mayo de 1942 Seriozha fue enviado a estudiar a Ivanovo, donde estudiaría cursos militares. Luego ingresaría a la Academia Político-Militar Lenin, en Moscú, donde la mayoría de los estudiantes ya tenían experiencia en combates en el frente, incluso muchos de ellos llevaban orgullosos, en el pecho, colgadas sus medallas. Sólo Anying no tenía experiencia de combate. Sin embargo, la academia había hecho una excepción, otorgándole el grado de teniente. Tiempo después, Anying ingresó a la Academia Militar de Frunze. Esta era una institución de educación superior para formar a los comandantes del ejército soviético. Participó en el desfile que presidió Stalin en la Plaza Roja. Después, finalmente, peleó en el segundo frente bielorruso.

—Me imagino que usted estaba muy orgullosa de él.

—Cómo no estarlo. Imagínate: si en 1945 al final de la guerra lo había recibido el mismo Stalin y cada vez que Seriozha me contaba esa experiencia sus ojos se iluminaban tan sólo de recordar ese día, que se convirtió en el más feliz de su vida. Stalin lo reconoció al obsequiarle una pistola en agradecimiento por la contribución a la victoria en la Gran Guerra Patria. Juntos disfrutamos nuestros días y planeábamos casarnos, pero su padre nunca estuvo de acuerdo. El gran Mao consideraba que yo era una chiquilla y que nuestro matrimonio era una utopía de jóvenes inmaduros. Sin embargo, después de esperar su aprobación en dos intentos fallidos, a fines de 1949 decidimos casarnos. Su padre nunca lo aprobó, pero estábamos decididos a iniciar una nueva vida juntos y algún día, cuando su padre ya no sintiera rencor y aceptara nuestra relación, regresaríamos a China. Desgraciadamente, no fue así. Tan sólo diecinueve días después de habernos casado, Seriozha recibió un telegrama. Su padre lo enviaba al frente contra Corea. Confieso que mi primera reacción fue egoísta: no podía creer que su padre lo estaba enviando al frente justamente después de casarnos, cuando más felices éramos, cuando más planes teníamos para el futuro. También llegué a pensar que esa era una forma de demostrar su autoridad y castigar nuestra desobediencia. Al día siguiente, Seriozha salió a China y jamás lo volví a ver.

En ese momento, los ojos de la mujer nuevamente se inundaron de lágrimas y su voz se apagó por completo, ahogada por los recuerdos y el resentimiento. Tenoch no supo qué decir. Ella apoyó su cabeza en el pecho de Tenoch y se desmoronó en llanto, como si todo hubiera sucedido el día anterior. Luego, un tanto apenada, soltó al joven y trató de controlarse; no quería llamar la atención.

—Nuestros sueños de jóvenes fueron tan bellos como efímeros. Sólo vivimos 19 días de felicidad. Nunca sabré a dónde se puede ir todo ese amor, todo ese deseo de vivir, todas esas ilusiones y planes que se hacen como si la vida fuera eterna. Pero así eran esos tiempos: la recia personalidad de nuestros líderes fue lo único que mantuvo el equilibrio mundial, líderes que coincidieron con todos sus errores y aciertos en una época clave de la historia. No podríamos imaginar el mundo de hoy si alguno de ellos hubiese faltado en ese momento: Stalin, Mao Tse-Tung, Adolf Hitler, Winston Churchill, Hirohito, Benito Mussolini, Franklin D.

Roosevelt, Charles De Gaulle, Francisco Franco, Josip "Tito" Broz. Fueron ellos quienes establecieron las fronteras de hoy.

—Es muy cierto, pero también es muy extraño que todos ellos coincidieron en un momento clave de la historia de la humanidad.

—Nuestros líderes hicieron cosas horribles, como Stalin, cuyo hijo Yakov fue capturado en 1941 en la batalla de Smolenko, cerca de Vitebsk, justo cuando el ejército nazi fue mermado en la batalla más sangrienta que haya existido en la historia, la batalla de Stalingrado, donde, además, los soviéticos capturaron al mariscal de campo Friedrich von Paulus. Los alemanes propusieron realizar un intercambio de prisioneros a través de la Cruz Roja. La respuesta de Stalin dejó frío al mismísimo Hitler: "Yo no tengo ningún hijo llamado Yakov. Además, la Unión Soviética no cambia soldados rasos por mariscales de campo".

—Sí, efectivamente, ese fue uno de los gestos más desalmados de Stalin. Pero, disculpe mi pregunta, ¿cuál fue el destino de Anying?

—Fue algo similar. Tal vez nunca lo comprendí, sólo con el paso de los años he podido encontrar algunas respuestas a mis preguntas. Ahora lo puedo contar por primera vez, porque siempre me fue imposible, incluso, tan sólo el hecho de pensar en la crueldad de nuestro líder; hubiera sido peor que un sacrilegio. Ahora analizo y comprendo la ceguera en la que viví por varios años. Recuerdo nuestra triste despedida, su entusiasmo y mi complacencia para que lograra lo que siempre soñó, como el hombre patriota que era. Después de su partida nunca recibí una sola carta de su parte y, a pesar de ello, siempre supe que jamás volveríamos a respirar el mismo aire ni a sentir la lluvia sobre nuestros rostros, mirando el Sol en una tarde de verano. Sucedió a principios de 1950, cuando pasó a formar parte del ejército chino que participaría en la guerra de Corea bajo las órdenes de Pen Dehuai, cruzando el río Yalu. El 25 de noviembre, mientras se desempeñaba como traductor de ruso en el cuartel general de Peng, falleció durante un ataque aéreo. Tenía tan sólo 28 años. Las noticias de su muerte fueron demoradas al temer la reacción de Mao. Según los que estuvieron allí, el gran Mao no derramó una sola lágrima; ocultó en lo más profundo de su ser sus verdaderos sentimientos. Sin embargo, su rostro lo decía todo: estaba completamente destrozado. Luego hizo un ademán con su mano y dijo: "Esta es una guerra donde hay víctimas y siempre las ha habido, no pasa nada", y lo mismo le repitió personalmente a Pen Dehuei, quien le imploraba un castigo por no haber salvado a su hijo, pero Mao solamente cerró los ojos y le dijo: "No existe una guerra revolucionaria sin bajas… murió un simple soldado y yo no haré un evento especial sólo porque es mi hijo". Sin embargo, era evidente que estaba muy molesto, incluso se decía que había durado varios días casi sin comer ni dormir, sólo permanecía sentado en una silla ensimismado, taciturno, fumando un cigarrillo tras otro.

—Cuánto lo siento. Debió haber sido muy doloroso para él, aunque también para usted.

—Mi agonía fue más lenta. Una mezcla de incertidumbre, tristeza y esperanzas que con el pasar de los días languidecía y con todo eso mi depresión aumentaba. Sin embargo, yo no podía doblegarme, tenía que recuperarme para continuar con mis estudios. Me resultaba difícil regresar a China: ya no tenía ninguna razón para hacerlo. El destino tan sólo me había concedido 19 días al lado de Anying. Esos fueron los más felices de mi vida, aunque también cambiaron mi forma cándida de ver las cosas. Algunas personas suelen decir que sus años de vida han transcurrido tan felices como breves minutos, yo digo que mis 19 días al lado de Mao Anying transcurrieron como 19 felices e inolvidables siglos.

La mujer permaneció en silencio por unos segundos con la mirada en el suelo, luego secó sus lágrimas y miró al horizonte, donde una parvada de pájaros alegremente revoloteaba. Se llenó los pulmones de aquel aire limpio y cálido para esbozar una ligera sonrisa al decir:

—Ahora sé que entre el pasado y el futuro existe solamente un instante efímero y apasionante que se llama vida, y ese momento lo viví intensamente, tal y como se vive el final de una película, en donde siempre deseamos fervientemente conocer el desenlace.

La mujer se quedó callada, sumida en sus recuerdos y reflexiones, observando las fotos de su matrimonio. Luego murmuró algo en chino para sí misma, acarició suavemente el rostro de Anying y pasó a la siguiente foto.

—Como todo en la vida, démosle vuelta a la página para contarte la siguiente historia.

En la siguiente foto aparecía con el pelo corto, tal como se le veía ahora. Sus ojos parecían más grandes, pero su rostro estaba ensombrecido por una tristeza que no lograba ocultar.

—¿Y dónde quedaron esas hermosas trenzas negras? —preguntó Tenoch, como queriendo sacarle una sonrisa al amable rostro de la mujer.

Ella lo complació con un destello de luz al sonreír.

—Esta foto es de una visita oficial a China. Habían pasado más de dos años desde la muerte de Anying y yo me había entregado a los estudios, aislándome de todo. Mi esfuerzo se vio coronado cuando terminé la licenciatura con el promedio más alto de mi generación y tuve el gran honor de recibir de manos del mismísimo Stalin el Diploma de la Bandera Roja y la invitación para continuar mis estudios de posgrado con la Beca Stalin, que era la máxima distinción para un estudiante. Esta beca consistía en proporcionar a los estudiantes de excelencia una mayor cantidad de rublos de la que normalmente se entregaba.

—Ah, sí, ahora se le llama estipendio Lenin.

—Antes también, pero en ese tiempo Stalin le puso su nombre. Debido a mis conocimientos, Stalin me envió como agregada cultural en una visita de Estado que se realizaba a China. ¿Quién podía conocer mejor que yo ambas culturas a profundidad, ambos idiomas y costumbres? Sin embargo, como todo el mundo, yo desconocía las divergencias políticas que nuestros líderes tenían; ambos eran ambiciosos y cada uno quería tener la gloria de alcanzar el comunismo superando al otro. Algunas veces resultaba más que obvio el trato de desdén que mostraba Stalin a Mao Tse-Tung. Tal fue el caso que se suscitó durante el festejo del 70 aniversario del líder soviético. El gran Mao esperaba un trato igualitario, pues consideraba que la URSS no le había brindado un verdadero apoyo a China durante la guerra civil, sin embargo, fue relegado a un apartado lugar durante el banquete. Asimismo, a finales de 1950 se reveló que la MGB (Agencia de Inteligencia Soviética, previa a la KGB), a través de sus operadores chinos, había instalado micrófonos en el dormitorio y en otras habitaciones de la residencia de Mao, lo que le hizo estallar en cólera e incluso le envió una nota de protesta a Stalin exigiendo disculpas, a lo que éste simplemente le contestó que no se preocupara, que incluso él ignoraba a qué se dedicaban algunos nefastos empleados de la MGB en China. Completamente ajena a esta situación partí a China. Conmigo estaba la delegación soviética con sus instrucciones y compromisos bien establecidos. Visitamos varias ciudades,

disfrutamos de las delicias de la comida china y, aunque no conocía todos los lugares del recorrido, previamente preparé cada detalle de la historia y costumbres de sus pueblos. Era una experiencia excitante y nueva para mí, llena de recuerdos, pero también de cosas desconocidas. El pelo me lo corté porque en medio de esa naturaleza exuberante del sur de China sufrí la picadura de un insecto en el cuello, que fue algo extraño y doloroso que me postró en cama por varios días. Para realizar las curaciones tuvieron que cortarme el pelo y colocarme compresas de hierbas medicinales continuamente. Un día, mientras la delegación rusa salía a una visita, yo permanecí en mi habitación con fiebre. Estaba tomando un baño cuando dos sujetos entraron a la habitación para hurgar en mi equipaje sin percatarse de mi presencia. En ese tiempo no se acostumbraba a cerrar las casas o habitaciones de los hoteles con llave, pues el hurto era severamente castigado: se les cortaban las manos a quienes se atrevían a realizar un acto de tal naturaleza. Era evidente que nadie sospechaba que me encontraba en la habitación, por lo que grité pidiendo ayuda ante la presencia de los extraños. Ellos, al verse sorprendidos, se abalanzaron sobre mí, me maniataron y me taparon la boca, luego, cuando vieron que ya estaba tranquila, me explicaron que eran personas de confianza de Mao Tse-Tung. Para demostrarme la veracidad de los hechos y evitar un escándalo me llevaron ante el líder de Partido Comunista Chino. Al entrar a su oficina, el gran Mao me miró detenidamente por varios segundos sin decir palabra. Luego balbuceó algo para sí que no pude comprender. Habían pasado ya varios años desde que nos vimos por última vez en Yanan Zhang Weqi, donde también conocí a su hijo. Los segundos transcurrieron y me invadió un remordimiento por la boda sin su aprobación y la desaparición inexplicable de su hijo. Infinidad de ideas se llegaron a cruzar por mi mente.

No sabía cuál sería su reacción, ni siquiera me había ofrecido asiento. Finalmente me dijo:

—No se equivocó.

—¿Perdón?

—Que mi hijo no se equivocó, que hizo una excelente elección al tomarte en matrimonio. Él era inteligente y de buen corazón. Pero discúlpame, siéntate, por favor, Liu.

—Gracias, señor.

—Debo pedirte una disculpa por el procedimiento de mi gente. Era necesario comprobar que eras tú quien estaba a cargo de la parte cultural de la comitiva rusa. Lo lamento y también lamento lo de tu cuello.

—Entonces, señor, ¿usted no está molesto conmigo?

—Claro que no. Lo estuve en su momento, pero el tiempo lo cura todo y nos cambia. Ahora veo que mi hijo tenía razón en amarte tanto; también comprendo la urgencia que tenía por vivir a tu lado. Valoro mucho que, a pesar de los años, tú lo siguieras esperando. Te agradezco todo ese amor por mi hijo porque seguramente él partió amándote de igual manera, pero somos nosotros los que nos quedamos con los recuerdos.

—Yo lo amaba tanto que siento que aún vive, aunque sólo sea en mi corazón —ambos bajamos la cabeza y por instantes permanecimos callados, sumidos en los recuerdos, reconociendo en el fondo de nuestras almas todo aquello que pareciera ser un mínimo de culpa o remordimiento. Después de seis años nuevamente estábamos unidos por el mismo sentimiento, hacia la misma persona, al menos esa era mi sensación.

—Bien, eso es lo que quería decirte. Espero que sigamos en contacto y, de ser posible, que me visites con más frecuencia. ¿Piensas regresar a China?

—Por ahora no, señor. Estoy estudiando el doctorado, luego pienso seguir aprendiendo idiomas. El camarada Stalin me ha expresado su apoyo para trabajar en las oficinas del Estado.

—Esa me parece una excelente noticia. Recuerda tus raíces con mayor frecuencia, la familia debe mantenerse unida a pesar de la distancia. Tu posición en el gobierno soviético debe ser de mutuo interés y "mantente tan lejos de él como la niña de tus ojos".

—El líder se despidió sin apartar su mirada de mi vista. Fue entonces que sus palabras hicieron eco en mi mente y tuve la sensación de que existía cierto interés completamente ajeno a nuestra relación "familiar". Sin embargo, no podía creerlo, ¿acaso me había insinuado colaborar con su gobierno?, ¿su consejo insinuaba vigilar al camarada Stalin? O tal vez simplemente estaba afectada por la fiebre causada por la enfermedad y mi sospecha era infundada. La entrevista había sido breve y concisa, sin embargo, aquel sutil mensaje seguía dando vueltas en mi cabeza. Mientras sus agentes me llevaban de regreso al hotel, yo seguía con fiebre y sentía que la cabeza me iba a estallar. Por fin llegamos al hotel y me interné en mi habitación. Sentí un gran alivio al darme cuenta de que la delegación rusa aún no regresaba de su paseo por la ciudad. Era mejor que no se supiera que había estado con el líder chino. Por el resto del día me quedé en mi habitación. Por la tarde algunos miembros de la delegación rusa me visitaron para conocer mi estado de salud y reconfortarme con sus palabras. Dos días después regresamos a Moscú. Era extraño, pero sentía que al volver estaría a salvo, como si fuera a regresar a casa después de un largo viaje.

Jamás hubiera sospechado que "mi ataúd estaba por abrirse ante mis ojos".

—¿Por qué? ¿Qué pasó?

—Apenas había pasado un día de mi regreso a Moscú. Las maletas aún estaban sin abrirse cuando la portera de la residencia estudiantil subió agitada para decirme que bajara a atender una llamada del Kremlin. Era el camarada Stalin. Me instruyó a presentarme ese mismo día por la tarde. Por momentos pensé que mis colegas rusos tenían algunos comentarios de agradecimiento sobre mi trabajo en China. Sin embargo, era inusual que el secretario general del Partido Comunista Soviético solicitara la presencia de una simple guía cultural. Mi inquietud se confirmó cuando al entrar pude observar que el rostro del camarada Stalin no era aquel al que yo estaba acostumbrada; antes había sido siempre cordial y sonriente, aunque su sonrisa fuera actuada. En esta ocasión sus ojos tenían un extraño brillo y observaban cada uno de mis movimientos, escudriñando cualquier titubeo que dejara aflorar alguna mentira. Su mirada de zorro astuto se incrustó en mis ojos mientras decía:

—Sé que durante tu visita a China estuviste con el camarada Mao Tse-Tung. Seré claro. No necesitas mentir. ¿Por qué te reuniste con él?

—Es cierto, señor. Me reuní con el camarada Mao, pero yo no lo busqué.

—Entonces, ¿por qué? ¿Cuál es tu nexo con Mao?

—Soy, es decir, fui la esposa de Anying, el hijo mayor del camarada Mao.

—Pero su hijo está muerto. ¿Cuál es ahora tu relación con Mao?

—Ninguna, señor. Nosotros nos casamos hace años. Luego él partió al frente contra Corea y allá murió. El camarada Mao nunca estuvo de acuerdo con nuestro matrimonio y ahora sólo quería darme sus condolencias.

—Quisiera creerte. Eres una muchacha inteligente y dedicada, así que quiero saber hasta el último detalle de tu entrevista. ¿Hay algo más… que yo deba saber?

—Bueno, recordamos algunos momentos que viví con Anying, agradeció nuestra visita y eso fue todo, señor.

—No sé por qué, pero pienso que eres una pequeña zorra, que me ocultas algo. Retírate, mi gente ya sabe qué hacer en estos casos.

—Pero, señor, le juro que eso fue todo.

—También lo es todo para mí.

—Gracias, señor. Adiós.

—Al salir de su oficina, uno de sus guardias me condujo por largos y húmedos pasillos en las entrañas del Kremlin. Finalmente entramos a una habitación vacía. En el centro había una mesa con dos sillas, una frente a la otra. La habitación era oscura, con un denso olor a sudor y cigarro, con una lámpara que colgaba del techo sobre la mesa, a la altura del pecho de una persona de pie. Justo en el lado izquierdo de la mesa había un basurero con colillas de cigarros baratos y escupitajos que barnizaban el bote por dentro y fuera. Las paredes eran de color verde olivo, sin ventanas ni ventilación; al fondo había un serpentín de calefacción. El enorme joven que me había acompañado todo el recorrido me mostró la silla y cerró la puerta tras de sí; al cerrarse pude escuchar el golpe seco y ahogado de la puerta que en el interior estaba forrada con una especie de colchoneta que amortiguaba los sonidos. Permanecí de pie, caminando, incrédula de lo que estaba pasando. Realmente no sabía qué esperar, pero al identificar unas pequeñas manchas negruzcas en la pared mis ojos se abrieron a la realidad. Estaba en una sala de interrogatorio. En ese momento me invadió una ola de pánico, un sudor frío se destilaba por cada poro de mi piel. Me había transformado en una carnada en disputa, acorralada e indefensa. Estaba "entre el oso y el dragón". Mis temores fueron confirmados cuando entró a la habitación un viejo sureño que por su acento parecía ser de Georgia, en el Cáucaso. El viejo era bajo de estatura, con enormes y pobladas cejas peinadas hacia arriba; parecían las alas de un buitre que ocultaban sus vivaces ojos. Su prominente mandíbula inferior se movía constantemente, como la de una res que estuviera rumiando. Con desdén me señaló la silla para que me sentara mientras él extraía algunos papeles del maltrecho y sucio portafolio de color negro. A partir de esa mañana del otoño de 1952 inició la pesadilla más horrible que haya tenido en toda mi vida. Me había convertido en una presa en medio de dos fieras hambrientas de poder, envenenadas por su egolatría y bondad aparente. Ambos me pasaban la factura de los beneficios que pregonaban al pueblo en sus discursos. En el olvido quedaron mis maletas llenas de ilusiones y planes futuros cuando creí que la vida comenzaba a esbozarme de nuevo una sonrisa. Fui interrogada y torturada para decir lo que el Estado quería escuchar. Perdí la noción del tiempo y del dolor. Fueron tantos los pinchazos que recibí, los toques eléctricos en las piernas y en las tetillas de mis senos, que constantemente perdía el conocimiento. Yo trataba de conocer cuál sería el límite de mi propio cuerpo para resistir este tipo de torturas mientras que los sádicos agentes subían de tono los castigos, ansiosos de obtener una respuesta rápida. Al final del día, y después de aquel intenso interrogatorio, fui trasladada a una cárcel donde se aplicaban

procedimientos similares, sin terminar con mi vida, que en más de una ocasión lo llegué a desear con toda mi alma, pero me dejaban recuperar para continuar con mi pesadilla, sometiéndome a castigos más severos. A pesar de todo, yo seguía dando la misma respuesta, pues no podía darme el lujo de dejar ver la insinuación que me había hecho el camarada Mao. Eso significaría no sólo mi muerte inmediata, sino la confirmación de la desconfianza que ambos se tenían y que, según se decía, había llegado a tal extremo que investigaban hasta los excrementos uno del otro. Cansados de recibir la misma respuesta y convertida en una piltrafa humana, meses después fui abandonada sin esperanzas de vida en un hospital. En ese tiempo, la salud del camarada Stalin estaba en decadencia, por lo que había asuntos más importantes que indagar la conversación de una estudiante con el camarada Mao. El día de la muerte de Stalin, el 23 de marzo de 1953, fue un día impactante para mí porque, cuando se anunció su muerte, todo el país literalmente se paralizó. El tráfico de automóviles en calles se detuvo, las sirenas de las fábricas sonaron durante un minuto y los transeúntes detuvieron su paso en medio de un silencio lúgubre de toda la ciudad. Mientras eso ocurría, yo aproveché el desconcierto para escapar del hospital. El clima de un invierno que se resistía a retirarse… aún era frío, pero soportable. Por las ventanas pude ver que las calles lucían blancas bajo un cielo nublado que ensombrecía el ambiente, sólo el vapor de mi aliento parecía flotar con cierta alegría cuando crucé los pasillos decidida a escapar. De una silla de la recepción del hospital tomé una *kurtka* ajena del guardarropa, me abrigué con toda naturalidad y me dirigí hacia la salida de emergencia. Mientras tanto, todos estaban amontonados en la entrada principal mirando en la calle el tétrico espectáculo, preguntándose cuál sería nuestro futuro sin la luz del camarada Stalin. Realmente no sabía a dónde ir, así que me dirigí al hotel estudiantil que meses antes había dejado para ir al Kremlin. Mis pies en sandalias se congelaban al caminar sobre la nieve hasta que llegué a una estación del metro. Todos me miraban como a una demente, pero nadie decía una palabra. Finalmente, entré a la residencia estudiantil. La abuela que estaba de portera me reconoció y me dejó pasar en medio de una tempestad de preguntas, a las cuales no respondí. Pero la bondadosa mujer me dio ropa de cama y espacio en una habitación, con el compromiso de regresar con el registro de inscripción de mi universidad.

Liu hizo una pausa mientras trataba de ordenar sus recuerdos y, aprovechando que una de sus medias era imposible mantenerla en sus delgadas piernas, la bajó más allá del borde del zapato para mostrarle a Tenoch las marcas amarillentas de los electrodos que alguna vez le habían colocado por arriba de los talones.

—¿Puedes ver? Todas las marcas están en lugares ocultos, donde no se puedan apreciar a simple vista. Ellos me hacían sufrir, pero no me mataban porque alguna vez les podría ser útil. Soporté todas las torturas físicas que puedas imaginar, pero las penas psicológicas suelen ser las más dolorosas y no dejan huella en el cuerpo, aunque destruyen el alma.

—Qué valiente fue usted. Se necesita mucho más que valor para mantener en secreto su conversación con Mao.

—Qué va, eso no fue valor. Fue para protegerme de peores martirios, pues, si hubiera dicho cualquier otra cosa, supondrían que estaba ocultando algo más. Con Anying se habían ido mis ilusiones, mis ganas de vivir, pero no estaba dispuesta a tirar por el caño mis estudios y mi dignidad siendo una simple "soplona" del camarada Mao ni mucho menos a perder la vida a manos de unos matones sumisos y serviles que sólo complacían al camarada Stalin. Muchas veces, cuando recuperaba el conocimiento, deseaba con ansiedad la muerte. Era como un reclamo al destino, al Universo, por ensañarse de esa forma conmigo.

—Y después de su escape del hospital, ¿qué pasó?

—Como era de esperarse, el Estado no me dejaría ir así nada más. A pesar de que no podían saber nada respecto a la entrevista con el camarada Mao ni podían comprobar mi colaboración con él, mantuvieron una vigilancia estrecha de todos mis actos. Atrás habían quedado los días de amistad entre China y la URSS. Mis conocimientos fueron mi seguro de vida, pues los trabajos de guía para diplomáticos seguían siendo prioritarios para el Comité para la Seguridad del Estado, KGB (*Komitet Gosudárstvennoy Bezopásnosti*), que oficialmente inició sus funciones en 1954. Durante muchos años me mantuve trabajando en la investigación y análisis de hechos históricos y del direccionamiento cultural e ideológico del pueblo soviético, es decir, de todo lo que el pueblo debe ver y escuchar para alcanzar una sociedad comunista.

—He escuchado que existen algunos pueblos o ciudades en las que se experimenta este nuevo tipo de sociedad igualitaria. ¿Es cierto?

—No te puedo responder a esa pregunta, por tu bien. Lo cierto es que en algunas esferas sociales ya no se remunera por trabajar, es decir, no se maneja el dinero. Cada uno de los miembros de esta sociedad tiene acceso a una canasta básica de alimentos y vestido, sólo toman lo que satisface sus necesidades. Es una mentalidad de personas con conciencia madura y equitativa, sin avaricia, sin ego.

—Ah caray, pues, ¿qué no son humanos? Porque la naturaleza humana es egoísta, vanidosa, ambiciosa. Siempre queremos más.

—Bueno, piensa en los países nórdicos. ¿Acaso ellos no viven en una sociedad más justa? Todo está en que los más favorecidos paguen más impuestos para que el Estado tenga los recursos suficientes para cubrir los servicios comunitarios. Eso no implica restringir el gusto por unas medias de seda, un lápiz labial y el buen vino. ¿Consideras que eso se ha eliminado de los nórdicos? El egoísmo y la ambición pueden ser controladas por un gobierno justo que predique con el ejemplo.

—Tiene usted razón. Tal vez en nuestras sociedades deberíamos empezar por combatir la corrupción.

—Es cierto, aunque recuerda que el egoísmo, la corrupción, la ambición y todos los pecados capitales de los políticos siempre han existido en todas las sociedades, pero la diferencia la han marcado los gobernantes justos. Palabras como socialismo o comunismo han sido satanizadas por los gobiernos que promueven la desigualdad social para mantener la ignorancia y la docilidad de las mayorías que son manipuladas por un puñado de acaparadores de la riqueza.

—También sé que algunos pueblos soviéticos de Oriente Medio pasaron del feudalismo al socialismo sin conocer el capitalismo. ¿Cuál fue la intención de este proceso?

—Los hay. Sin embargo, es complicado explicar cuál fue la intención de ello. Una transición de esta naturaleza ha sido un verdadero lastre. Son pueblos muy pobres de costumbres muy arraigadas, en donde hay que desarrollar una estructura social y educativa, lo cual significa una gran inversión para el resto de las naciones de la URSS.

—Estoy de acuerdo. En el tiempo que he pasado en la Unión Soviética he podido viajar a otros países del bloque socialista y dentro de la misma URSS, pudiendo observar las diferencias en los niveles de vida. Las condiciones de Hungría, Alemania Democrática o Yugoslavia son muy diferentes a las de otras repúblicas socialistas, y ni qué decir de las repúblicas del Báltico, cuyas diferencias, a pesar de formar parte de la URSS, son evidentes.

—Bueno, ¿qué tal si dejamos de filosofar por un momento y disfrutamos de una cerveza checa bien fría y de un *hot dog* alemán? Aprovechemos que la Perestroika nos está trayendo productos antes impensables. Esto nos hará recordar que seguimos siendo humanos con todos nuestros defectos y virtudes.

Caminaron entre interminables jardines para ir a comprar sus alimentos, luego fueron a sentarse en una confortable banca de madera y se deleitaron con el fondo de una increíble vista vespertina de los campos aledaños a Moscú. Mientras tanto, una enorme grúa bajaba el monumental cohete espacial en medio de gritos y aplausos de la multitud de visitantes que se aglomeraba en la plaza de la mecanización. Una vez que terminaron de comer, Liu se levantó y suspiró mirando al cielo; parecía como si todas aquellas historias la hubieran trasladado en el tiempo y finalmente estaba de regreso.

—¿Se te antoja un café?

—¿Café? Por supuesto que sí, pero ¿dónde lo conseguiríamos? Tengo años que sólo tomo chay, ya hasta me acostumbré.

—Pues yo, ahora, prefiero el café. Y siempre procuro cargar mis sobres de café soluble y azúcar. Sólo faltaría pedir en algún restaurante el agua caliente.

Tenoch se quedó asombrado, pues el café soluble era un producto que no se conseguía en los almacenes. Tomar café era un privilegio del que sólo algunos soviéticos gozaban.

Tal vez la mujer los conseguía en el restaurante donde tenía su centro de operaciones.

Se pusieron de pie simultáneamente y caminaron hacia un restaurante cercano que a Liu le había parecido atractivo por su sobriedad y buen gusto. Tenoch, casi como un reflejo, observó el lujoso lugar, repasó en su mente su desalineada apariencia y la de su acompañante e instintivamente detuvo su andar, a pesar del antojo que sentía por disfrutar la bebida caliente, pues no quería que fueran tomados como un par de pordioseros. Cuando la mujer observó que el chico se relegaba, trató de apurarlo con un ademán, mientras él titubeante replicaba:

—Yo prefiero tomar un té o *kvas*.

—Vamos, a mí no me engañas. Te da vergüenza buscar una taza de agua caliente con esta vieja, ¿no es así?

—Claro que no. Sólo que no veo la necesidad de pedir algo si traemos dinero para comprarlo.

—No te preocupes. Guarda tu dinero, que lo vas a necesitar. Sólo acompáñame. ¿Dónde te gustaría? ¿Te parece bien aquí o en ese otro restaurante con jardines de hermosas flores blancas?

La mujer, sin esperar respuesta, se acercó a lo que parecía ser un casino militar. La puerta estaba resguardada por un enorme guardia mal encarado y forrado en un impecable traje oscuro y camisa blanca. Su corte de pelo y enormes puños intimidaban a cualquiera. Liu se adelantó y, haciendo una mueca de distracción, lo observó de reojo para intentar cruzar el acceso sin darle importancia, pero el gigantón levantó su brazo para prohibirle el paso.

—*Vy kuda?* ¿A dónde va usted? No está permitido el acceso. Este es un evento privado.

—Buenas tardes. Sólo deseamos un poco de agua caliente.

—*Net*. Este no es un restaurante.

—Sólo necesitamos agua caliente en un par de tazas, yo traigo mi propio café y azúcar. Mi amigo es extranjero y está de visita en la URSS.

—*Nu, y chto?* (Bueno, ¿y eso qué?). Le repito que este no es un restaurante. No puedo permitirles el acceso. Es mejor que se retiren.

Al escuchar estas últimas palabras, Tenoch reconoció que Liu efectivamente había tenido razón. El muchacho realmente sentía vergüenza estar mendigando una taza de agua caliente teniendo en los bolsillos dinero suficiente para sentarse en un restaurante. Discretamente observó a Liu y se miró a sí mismo para reconocer que ambos no estaban vestidos de acuerdo con la ocasión, recordando que él mismo alguna vez pensó que Liu era una pordiosera. Ahora, juntos, formaban una extraña pareja y nuevamente se cuestionaba por qué seguir con ese juego absurdo de Liu. Debería tener un poco de dignidad y terminar de una vez por todas con aquella situación. Pero ¿en qué posición dejaría a la mujer?

Tenoch intentó adelantarse para convencerla, pero ya era demasiado tarde y pasmado vio cómo la pequeña mujer se acercaba al guardia sin escuchar sus advertencias. Su mirada era retadora, clavada en los ojos del guardia, como poseída de una fuerza inexplicable, lapidando con sus palabras los oídos del infeliz que, incrédulo, retrocedía torpemente.

—¿Acaso vas a detenerme? ¿Serías capaz de detener a una anciana que vivió las atrocidades y la miseria de la guerra cuando tú ni siquiera eras un embrión? ¿Vas a prohibirle el paso a esta anciana que se levantó de entre las cenizas de esta ciudad de la que tan sólo eres un parásito? No permitas que esta mujer, que bien pudiera ser tu propia madre, descubra la podredumbre de tu alma y de todos aquellos a los que cuidas en esta casa. Evita hacer de tus recuerdos un abismo de arrepentimientos y de tu estómago un recipiente de basura y estiércol que te consumirá sin alcanzar el mínimo placer. Nunca permitas que un extranjero vea con tristeza y decepción la miseria que existe en tu corazón. Ribete del poder, regocijo efímero que brota con el alcohol y las mieles de una alegría ajena y mundana, hiel que algún día beberás y que sin placer alguno recordarás el vaso de agua que ahora me estás negando.

El guardia, atónito, lentamente retrocedió un par de pasos, mientras que Liu, con aparente serenidad en su voz y una furia contenida que sólo emanaba por su mirada, concluía su discurso con una reverencia oriental. El elegante uniformado agachó la cabeza, bajó la guardia y sus ojos se llenaron de lágrimas que resbalaron por sus rosadas y redondas mejillas, como un infante regañado.

La conmoción de Tenoch fue tal que con delicadeza tomó el brazo de Liu para emprender el retiro, pero el guardia hizo mutis y con un ademán los invitó a pasar al jardín para escoger la mesa mientras discretamente extraía un pañuelo arrugado de su pantalón para enjugar sus lágrimas. Liu seleccionó un lugar a las orillas del jardín de tulipanes, lejos de una terraza al fondo de la propiedad, donde un grupo de jóvenes militares ajenos continuaban con su banquete.

La inusual pareja se sentó en silencio cerca de unos crecidos tulipanes que parecían mecerse con el viento siguiendo el ritmo de la melodía veraniega que se desprendía a lo lejos de un viejo altavoz: *Leto akh leto...* "El verano, ah, el verano, que impasible inunda el ambiente...".

Instantes después, llegó el agua caliente y con ella dos tazas de porcelana y cucharillas que no hubo necesidad de pedirlas, pues el guardia ya la había solicitado, a quien le agradecieron a la distancia juntando las palmas de las manos e inclinando la cabeza. Sin el menor recato, Liu extrajo de su bolsa negra de nylon unos sobres en forma de tubo con el café soluble y otra pequeña bolsa plástica con algunos cubos de azúcar para compartir.

—Sírvete, por favor. No estaremos aquí toda la noche, tu avión sale dentro de unas horas y debemos darnos prisa, pero disfruta tu café ahora que está caliente.

—Gracias. Pero ¿cómo lo hizo?

—¿Cómo hice qué?, ¿hacer llorar a ese grandulón? En la vida he aprendido que sólo se necesita observar a las personas para encontrar aquello que les hace reír o llorar. Necesitas detectar el punto exacto de sus sentimientos para llegar a su corazón. Recuerda: nuestro lenguaje corporal dice más que mil palabras. O, ¿acaso no interpretaste que yo era inofensiva o hasta loca? De cualquier otra forma no hubiéramos llegado hasta aquí. Todos tenemos nuestros puntos débiles.

—Es cierto. Pero, por favor, ¿podría seguir contándome lo que sucedió después de su fuga del hospital? Es decir, a lo que se dedicó en estos últimos años.

—Bueno, al principio fueron tiempos difíciles. La abuela de la residencia estudiantil rescató una de mis maletas, la guardó sin abrirla y sin saber cuándo nos volveríamos a ver, y cuando regresé de prisión me la entregó sin hacer preguntas, lo cual agradecí eternamente, no sólo por su discreción, sino porque era la maleta más preciada para mí, pues en ella guardaba la ropa de invierno y las botas militares que Anying me había dejado. Transcurrió el tiempo y el invierno estaba de regreso. Con dificultad bajé la maleta que había guardado por meses en la parte más alta del guardarropa. Fue entonces cuando descubrí que todo lo mío había desaparecido y yo necesitaba ir a la biblioteca en medio de un frío espantoso. Entonces rápidamente me calcé las botas de Anying sin calcetas. No tenía opción ni tiempo para pensarlo dos veces. Sólo cuando estuve en la calle me di cuenta de mi error. Las botas eran demasiado grandes, parecía que daba un paso dentro de cada bota antes de avanzar. Al llegar a la biblioteca mis piernas estaban desechas y congeladas. Sin embargo, me senté cerca del serpentín de la calefacción y me dediqué a trabajar sin pensar en el problema hasta que salí de regreso por la noche. La ciudad aún se encontraba en ruinas; la población que había logrado vencer a los alemanes ahora enfrentaba un enemigo aún peor: el hambre y una crisis en medio de uno de los inviernos más crudos de la historia. Sólo cuando estuve afuera y escuché el crujir de la nieve al caminar pude darme cuenta de que estábamos a menos 20 grados centígrados. El silencio era total y sólo se escuchaba la propia respiración como un eco en medio de la nada. Las calles estaban desiertas, cubiertas de montañas blancas por todas partes. El frío era insoportable, especialmente para mis pies desnudos. En el camino observé que ondeaba una manta de propaganda medio desprendida, flotaba como una bandera de color blanco con letras rojas que clamaban: "Да здравствует коммунизм" (viva el comunismo). Observé en todas direcciones que no hubiera testigos y la jalé hasta desprenderla completamente, luego la partí por la mitad y enredé mi pie derecho con la leyenda Да здравствует (que viva), mi pie izquierdo lo cubrí con la parte del rótulo que decía: коммунизм (el comunismo). Tenía sentido, el comunismo siempre había sido de izquierda, pensé. Yo sabía que lo que estaba haciendo era un sacrilegio, si alguien me hubiera visto sería acusada de anticomunista y posiblemente me enfrentaría a nuevas torturas.

—Por supuesto, nadie comprendería que se trataba de una necesidad.

—Como te podrás imaginar, era muy difícil lavar estos "calcetines de invierno" y tenía que ser muy cuidadosa en deshacerme de ellos. Esas eran las consecuencias de una situación en donde caí por caprichos de la vida, cuando menos me lo esperaba. Justo cuando tenía el reconocimiento de las autoridades soviéticas, cuando yo pensaba que este pueblo me había acogido, protegido y educado desinteresadamente, yo sólo podía sentir una inmensa gratitud hacia Pekín y Moscú. Muchas veces me cuestioné si lo pude evitar o no. Tal vez nunca debí haberme quedado en la habitación de aquel hotel en China. Sin embargo, siempre llego a la conclusión de que, aunque las situaciones nos pueden parecer inevitables, cada vez serán el producto de nuestras propias decisiones.

Liu nuevamente no pudo evitar derramar lágrimas, bajó la cabeza y trató de ocultar su tristeza, pero su rostro se transformaba nuevamente. Con lentitud, pasó el dorso de sus dedos índices por la parte inferior de sus ojos y jaló aire por su nariz. Luego sacó de su bolsillo un arrugado pañuelo blanco de pequeñas flores rojas en una esquina y sacudió con fuerza sus fosas nasales. Suspiró y pausadamente aspiró el aroma del café antes de dar el siguiente sorbo. Al paladearlo sintió que le faltaba dulzor; extrajo otro cubo de azúcar, llenó al ras la cucharilla de café caliente y colocó el terrón del endulzante sin derramar una gota del líquido.

—¿Puedes verlo? Eso es el amor: cuando dos personas, por más distintas que parezcan, se funden en una misma, sin

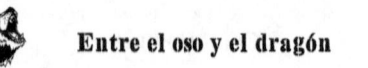

desplazarse, sin derramar lo amargo o lo dulce, llenando sus necesidades y los huecos que todos llevamos en el alma. Así fue mi unión con Anying.

El líquido subió hasta impregnar por completo el terrón de azúcar, luego éste se desmoronó y se formó una miel que ella introdujo hasta el fondo de la taza sin dejar de moverla en forma circular lenta y por un largo tiempo. Mientras tanto, ella permanecía con la mirada perdida en el fondo de la bebida, como queriendo disolver también los recuerdos dolorosos antes de volverle a dar otro trago a la vida.

—Y así es la vida también: nosotros decidimos si la diluimos con un poco de dulzura de amor o la bebemos de un solo trago con toda su amargura y tristeza en la soledad.

Luego se reclinó en su asiento y perdió su mirada en los verdes prados y las mágicas sombras de los árboles. Tenoch por momentos sintió que el parque *VeDeNJa* realmente era un sitio mágico y creyó firmemente en los relatos que ella le había contado. Mientras la miraba, un tanto nervioso estrujaba sus manos sin atreverse a interrumpirla con otra pregunta, pero finalmente logró formularla:

—Mi madre solía decir que siempre existe una motivación para seguir adelante, algo o alguien que nos inspira e impulsa a seguir viviendo. El amor, el odio, la venganza, las ilusiones, ¿para usted cuál fue esa motivación?

—Sabia mujer es tu madre. Es cierto, en un principio fue el amor, luego fue el instinto de supervivencia y mis sueños de superación. Quería borrar todo lo infeliz que había sido en mi infancia, luchar para fraguar una revolución que eliminara la pobreza y la desigualdad, borrar el hambre y la pobreza de una niñez como la mía. Y esos sueños me llevaron a superar de alguna forma mi desilusión vivida en un país que ya no era el mismo; ahora se había transformado en algo ajeno y hostil, una relación que también me cerraba las puertas para regresar a mi origen. Ya no había marcha atrás, debería seguir adelante. Sólo el tiempo logra sanar un alma y un corazón roto. Tuvieron que pasar más de 20 años para que yo pudiera despertar de aquel letargo y reconocerme como una mujer con vida, con el corazón remendado, pero con deseos de vivir, decidida a guardar los recuerdos de Anying en lo más profundo de mi ser.

Liu hizo una pausa, tomó la taza de café y la envolvió con sus manos, como queriendo resguardar su calor. Luego sorbió un buen trago y suspiró. Parecía titubear para contar algo que al parecer también le dolía recordar y no sabía si el chico era la persona idónea para escucharlo.

—En 1972 conocí un estudiante vietnamita, su nombre era Loan (pájaro de la suerte, según la mitología china). Ahora los papeles se invertían; yo era mayor, conocía mucho más este país y tenía más experiencia que él, sin embargo, ambos pasábamos por desapercibidas esa situación y nuevamente la vida parecía sonreírme. Fue algo muy hermoso volver a tener esa sensación de vida, esa ilusión de un nuevo amor; era como renacer después de un largo invierno de más de 20 años.

Por momentos la mujer esbozó una leve sonrisa y de nuevo su rostro se iluminó con un destello de luz en sus ojos, pero después todo ese brillo se extinguió y exhalando el aire poco a poco por su boca, prosiguió su relato.

—Craso error, el amor nunca fue ni lo será para mí…

—¿Por qué dice eso?

—Cometimos el grave yerro de enamorarnos en medio del conflicto que vivía su país. Si bien era cierto que en ese entonces las diferencias entre China y la Unión Soviética se hacían cada vez más grandes, incluso desde antes de la muerte del camarada Stalin, también debo reconocer, ambos gobiernos se apoyaban, tal vez muy a pesar de sus propias ideas, como sucedió en los setenta, cuando ambos países volvieron a unir sus fuerzas para mantener la doctrina socialista en la región asiática y enfrentar la contrarrevolución apoyada por los Estados Unidos. Una relación como la nuestra no podía ser duradera con un historial como el mío. El Estado no necesitó de razones para ponernos en prisión en 1973 y torturarnos brutalmente hasta escuchar lo que querían que fuera una confesión. ¿Pero qué iba a decir? Si no teníamos idea de lo que se nos acusaba. Días después fui liberada cuando Loan declaró sus actividades de espionaje en la URSS y mi inocencia fue comprobada. Realmente nunca supe si su declaración fue para salvar mi vida o en realidad él era culpable, sólo recuerdo que nunca hablamos de esos temas delicados que sabíamos eran investigados y castigados sin la menor misericordia. Siempre lo recuerdo con un gran cariño y prefiero pensar que su generosidad era tan grande que no le importó entregar su vida para salvar la mía y preservar ese gran amor que llegamos a sentir, a pesar de saber que ese sentimiento estaba condenado a luchar contra el fantasma de Anying, que yo llevaba como un tatuaje en mi alma.

Sin prestar atención a los comensales que iniciaban su retiro y pasaban a un lado de la mesa entre carcajadas y risas sonoras que sólo el alcohol puede hacer brotar, Liu nuevamente sacó su pañuelo blanco de florecillas rojas en una esquina y sacudió su nariz con tal ímpetu que pareciera que quería expulsar el flujo nasal y sus recuerdos en un solo intento. Luego, ella y Tenoch tomaron hasta la última gota del café de sus tazas y aguardaron en silencio. Mientras continuaba el desfile de personas que se retiraba frente a ellos, Liu comenzó a hurgar en su bolsa negra de nylon y extrajo algunos trozos de pan del *hot dog* que había guardado. Se puso de pie y se acercó hasta el barandal blanco que daba al jardín de los tulipanes, donde las palomas revoloteaban con su inconfundible murmullo de regocijo. Liu estrujó el trozo de pan para convertirlo en migajas y lo arrojó a las aves con cierto aire de frustración y tristeza mientras decía algunas palabras en chino, luego explicó:

—Debes saber que amo las aves que se me acercan, porque en ellas reconozco el espíritu de los seres que he amado y se han ido, pero que ahora tienen nostalgia de mí…

Al escucharla decir aquello, a Tenoch se le formó un nudo en la garganta y estuvo a punto de derramar también alguna lágrima, pero, antes de que eso sucediera, Liu ya había girado su dorso para encaminarse a la salida. Juntos se acercaron al guardia, que aún conservaba su rostro de arrepentimiento, para despedirse y agradecerle con una propina su atención, pero él no la aceptó. Liu le dio sus bendiciones, juntó las palmas de sus manos y con una inclinación retrocedió agradecida.

Capítulo diez

Un buen libro puede llegar a ser tu salvación aun sin leerlo.

Tenoch estaba sumamente conmovido por las historias de la mujer y admiraba tanto su valor como la fortaleza que le habían permitido sobrevivir a los infiernos de la tortura y el desprestigio, sin embargo, nuevamente era presa del pánico y del nerviosismo. Sentía pavor tan sólo de pensar que algo así le pudiera suceder a él.

—Bien, es hora de ir por tu equipaje a la estación. Te acompaño hasta el metro.

—Gracias, pero no creo que sea necesario —replicó Tenoch.

—Lo siento, pero ese fue nuestro trato. Además, yo llevo ese mismo camino. Te dejaré en la intersección de esta ruta con el anillo.

—Bien. Como usted prefiera, pero antes me gustaría saber un par de cosas. ¿Puedo preguntarle?

—Sí, adelante.

—¿Qué hubiera pasado si yo me negara a llevar la carta?

—Yo sabía que no te negarías. Te observé bien, pero de no hacerlo tendrías un sentimiento de culpa con el que tendrías que cargar por el resto de tu vida. Esa voz que escuchamos en nuestro interior suele ser tan fuerte y perturbadora que jamás volverías a tener tranquilidad; a eso se le llama consciencia. Ella es la que nos dice lo que es correcto e incorrecto, sano e insano, bueno y malo; nosotros, ante cualquier disyuntiva, conocemos la respuesta, pero no siempre hacemos caso. Ese poder es infinito e innegable; existe en cada ser humano. Ese es el verdadero Dios y a Él no le podemos negar nada, no lo podemos engañar y siempre nos dice la verdad, aunque no lo queramos escuchar…

Mientras bajaban por la escalera eléctrica a los andenes del metro, Tenoch ligeramente se adelantó a Liu. Luego ambos se estacionaron un momento en el lado derecho, donde normalmente se ubica la gente que no lleva prisa, dejando que con discreción Liu depositara en su mochila entreabierta un sobre enmarcado en pequeñas franjas de color azul y rojo, como los usados en el correo aéreo soviético. Él, también con discreción, cerró su mochila y siguió su camino cuesta abajo por el lado izquierdo de la escalera eléctrica, seguido por Liu. La entrega estaba hecha.

Ambos se apresuraron al ver que el tren estaba llegando y estruendosamente trataba de frenar justo frente a ellos, luego treparon al vagón sin dirigirse la palabra. Tenoch con dificultad contuvo la segunda pregunta que tenía guardada desde hacía tiempo, tal vez desde el momento en que se conocieron. Había tanta gente en ese vagón que no tuvo remedio más que ahogar sus palabras, pues no quería llamar la atención siendo indiscreto y así llegaron hasta el cruce de líneas. Tenoch hizo el intento de despedirse con un abrazo, pero ella lo evitó diciendo que lo acompañaría hasta que él abordara el siguiente convoy y juntos caminaron atropelladamente entre la gente hasta encontrar el nuevo andén para hacer el trasbordo. Un tanto contrariado por no lograr entender las razones por las que Liu insistía en acompañarlo hasta el último momento, el muchacho se adelantó para alcanzar el próximo tren, sólo esperaba que ella no lo quisiera escoltar hasta las puertas del avión. «¿Seguirá con desconfianza?», se cuestionaba al momento de pensar que sus propias dudas ya se habían disipado por completo.

El convoy se acercó reduciendo su velocidad con un estridente e insoportable rechinido de los metales hasta detenerse por completo frente a ellos. Él de nuevo intentó despedirse, pero ella con amabilidad lo invitó a abordar el vagón, al tiempo que le recordaba:

—¿Y cuál era tu otra pregunta? —él alcanzó a escucharla, pero estaba impaciente y consideraba que ya era demasiado tarde para detenerse a una explicación.

Sin perder de vista las puertas del transporte que ya resoplaban frente a su nariz, Tenoch alcanzó a contestarle:

—Ah, me hubiera gustado saber qué pasará cuando las esferas lleguen a chocar —contestó Tenoch al momento que cruzaba la puerta y volteaba para ver si alcanzaba a escuchar algo, pero entonces pudo reconocer la gran tristeza que embargaba a Liu, quien, al borde del llanto, le dijo:

—Lo siento. De verdad lo siento mucho. Te juro que no es mi intención causarte algún daño, pero tengo una extraña influencia en las personas que he amado y que aprecio. Mi padre, mi madre, Anying, Loan y muchas más. Siempre pasa lo mismo, solamente acarreo la desgracia y la muerte. Nunca más regreses a mí. Júrame que no volverás a buscarme. Borra toda evidencia de mi existencia en tu vida y salva al escritor. Jamás vuelvas tu mirada al pasado.

Las puertas del vagón empezaron a deslizarse para cerrar el acceso, pero Liu interpuso sus manos y las detuvo mientras que en el interior la voz de las bocinas advertía: "Cuidado, las puertas se cierran, nuestra siguiente estación...". El tren abortó su arranque mientras ella continuaba, arrepentida, exclamando algo que dejaba boquiabiertos a propios y extraños en el interior del vagón.

—Nunca debí acercarme a ti, la desgracia y la miseria me persiguen. Ve a tu casa, disfruta de tu familia, tu gente, porque en algún momento sentirás que las lágrimas nunca serán suficientes para apagar tu tristeza. Sufrirás la pena y el dolor en casa, muchos serán sepultados vivos, ahogando sus gritos en el silencio, en el frío de las entrañas de la tierra. Lamento mucho todo cuanto te espera. De las esferas sólo recuerda que todo aquello que no se puede evitar es porque debe suceder... —le dijo con voz misteriosa, como un susurro que se perdía en medio de un ruido egoísta, ajeno a los sentimientos y renuente a guardar secretos.

Las puertas del vagón cerraron por completo con un estruendoso resoplido mientras que la mole se arrastraba pesadamente por los rieles con un estrujante rechinido de metales, como si la bestia de acero se resistiera a partir en medio de lamentos que opacaron y borraron por completo la voz de Liu. En tanto, ella continuaba clamando sus consejos e interpretaciones en el vacío, retrocediendo e inclinándose al frente con las palmas de sus manos unidas y su rostro mirando al suelo sumisa. El convoy se alejó por el túnel, llevándose consigo el escandaloso ruido mientras la pequeña y frágil figura de Liu se quedaba anclada en el andén ante los ojos atónitos de Tenoch, que no lograba entender las súplicas de su perdón ni la relación que tenían sus palabras con su sueño recurrente.

Luego, sin hacer caso a las miradas de los escasos pasajeros en el vagón, se dejó caer en uno de los asientos más cercanos, tratando de encontrarle sentido a todo aquello que al parecer superaba su propia pesadilla. Sólo había algo que lo hacía volver a la realidad: el sobre que llevaba consigo en la vieja y ridícula mochila, la carta de la cual dependía la vida de una persona.

Pasaban de las siete de la noche cuando Tenoch checó por primera vez su reloj. Estaba ligeramente atrasado en sus planes, pero, sobre todo, confundido con las últimas palabras de Liu, que aún retumbaban en su cabeza. Al llegar a la estación de tren, de nuevo sintió el peso de las miradas. Ahora se encontraba solo frente al destino, no sabía en quién confiar. Podía esperar cualquier cosa al abrir la caja de seguridad donde guardaba su equipaje, así que siguió de largo, como si fuera a tomar otro tren mientras miraba de reojo los pasillos con innumerables anaqueles y buscaba en su pantalón vaquero la llave de su apartado. Al parecer no había nadie al acecho, así que se apresuró a sacar sus maletas y salió a la calle en busca de un taxi.

Tenoch levantó la mano para solicitar el servicio, pero dejó pasar al primero que se detuvo, pues seguía confundido y paranoico; pensaba que tal vez ya lo esperaban, lo subirían y le arrebatarían la carta. En su mente inquieta se armaban historias de persecuciones y espionaje, producto de los acontecimientos relatados por Liu. Pronto se detuvo un segundo automóvil, era un viejo Volga de color negro, algo austero pero bien conservado. El conductor de ojos hundidos y prominente mandíbula bajó la ventanilla para escuchar el destino a ver si le interesaba el viaje, sin inmutarse de los molestos pitidos que recibió por haberse estacionado sin ninguna precaución. Al aceptar, bajó del carro con cierta dificultad y sin decir palabra se encaminó a abrir la cajuela. Su rostro mostraba el enfado de un día pesado que estaba por concluir, además, era evidente un problema en su pierna al caminar y el chico comprendió lo difícil que le resultaba todo esto, por lo que trató de acomodar las maletas él mismo; posteriormente se dejó caer en el asiento de la parte trasera con su pequeña, inseparable y ridícula mochila de imitación de piel al tiempo que ordenaba:

—*B Sheremetyevo, pozhaluysta.*

—*V kakoy?* (¿a cuál?)—gritó el conductor con un dejo de aburrimiento al tiempo que se ponía sus lentes de gruesos cristales.

—*Vo Vtaroy* (al segundo).

Una vez que el conductor se acomodó en su asiento, trató de sintonizar sin éxito alguna estación de radio que no sólo emitiera zumbidos, pero ante los fallidos intentos apagó el aparato, encendió un cigarro y comenzó a tararear una triste melodía de tiempos de la guerra llamada la *"Temnaya noch"* ("La noche oscura"), sin prestar la menor atención al pasajero. En tanto, el muchacho seguía inquieto y no dejaba de observar por las ventanillas, pues ahora sospechaba que se encontraba a bordo de un auto conducido por algún veterano de guerra que bien podía pertenecer a la Agencia de Inteligencia. Incluso, por momentos, llegó a dudar si convenía continuar el viaje en ese auto, aunque también se repetía en sus adentros constantemente que todo se debía a la experiencia recién vivida, que todo estaba bien.

Las calles del centro de la ciudad estaban saturadas y el tráfico era lento, mas el conductor no se inmutaba, sólo fumaba un cigarro tras otro. Cada sonido de claxon o sirena alteraba aún más el estado de ánimo del mexicano que, aunque discreto, no dejaba de ver por las ventanillas y por los espejos retrovisores, tratando de encontrar cualquier cosa que le resultara inusual. Cuando cruzaron el segundo anillo periférico de la ciudad, tomaron una avenida amplia y recta que los habría de llevar hasta el aeropuerto internacional.

A lo lejos, Tenoch observaba cómo el Sol se resistía a caer y sus rayos amarillentos hacían brillar las aristas de los enormes obstáculos antitanques que habían quedado como monumentos después de la Segunda Guerra Mundial, indicando los límites alcanzados por las tropas hitlerianas en la épica batalla librada entre soviéticos y alemanes conocida como la Batalla de Moscú, ocurrida del 20 de septiembre del 41 hasta la primavera del 42, cuando las fuerzas hitlerianas intentaron, sin resultado, tomar la capital soviética como su primer objetivo militar y político durante la invasión a la URSS.

Al llegar a la terminal aérea, el conductor, con su mismo rostro de indiferencia y hartazgo con el que había llegado, estacionó su unidad frente a la entrada y se bajó del vehículo para abrir la cajuela, pero ésta se trabó. Intentó abrirla con la llave; sus esfuerzos eran inútiles. Tenoch se ofreció a ayudarle, pero intempestivamente el chofer asestó un violento golpe con ambas manos en la lámina que estremeció todo el vehículo e hizo ceder la cerradura. Para Tenoch los segundos transcurridos le parecían eternos, aunque finalmente se encontraba en la antesala de su partida.

Cuando entró al aeropuerto Sheremétievo su miedo se trasformó en pánico. Muchas veces había cruzado la cortina de hierro, donde había visto infinidad de trucos para sacar dinero ilegal de la URSS por los estudiantes extranjeros. Ahora su equipaje era documentado después de ser revisado minuciosamente y puesto a disposición de las autoridades antes de subirlo al avión.

Previo a pasar la aduana y registrar su salida, compró algunas postales y sobres, escribió nombres y direcciones apócrifas en un par de ellos y la carta de Liu la metió con todo y sobre en una nueva envoltura que colocó en uno de los libros adquiridos el día anterior en un bazar de ejemplares de medio uso. Luego, aparentando una tranquilidad inexistente, se sentó y sacó toda la correspondencia y documentos personales de la ridícula mochila para depositarlos a simple vista en un compartimento de su maleta de mano, que ahora se encontraba rellena de libros y recuerdos. Al guardar el sobre que le había entregado Liu, recordó su rostro, su mirada que siempre lo escudriñaba, como tratando de leer sus pensamientos, pero que al final lo vio como un cómplice y confidente de su historia personal, con la confianza que sólo se le puede tener a un desconocido cuando se sabe que se perderá como un grano de arena en la playa.

Finalmente, todas las cosas estaban en su lugar, incluso sus pensamientos parecían estar ordenados, sólo le sobraba la vieja y ridícula mochila imitación de piel con etiquetas multicolores. Un tanto titubeante buscó algún lugar donde guardarla en su equipaje, pero todo era inútil. Apretando los labios tomó sus maletas y resignado se puso de pie, se encaminó a un depósito de basura y con sabor de nostalgia se despidió de su, hasta entonces, inseparable mochila.

Cuando llegó el momento de pasar migración, Tenoch entregó sus documentos al oficial, que de inmediato clavó su mirada en el rostro del mexicano. Una y otra vez comparó la fotografía del pasaporte con su retrato de la visa y su rostro, ordenándole que mirara de frente sin moverse y sin sonreír. Cuando el oficial estuvo plenamente seguro de la identidad, asentó el sello de salida en el pasaporte y cortó por la mitad la visa que indicaba la fecha de validez para salir y entrar de regreso al país. El visado se entregaba en una hoja por separado debido a que algunos países, como los EUA, prohibían la entrada a los visitantes cuyo pasaporte estuviera sellado por alguna visita a los países socialistas. El oficial de migración colocó la pequeña hoja de color verde en medio del pasaporte y, sin dejar de ver la reacción del muchacho, extendió el brazo para su entrega. De pronto, algo le hizo repensar su decisión y retuvo los documentos. Tenoch tampoco estaba dispuesto a soltarlos, pero conocía cuál era su posición y cedió. De nuevo el oficial abrió el pasaporte, hojeó el documento y revisó detenidamente los datos. Algo, al parecer, había llamado su atención. Todo podía suceder. Para el estudiante esos segundos transcurrieron tan lentos que le parecieron eternos y llegó a sentir que brotaban pequeñas gotas de sudor por toda su piel, mientras tanto, su corazón estaba a punto de pararse cuando escuchó al oficial decir:

—Usted no podrá volver a entrar a nuestro país.

Eso fue como una descarga eléctrica que sentenciaba su fin. Innumerables pensamientos cruzaron por su mente; sentimientos de culpa, arrepentimiento e impotencia se agolparon en su cabeza y detuvieron su pulso. Estaba a punto de perderlo todo. Él no podía negar que conocía las razones, pero su instinto de conservación le decía que se tranquilizara y escuchara a las autoridades; tal vez existía una pequeña razón que debería atender antes de declarase culpable:

—*Pochemu?* —preguntó con cara de inocencia.

—Porque su pasaporte vence en unos cuantos días y usted debe renovarlo, de lo contrario no podrá ingresar nuevamente a la URSS. ¿Está claro?

—Pero... Sí, sí me queda claro —exclamó titubeante el muchacho cuando sintió que el alma regresaba a su cuerpo.

—*Nu vot i vce. Idite* (Eso es todo. Retírese) —concluyó el militar al tiempo que estiraba su cuello sobre el hombro del incrédulo Tenoch, quien permanecía petrificado frente a la ventanilla, para pedirle al próximo viajero que avanzara.

Segundos más tarde el muchacho reaccionó y avanzó por el pasillo que conducía a una nueva revisión. Ahora era el turno de su equipaje de mano y la declaración de bienes ingresados al país después de su anterior salida al extranjero, comprobando el efectivo contra los recibos de la beca entregada a través de la embajada. La maleta de mano fue abierta y revisada minuciosamente bajo la impaciente mirada del mexicano, que parecía contener la respiración. El oficial de aduanas abría una y otra vez los libros, agendas y todo aquello que pudiera contener algo ilegal en su interior. Todo fue revisado y colocado en su lugar con rapidez y precisión casi robótica, excepto uno de los ejemplares: el viejo compendio perfectamente encuadernado de pinturas artísticas de la Tretyakovskaya Galería que había comprado el día anterior en un bazar de libros usados y que precisamente contenía algunos sobres con cartas y postales.

De nuevo, ante sus ojos se esfumó la tranquilidad. La carta se iba en las manos del agente aduanal y con ello la vida del escritor seguía pendiente de un hilo. Todo sucedió como una película en cámara lenta ante sus ojos, iniciándose cuando el policía de aduanas se daba media vuelta, llevándose consigo el ejemplar y su contenido, al tiempo que con una mueca nerviosa le decía:

—*Minutochku.*

Tenoch se lamentaba haber colocado la correspondencia en ese libro, pudo escoger otro, uno técnico, por ejemplo, pero era demasiado tarde para retroceder, ahora tenía que esperar para saber de qué se trataba. Fueron instantes que

le parecieron interminables y con ellos llegaron las sudo-
raciones y los arrepentimientos de sus propios actos; sus
labios se resecaron y sintió el barniz de la amargura en la
boca al tiempo que percibía emanar un resabio maloliente
de su aliento. Durante esos segundos pensó que todo se terminaba, que sus sueños se evaporaban; era tal el momento
de angustia que hasta su mente acudieron las palabras de
Liu y su supuesta mala suerte que acarreaba a las personas
que conocía. El oficial regresó acompañado de su superior,
una mujer de mediana estatura con un rostro impecablemente maquillado, ojos opalinos y una boca diminuta de
labios tan delgados que parecían estar apenas untados en
sus maxilares.

—*Eto tvoe?* (¿es tuyo esto?). *Ot kuda ty eto vvzyal?* (¿de
dónde tomaste esto?). *Ty znaesh chto vyvezti eto iz SSSR pres-
tupleniye?* (¿tú sabes que sacar esto de la URSS es un delito?)
—preguntó la mujer abriendo apenas sus labios y sin apartar
la mirada del muchacho.

Tenoch palideció. Incrédulo y sin saber qué contestar,
sintió que sus sueños se derrumbaban y todo su esfuerzo
de años de trabajo se diluía ante sus ojos. Sin embargo, no
todo estaba perdido. En su calidad de extranjero, él podía
fingir que no entendía para ganar tiempo, después de todo,
ella misma le había dado la respuesta con su pregunta. No lo
sabía, por supuesto, esa era la respuesta. Además, tampoco
estaba claro a qué se refería. Debería esperar.

—Ejem, *a chem vy govorite?* (¿de qué habla usted?)
—preguntó titubeante.

La mujer, sin responderle, siguió su camino hasta la mesa
de escrutinio, luego sacó las cartas del libro, se las mostró y
se las entregó en mano. Tenoch las recibió y con un gesto de
ingenuidad preguntó:

—*Eti pisma?* (¿son cartas?).

—*Nu da, ya tak i dumayu* (eso creo yo). *A chto, ¿Oni net tbvoi?* (¿o acaso no son tuyas?).

Fue entonces que Tenoch nuevamente deseó con todas las fuerzas de su alma que la tierra se abriera en ese momento y se lo tragara para siempre; sin maletas, sin carta, sin boleto, sólo deseaba desaparecer por completo. Su rostro estaba pálido, como si de repente toda la sangre de sus venas se hubiera ido hasta sus talones, dejando a sus ojos, oídos y cerebro sin vida. Y no era para menos, pues ya imaginaba lo que le esperaba. Sin embargo, acertó a afirmar y esperar con una pequeña dosis de paciencia a su atrabancado impulso de responder a preguntas que no le habían hecho.

—*Da* (sí).

—*Na, bozmi* (ten, tómalas). *A vot eto, tboya problema* (pero he aquí tu verdadero problema) —le dijo al momento de mostrarle el viejo libro de arte de colección.

—*Spacibo* —asentó Tenoch con la testa mientras sentía cómo regresaba la sangre a todo su cuerpo y una sonrisa nerviosa aparecía en su rostro.

—*Za chto spacibo?* (¿gracias de qué?). Es un buen libro, hasta a mí me hubiera gustado tenerlo —respondió la mujer con cierta ironía mientras, de nuevo, interrogaba dónde lo había comprado y cuál había sido su costo.

Entonces Tenoch comprendió que la atención estaba sobre el libro de colección que había comprado en el bazar. Trató de controlar su alegría mientras soltaba el aire contenido. Luego disimuló una leve sonrisa, llevándose el puño a la boca, y aclaró su garganta antes de contestar de buen ánimo, pues estaba dispuesto a complacerlos en todo cuanto se le ordenaran hacer con tal de salir bien librado de tan embarazosa situación. Terminado el trámite, la oficial de aduanas, que resultó ser una conocedora de obras de arte, le entregó el recibo y amablemente le enumeró una pequeña lista de objetos que estaban prohibidos sacar de la Unión Soviética. Le sugirió comprar en los almacenes para extranjeros, donde podía pagarlos en moneda extranjera y le podían extender un certificado de la compra; obviamente, este tipo ejemplares no los podría encontrar ahí, pero tampoco correría riesgos en sus compras. También le dijo que podía recuperar este libro a su regreso, si así lo deseaba.

Tenoch se retiró sin titubeos, a pesar de sentir que las piernas lo traicionaban y un leve temblor lo estremecía de pies a cabeza. Respirando profundamente y sin prestar atención a los pasajeros que impacientes esperaban su turno, se encaminó hasta la sala de espera, en donde pausadamente guardó el manojo de cartas y postales en la maleta de mano. Luego se sentó y aguardó hasta la llamaba al abordaje. Ese día la vida le había concedido más lecciones que un salón de clases, la más importante: comprendió que *un buen libro puede llegar a ser la salvación aun sin leerlo.*

Capítulo once

Entre cocodrilos, delfines y gusanos.

El viaje de Moscú a México era largo; se requerían poco más de veinte horas, incluyendo escalas en Shannon y La Habana. Tenoch disfrutaba viajar, pero esta vez había tenido experiencias que difícilmente lo dejarían descansar. Decidido, se puso de pie y antes de subir al avión se tomó un par de vodkas tal como lo había aprendido con sus compañeros: sin mezclar y de un solo trago, de tal forma que pudiera relajarse y dejar de pensar en las intrigas de la Guerra Fría.

Al abordar el avión, nuevamente observó a cada pasajero, cada vecino, cada sobrecargo. No cruzó palabra con nadie, trató de conciliar el sueño y se prometió no buscar más sospechosos.

Luego de cinco horas de vuelo la nave aterrizó en Shannon. Las sombras de la noche aún cubrían los verdes campos irlandeses, la ciudad dormía y sólo algunas luces en movimiento alumbraban las carreteras aledañas al aeropuerto. Todos los viajeros descendieron de la nave para dar paso a la limpieza y a la carga de combustible. Tenoch bajó su maleta del compartimento superior y con toda normalidad extrajo algunos sobres y un nuevo libro, donde colocó la encomienda. No podía descuidarse y dejar su encargo a bordo; ahora más que nunca se sentía comprometido a hacer la entrega. Algo soñoliento y nervioso, caminó por los pasillos, distante de sus compañeros de asiento, hasta llegar al fondo de la sala de espera, donde había un pequeño bar. Sin dudarlo, se encaminó hasta donde un joven cantinero pelirrojo en el centro de la barra cuadrada realizaba malabares graciosos con las botellas de licor. Tenoch se acercó y pidió un vodka solo.

—*Russkiy?* —preguntó extrañado el cantinero. Era evidente que algo no encajaba, pues vio a un muchacho de tes morena pidiendo un vodka sin mezclar con un acento extraño.

—*Net* —respondió Tenoch en ruso para mayor sorpresa del irlandés.

Pronto los pasajeros fueron llamados por el altavoz para abordar y continuar su viaje. El mexicano sólo ansiaba regresar a la nave y sentarse en ese incómodo asiento en medio de dos paisanos que, emocionados, no dejaban de conversar del pasillo a la ventanilla sin importar que él se encontraba en el centro. Tenoch se sentía cada vez más seguro, sin embargo, ese simple sobre con la carta le pesaba más que una lápida. Pensaba que ya estaba a salvo de la KGB, pero no quería tener una experiencia como la de Liu, pues ahora se encontraba en campo abierto, vulnerable a cualquier agencia de inteligencia de Occidente. Recordó cómo ella le había replicado cuando él cuestionó las razones del atentado, lo que significaba que ellos sólo le estaban advirtiendo para ponerlo a salvo, pero ¿de quién? Hasta ese momento todo había sido una conversación; él desconocía el contenido del sobre. Tal vez esa había sido la razón por la que Liu se la había confiado hasta el último momento.

Ahora le esperaba un vuelo de ocho horas hasta La Habana en una nave de estrechos asientos y escaso alimento. La aeronave contaba con una sección para fumadores que partía de la fila diez hasta la última fila de asientos. «Como si el avión tuviera divisiones invisibles e impenetrables al paso del humo para las primeras filas», pensaba Tenoch mientras encendía un Kosmos de su cajetilla dura que había comprado en Moscú.

El trayecto transcurrió entre breves pestañeadas, cigarros y un desayuno que sirvió la tripulación al amanecer. La obscuridad de la noche fue tan breve que no tardó más que un suspiro para que saliera el Sol nuevamente a su encuentro apenas después de su despegue. Al llegar a Cuba todo le parecía familiar. Al bajar del avión y caminar hasta la terminal aérea sintió que el Sol estaba enardecido y la humedad era agobiante, pero el control de los pasajeros era desenfadado y el color de su piel ya no era algo que llamara la atención. Los pasajeros impacientes esperaron de nuevo la recarga de combustible y la limpieza de la nave en la sala de espera.

Ya de regreso a la nave y un poco más relajado, Tenoch estaba decidido a participar en la conversación y no seguir escuchando, a través de él, ese interminable ping-pong de palabras, risas y bromas como si fuera invisible. Pronto pudo comprender que la alegría se debía a la terminación de los estudios de ambos compañeros y el regreso definitivo a casa después de seis años de estancia en la URSS.

Los jóvenes le insistieron en tener mucho cuidado al llegar a la Ciudad de México porque, según sus familiares, a quienes no veían desde años atrás, las cosas habían cambiado y ya no eran igual a lo que estaban acostumbrados antes de salir del país. Cuando el avión tocó tierra azteca, los aplausos y los gritos de júbilo no se hicieron esperar. Tenoch sentía una gran euforia y emoción. Finalmente llegaba a su tierra y se sentía a salvo. Atrás habían quedado todas esas historias de espionaje y tragedias de una guerra de la que sólo había tenido conciencia hasta que llegó a la URSS. Ahora, y aún sin salir del aeropuerto, ya se sentía abrumado por la enorme ciudad y la cantidad de gente. No lograba despojarse de su origen provinciano en medio de una urbe de concreto amenazante e impersonal. Antes de recoger su equipaje buscó a los compañeros de viaje para preguntarles cómo podía llegar al sur de la ciudad, pues, según el sobre, por allá vivía el escritor y él quería deshacerse de la misiva lo antes posible. No conocía a nadie en la metrópoli plagada de gente sonriente que hablaba cantando y en doble sentido. Cuando le explicaron todo le pareció confuso, especialmente cuando le dijeron que era muy fácil, que sólo debía tomar un delfín, un cocodrilo o hasta un gusano. Definitivamente no entendía nada. ¿Cómo saber que los taxis verdes con pequeños triángulos negros y blancos eran los cocodrilos?, ¿o que los autobuses urbanos con un delfín en sus costados eran los delfines?, y, peor aún, ¿que los nuevos y largos autobuses amarillos unidos en el centro por un acordeón eran los gusanos?

Tenoch, sin lograr entender, decidió tomar un taxi, pero como no traía un solo peso mexicano en el bolsillo pasó a una casa de cambio donde intentó vender algunos rublos de oro que le habían entregado en un banco soviético en lugar de los cheques en dólares americanos que la embajada de México en Moscú le entregaba bimestralmente como beca. Claro que estos billetes no fueron aceptados en ninguna casa de divisas, a pesar de que no eran los rublos comunes y corrientes que circulaban en la URSS. Estos billetes traían una leyenda que decía explícitamente que estaban respaldados por la reserva de oro del banco soviético. "Pero ¿quién podría entender lo que ahí está escrito?", argumentaban los cajeros. Afortunadamente, llevaba consigo algunos dólares americanos en

efectivo que logró cambiar para sobrevivir. Además, cuando por fin pudo comparar su acento con la forma de hablar de sus connacionales, sintió pena de sí mismo porque ahora tenía un extraño acento y cuando hablaba le querían cobrar en dólares, a pesar de su aspecto físico. Finalmente decidió salir a la calle. Entonces se dio cuenta de que los cocodrilos eran una especie en extinción y su lugar fue ocupado por una infinidad de *pulguitas* de color amarillo, como se le llamaba al Sedan VW. Receloso, abordó uno de ellos, recordando las advertencias de que no se le ocurriera viajar con maletas en el metro porque corría el riesgo de perder hasta los calcetines sin que le quitaran los zapatos.

—Dígame, jovenazo, ¿a dónde lo llevamos?

—¿Conoce esta dirección?

—Pues más o menos. Pero si usted me dice por dónde llegaremos más pronto.

—No, pues a buen árbol te arrimas. Si tú no conoces, yo menos. Mira, primero necesito ir a esta dirección y de ahí, por favor, nos vamos a la central camionera del norte.

—Pues como quiera, pero eso le va a costar un baro, joven. ¿Y qué le pareció el gabacho? Viene de allá, ¿no? Porque aquí, pa que más que la verdad, estamos bien jodidos. Es más, yo que usted ni me hubiera regresado. Me cae que lo que necesitamos es una revolución. Estaríamos mejor así como los rusos; allá sí hay de todo, todos tienen chamba, todos son felices. Tal vez porque no son tan pedotes como acá —comentaba el quejumbroso conductor mientras se prendía de su botella de refresco de cola hasta dejarla casi vacía, seguido por un estruendoso eructo.

Tenoch, meditabundo, no dejaba de ver por las ventanillas el paso de la ciudad. Estaba contento de recorrer por primera vez algunas avenidas y sentir la vida vibrante de la gran ciudad. Reflexionaba sobre las palabras del conductor parlanchín e inmediatamente llegaron hasta su mente los recuerdos de las conversaciones con Liu sobre las opiniones de algunos soviéticos, confirmando que "siempre hay buenas noticias allá, donde no estamos".

—Perdón. Pásale, güey, ¿no ves que ya cambió el pinche semáforo? Estás bien pinche ceguetas. No, si aquí son regüeyes pa manejar. Me cae que sí.

Eran cerca de las once de la mañana. El Sol, la altura y la contaminación le empezaban a pesar después del largo viaje. Mientras tanto, el taxista no paraba de hablar; lo mismo piropeaba a cada mujer que se le cruzaba en el camino y discutía con otros conductores. Y así, entre relatos y sonoras carcajadas del desparpajado conductor, continuó el viaje por avenidas, calles y puentes hasta encontrar la dirección del escritor. Una vez frente al domicilio, Tenoch bajó del auto y tocó la puerta, pero no obtuvo respuesta. Volvió a checar la dirección con algunos vecinos que cruzaban por la exclusiva zona residencial, quienes le confirmaron que estaba en lo correcto. El taxista impaciente lo esperaba sintonizando el viejo radio del "bochito" amarillo.

Tenoch no podía creerlo. Había recorrido la mitad del mundo con una responsabilidad tan grande, entre el miedo y sobresaltos en una odisea que ya se prolongaba por más de cuatro días, durmiendo en donde podía y cuando le era posible, todo para no encontrar al destinatario. Pensó en quedarse al pie de la puerta hasta que llegara algún residente para entregarle la misiva en mano, pero al mismo tiempo deseaba terminar con esa encomienda que le inquietaba tanto y tomar un autobús que lo llevara finalmente a casa. Ante la disyuntiva que se le presentaba, Tenoch concluyó que la carta la leería tarde o temprano el escritor. Las instrucciones habían sido claras: él podía entregarla en mano al premio Nobel de Literatura o depositarla en un buzón de la ciudad, lo cual, para cerciorarse, podía hacerlo en la correspondencia del propio domicilio. También estaba consciente de que el escritor era una celebridad, incluso podría sentir desconfianza y negarse a recibirla. Después de todo el muchacho no era más que un simple estudiante; tal como le había sucedido a José, cuando cándidamente intentó entregar la carta de Anna Mijailovna a S.S. Juan Pablo II e inmediatamente el cuerpo de seguridad lo abordó para decirle que ellos debían revisar previamente el contenido del sobre y posteriormente se lo entregarían, haciendo oídos sordos a las súplicas de José, que inútilmente les repetía su largo viaje e instrucciones de la activista soviética.

Indeciso, Tenoch observaba la puerta y sus alrededores mientras recordaba las palabras de Liu y su concepto de la consciencia. Era cierto, no podía callarla un instante, pero podía complacerla para apaciguar ese martillar en su interior y sabía que, haciendo lo correcto, lo lograría. El agudo e inconfundible sonido del claxon del bocho lo hizo regresar a la realidad. Depositó el sobre en el buzón mientras retrocedía sin dejar de ver la puerta de la casa hasta abordar el taxi. Se abrió paso entre sus maletas que estaban en el espacio que alguna vez había ocupado la butaca del copiloto y se dejó caer en el duro asiento trasero seguido del rechinido de los resortes.

—¿Qué onda, jovenazo?, ¿nos vamos? Porque aquí en esta pinche lata ya me estoy sancochando —comentó el taxista entre queja y broma.

—Sí. Es mejor que nos marchemos.

—¿Quiere que le demos una vuelta a la manzana para ver si en eso llega alguien?

—No lo creo. Vámonos a la central del norte, por favor.

—Oiga, joven, si no es indiscreción: ¿quién vive ahí? Digo, algún pariente o conocido, porque debe ser algún picudo, ¿no?

Tenoch hizo caso omiso al cuestionamiento; seguía preocupado y trataba de encontrar respuestas a las preguntas que aún seguían en el aire, cuestionándose si todo había terminado así de simple. «Insólito todo lo que puede caber por la rendija de un buzón», concluyó justo cuando el bocho ronroneaba a la altura de la Glorieta de los Insurgentes y el melenudo conductor se desvivía haciendo señales y silbidos al chico que vendía gaseosas en el cruce contiguo. Se abasteció del negruzco y chispeante líquido, como si fuera su único alimento en el día, y siguió su camino hacia el norte de la ciudad; entretanto cambiaba de estación de radio hasta que finalmente paró de girar la perilla al escuchar la voz de Oscar Chávez y los *Cien años de Macondo*, que inmediatamente inundaron el ambiente de mariposas amarillas.

Llegó a la central camionera del norte sin contratiempos. Adquirió su boleto de autobús, el cual partió con algunos asientos vacíos y destino final a Monterrey, haciendo paradas en Querétaro y San Luis Potosí. Tan sólo le faltaban seis horas por carretera para llegar a casa.

La mitad de su viaje por carretera estaba por concluir cuando llegaron a Querétaro y el autobús bordeaba la Alameda Hidalgo para internarse en la pequeña central de autobuses. El chofer gritaba a los pasajeros que tenían diez minutos los que quisieran ir al baño. El muchacho se apresuró a hacer lo propio, luego pasó a un puesto en el andén y compró una torta de milanesa con aguacate y queso para el camino. Nada que ver con la insípida comida del avión, sobre todo cuando encontró un enorme chile jalapeño después de cinco años.

El transporte de pasajeros retomó su camino al norte del país al incorporarse a la avenida Ignacio Zaragoza. Justo al cruzar La Corregidora, Tenoch recordó cuando estudiaba en el Tecnológico Regional de esa ciudad, a donde acudía después de trabajar en la puesta en servicio de una planta de hilados y tejidos localizada en la salida a Celaya. El transporte salía de la alameda a las seis de la mañana con el personal que entraba a laborar una hora después, luego los regresaba a las tres de la tarde al mismo sitio, pero un día, después del trabajo, tuvo la "impertinencia" de entrar a una agencia de viajes enfundado en aquella ropa sudada, casco y botas industriales para pedir informes del costo de un boleto de México a Moscú, pues no tenía la menor idea de la ruta que debería seguir cuando se le notificó que había obtenido la beca para estudiar en la URSS ni el precio del pasaje que debería pagar. Cuando empujó la puerta con finos detalles en la madera y ventanas de cristal, la joven empleada lo miró de pies a cabeza y sin contestar su pregunta llamó a la dueña del local, quien tampoco pudo ocultar su asombro e inmediatamente le dijeron que se retirara porque ya iban a cerrar. Era obvio que al verlo habían pensado que estaban ante un demente, incapaz de saber en dónde estaba parado y a dónde quería ir, hasta podría ser algo peor: estaban frente a un comunista. Al recordar aquellas escenas, Tenoch esbozó una leve sonrisa y continuó comiendo su torta, mientras tanto, el conductor extraía el casete atorado de Cornelio Reyna que contaba cómo *"se había caído de la nube en la que andaba"* y lo golpeaba con fuerza contra su pierna para volver a colocarlo en el estéreo de contrabando que tenía instalado.

Al llegar a la zona urbana de su natal ciudad, desde las ventanillas en movimiento buscó con avidez frustrada los caminos que de estudiante recorriera del Tecnológico Regional a su casa después de su última clase, que terminaba a las diez de la noche. Ahora le resultaba imposible encontrar esas veredas, esos angostos caminitos que solía cruzar entre matorrales para acortar la distancia desde la carretera a Rioverde hasta la zona industrial de la salida a la Cd. de México; luego cruzaba la accidentada "carretera diagonal", subía las escaleras con su bicicleta a cuestas hasta alcanzar las vías del tren sobre el río Españita, salía a la zona brava de la colonia Centenario y continuaba más de un kilómetro hasta el santuario de Guadalupe.

Al llegar a la central de autobuses, el conductor nuevamente gritó con voz grave:

—¡San Luis Potosí! Veinte minutos —en tanto, resoplaban los frenos y se abría la única puerta en la parte delantera.

La luz del Sol languidecía cuando Tenoch recuperaba sus maletas de la parte baja del autobús y se enfilaba a tomar el taxi en las puertas de la central. Era evidente que después de cinco años la ciudad había crecido, al igual que su miseria y desigualdad social. Ahora toda esa zona aledaña a la central camionera estaba poblada. Las casas eran como pequeños palomares, con esas enormes torretas de color negro en la parte superior que no podían faltar para el abasto del agua.

Un taxista ávido de pasajeros se acomidió a ayudarle con el equipaje y meter las maletas en la cajuela. Tenoch se dejó guiar; estaba exhausto y sólo se concretó a decirle la dirección mientras se acomodaba en el asiento del copiloto. El conductor discretamente lo observó de reojo, con astucia, y sin pronunciar palabra alguna arrancó el motor del auto americano. El muchacho decidió que en esta ocasión sería mejor no hablar, pues el chofer había visto las etiquetas del equipaje con signos indescifrables para él y supuso que no conocía la ciudad, por lo que tomó la ruta más larga para obtener una mejor ganancia. Sin embargo, Tenoch se dejó conducir, no tenía ánimos para discutir la ruta. De cualquier forma, quería ver si las cosas estaban como las recordaba, además, ya tenía una referencia del costo que le habían dado en el autobús. La ruta corta, según recordaba, era en sentido contrario, pero también le gustaba la idea de pasar por la glorieta Benito Juárez y seguir hacia el centro; lo tomaría como una pequeña excursión.

Al tiempo de circundar el inconfundible monumento al Benemérito de las Américas, Tenoch pudo ver la señalización de la salida a Rioverde y, muy a lo lejos, las antenas de radio conocidas como la "W" clavadas más allá del Tecnológico Regional. Esa carretera y su paisaje estaban llenos de recuerdos propios y de los relatados por su padre, pues sabido era que en San Luis Potosí existía una gran rivalidad entre los partidos tricolor y azul, pugna que cobraba víctimas inocentes frecuentemente y de las que nada se sabía por conveniencia política.

Fueron tantas las veces que había escuchado de la voz de sus padres y hermanos aquella historia que siempre creyó en la rivalidad partidista local. Transcurrían los inicios de la década de los sesenta cuando la gubernatura del estado estaba disputada por el Dr. Salvador Nava Martínez y el Prof. Manuel López Dávila, quien gozaba del apoyo del presidente de la república y del gobernador del estado en turno, ambos correligionarios del mismo partido político. El padre de Tenoch era fotograbador en el diario *La Tribuna* y sus dos hijos mayores ayudaban en la entrega de los diarios a los puestos de venta y diversas actividades dentro del periódico. Dicho rotativo, financiado por la clase pudiente de San Luis Potosí, apoyaba al Dr. Nava en su campaña por alcanzar la gubernatura estatal. Para ello se emitían diversos artículos y caricaturas que ponían en evidencia las malas prácticas del partido político en el poder y su candidato oficial, quien en ese momento ocupaba un importante puesto en la Secretaría de Educación Pública. Obviamente estas acciones eran consideradas una agresión al poder gobernante.

La noche previa a las elecciones, el mismo candidato del tricolor, acompañado de un grupo de golpeadores, irrumpió en las instalaciones del periódico para destruir las imprentas e inundar las bodegas de papel. Asimismo, el director y una veintena de trabajadores fueron brutalmente golpeados antes de ser secuestrados. Los hermanos de Tenoch lograron escabullirse y ponerse a salvo de las instalaciones en llamas mientras que los gorilas se ensañaban golpeando a placer a los trabajadores y directivos en presencia del candidato y del propio gobernador saliente, quienes sonreían con beneplácito e instruyeron que se procediera según lo planeado. Las instrucciones fueron precisas: todos deberían ser llevados al cuartel. Cuando el grupo de veintiún personas fue conducido y metido a golpes en una camioneta cerrada con puertas abatibles en la parte trasera, el padre de Tenoch alcanzó a distinguir que el vehículo tenía una leyenda que decía: "Misión Cultural de la Secretaría de Educación Pública". El coche siguió parte de la ruta ordenada, pero intempestivamente cambió su curso y se detuvo unas cuadras más adelante. Justo cuando todos en el interior esperaban lo peor se escuchó una voz algo aguda, pero firme, que les ordenó bajar, apuntándoles con un revólver.

—¡Órale, hijos de la chingada! Bajen antes de que se me escape un plomazo y me los quiebre —ordenó uno de los pistoleros.

—Que bajen todos menos Montiel, Del Campo y el fotograbador —ordenaron desde la cabina.

—La mirada al piso, cabrones. Todo mundo de espaldas y cuando yo cuente hasta tres se largan sin voltear y se van derechito a su casa a juntar sus tiliches. No quiero volver a verlos por aquí porque al que encuentre en mi plaza se lo carga la chingada. Sabemos quiénes son y dónde viven, así que se van derechito a chingar a su madre.

El padre de Tenoch, temeroso por su vida, preguntó:

—¿Y nosotros?

—¡Tú te callas, cabrón! Ustedes tres y nosotros vamos a dar un paseo —gritaron desde la cabina al cerrar las puertas y arrancar el motor.

Los minutos transcurrieron lentamente y los tres prisioneros sólo deseaban que la camioneta no se detuviera porque eso significaría su final. La noche estaba fría y oscura, sólo algunas lámparas tenues que pendían de los postes alumbraban las calles desiertas. Pronto se dieron cuenta de que habían cruzado las vías del tren, que atrás había quedado la estación de ferrocarriles y que se perfilaban hacia la salida oriente de San Luis Potosí. Se dieron cuenta de que bordeaban la emblemática glorieta y tomaban alguna carretera más allá de los límites de la ciudad, en medio de la oscuridad, sin testigos, sin esperanzas de sobrevivir.

Algunos kilómetros más adelante el vehículo se detuvo, al igual que los latidos de sus corazones. El final era inminente.

—P'abajo, hijos de la chingada —les ordenaron apuntándoles con un arma de fuego.

—Déjenme ir. Yo tengo mucha familia —imploró el padre de Tenoch.

—A mí me vale madre tu familia y ustedes. Hasta aquí llegaron, cabrones.

Fue lo último que recordaba su padre al momento de recibir un golpe en la cabeza y ser arrojado a orillas de la carretera a Rioverde.

Esa noche, después de la destrucción del diario *La Tribuna*, Toño, el hermano menor, llegó a casa asustado y sediento después de haber corrido desde el periódico hasta la casa. Horas más tarde llegó Tacho, pero su padre seguía desaparecido y no fue hasta la madrugada del siguiente día cuando llegó, hambriento y malherido. Había sobrevivido y no estaba dispuesto a perder la vida al insistir en quedarse en la ciudad, por lo que días después tomó una vieja petaca de lámina color beige con su ropa y se marchó a Querétaro. Al principio visitaba a la familia cada jueves, luego sus cartas eran el único lazo familiar, después los recuerdos se perdieron en el tiempo.

Tenoch miraba pasar por la ventana del coche las casas con sus fachadas llenas de grafiti y calles con los mismos adoquines, sólo que más gastados y carcomidos. Un eslogan político del sexenio anterior en las paredes mal pintadas que proclamaba "Arriba y Adelante" había sido blanqueado para escribir encima "La Solución Somos Todos", pero los jóvenes corrigieron con letras maltrechas: "La Corrupción Somos Todos". Banquetas, postes, puentes y piedras en las esquinas que alguna vez protegieron los muros del paso de las carretas ahora estaban completamente cubiertas por los nombres de los partidos políticos y sus candidatos, con promesas de campaña que nunca se cumplieron. Tenoch desconocía el nombre del gobernante en el poder, mas intuía que pertenecía al mismo partido político y sabía que los resultados serían los mismos. Estaba consciente de que sus coterráneos recordarían a sus gobernantes sólo por su mezquindad, ambición y su miserable visión de progreso colectivo.

Mientras recorría las calles observó que el único cambio que había sucedido era una copiosa y atípica lluvia en la árida ciudad. El taxista siguió su camino por la avenida Juárez hasta topar con la tienda de abarrotes "El Pánuco", donde la amplia calle se convertía en un maltrecho callejón. El conductor giró a su derecha y, sin importarle los señalamientos de la circulación, se abrió paso entre los camiones materialistas estacionados sobre las desmoronadas banquetas. Muy cerca de su vista estaba la tienda con aquel viejo mostrador de color azul y encima la vitrina de cristal para el pan donde don Sebas, el tendero, solía vaciar el canasto de virotes y suculentas cemitas de piloncillo con canela. Aquellas imágenes trajeron hasta su mente el aroma del pan recién llegado de la panadería, caliente, crujiente, con ese inconfundible sonido crocante que las cáscaras doradas producían al caer en la vitrina. Fueron días interminables con el gruñir de tripas cual ronco huracán en el estómago, mareos que terminaban en desmayos con secos azotes de la cabeza en el pavimento, pocos brazos para trabajar y muchas bocas que alimentar; esa era la definición de su familia. Imposible comprar alguna pieza de pan cuando sólo alcanzaba para un kilo de frijol "ojo de liebre" que su madre le había encargado. Aquel recuerdo estaba tan fresco en su memoria que parecía haber sucedido el día anterior.

En esa fría mañana de invierno las calles y los escasos automóviles estacionados estaban cubiertos por un grueso manto blanco. En tanto, las cúpulas y las espigadas torres de la iglesia cercana emergían misteriosas entre la niebla. Los copos de nieve flotaban perezosamente sobre las cabezas de los escasos transeúntes. Se decía que ese "fenómeno" sólo sucedía cada 20 años en la ciudad. Tenoch asomó la cabeza sobre el mostrador; se deleitaba tan sólo oliendo el pan caliente, sin importarle el frío en los pies agrietados, abrigado con una roída chaqueta de pana y una vieja gorra de peluche de la que pendía una coleta, al estilo del legendario cazador de Kentucky, Daniel Boone. Don Sebas, sin dejar de ver el paisaje nevado, vació el canasto de pan en la vitrina, pero la puerta de cristal no estaba bien cerrada. Los panes se salieron del contenedor y rodaron por toda la tienda hasta alcanzar los roídos zapatos del hambriento Tenoch, que enseguida se quitó la gorra y la dejó caer encima de una cemita. El tendero recogió los panes que habían rodado bajo el aparador y se inclinó para sacar los últimos, pero por abajo del mostrador alcanzó a ver la sucia gorra en el piso y preguntó:

—Oye, ¿es tuya esa gorra?

—Ah, sí —contestó inocentemente el chico al momento que la recogía y la colocaba bajo su brazo, con la cemita dentro.

Habían transcurrido casi 20 años desde aquel entonces y el regordete tendero continuaba despachando al lado de doña Tere, su esposa. Tenoch jamás hubiera imaginado que, después de haber pasado tres años en solitario como mexicano en Minsk, un día circunstancialmente llegaría Anselmo, el sobrino de doña Tere, para estudiar Educación Física, sólo que al omitir la palabra "Educación" en su solicitud fue enviado a estudiar Física Cuántica a la Universidad Estatal de Bielorrusia. Medio año después, Tenoch descubrió el error que habían cometido con su paisano y juntos acudieron al Ministerio de Educación a solicitar la corrección de su carrera. Terminado el primer semestre, Anselmo fue reubicado a Kiev, en donde concluyó sus estudios de preparatoria y posteriormente fue enviado a la Universidad del Deporte de Moscú, la institución de mayor prestigio en su tipo en toda la URSS. Frecuentemente ambos recordaban esa anécdota y coincidían en que jamás se hubieran conocido en su propio barrio, sólo fue posible a miles de kilómetros de casa y gracias a un error.

Con dificultad el vehículo continuó su camino por baches y charcos, pero apenas unos metros adelante el conductor se detuvo y preguntó cuánto faltaba hasta el domicilio. Sin mayor explicación dijo que no podía continuar más adelante, que no quería exponer su coche a los baches ocultos en las enormes lagunas de lodo que cubrían la calle de lado a lado, así que bajó del vehículo y entregó la maleta con inútiles rueditas a la última moda europea para que Tenoch hiciera malabares hasta la puerta de su casa. Al pagar la cuenta también se terminó la amabilidad y el servilismo del entusiasta taxista.

Tenoch cruzó frente a "La Despedida", la cantina más popular en su barrio natal, de donde provenía un intenso aroma a cigarro, orines y alcohol mezclados con la melancólica canción que interpretaba Gerardo Reyes: *Lámpara sin luz*. Todo parecía seguir igual que antaño. Una alegría infinita lo invadía conforme se acercaba a la puerta de su casa, mientras repasaba el largo camino recorrido, las peripecias que había pasado, ignorando por completo lo que el destino le podía tener reservado para su regreso. Entonces comprendió lo que muchas veces había escuchado sin lograr entender: nuestro destino nunca es un lugar.

Capítulo doce

No sólo los vencedores escriben la historia.

Finalmente, Tenoch se encontraba con su madre después de su larga travesía. Era el momento de disfrutar su compañía, comer sus platillos como antaño, escuchar sus consejos y revivir aquellas bromas y largas conversaciones. Sin embargo, notaba que algo había cambiad. La notaba cansada, su caminar era pausado, como si de pronto las huellas de su trabajo estuvieran a flor de piel y las heridas de su alma fueran más profundas. Algunas veces, en las tardes, cuando ella tejía la bufanda que se llevaría para su último invierno en las lejanas tierras comunistas, el muchacho se sentaba en el suelo, junto a sus pies, como cuando era niño y, mirándola mientras ella trabajaba, le contaba todo aquello que a ella le hacía imaginar los enigmáticos sitios de sus viajes y las personas que había conocido, pero siempre omitiendo todo aquello que le pudiera preocupar. Pensaba que era mejor disfrutar de su compañía en silencio cuando no había algo agradable por decir. Ambos se admiraban y se respetaban mutuamente, esa era razón suficiente para seguir adelante. Cada uno pensaba que aún había mucho que aprender y todo un camino por recorrer, pero ella, en su interior, tenía la sensación de que su vida se le escurría como el hilo que hilvanaba su tejido. Meses atrás había tenido una embolia cerebral que, afortunadamente, había sido controlada y había logrado superar los efectos de una parálisis facial parcial. Se reunió con sus hermanos y juntos desempolvaron con alegría los buenos y malos tiempos. Siempre recordaban con felicidad y sarcasmo las limitaciones que habían tenido cuando eran niños; contaban las anécdotas y buscaban el lado alegre de los hechos. "Sin resentimientos a la vida", decía su madre. Y así transcurrieron los días hasta alcanzar apenas una semana disfrutando del aire fresco, del Sol, de su familia y de los amigos. El tiempo parecía diluirse y pronto debería empezar a viajar para cumplir con el compromiso que lo había traído a México: realizar sus prácticas profesionales.

El día de su regreso a la capital su madre se levantó muy temprano, como de costumbre, y preparó para desayunar un rico "fritango", como en los viejos tiempos. El platillo consistía en trozos de tortilla dorados en manteca revueltos con frijoles machucados en su caldo. Cuando había dinero, como ahora era el caso, se agregaba huevo batido y se acompañaba con un poco de chiles en vinagre. Para tomar, su madre le preparó un suculento chocolate espumoso de las tablillas que le gustaba morder a escondidas cuando era chico. Al servirlo en la taza, Tenoch le preguntó por qué le gustaba tanto la espuma y ella le contestó:

—Porque las burbujas me recuerdan que todo es temporal, que nada es eterno, todo es efímero, como la vida misma; esa espuma es una ilusión y parece que sabe bien, pero desaparece al contacto. Por eso debes vivir tu vida ahora.

Entonces Tenoch comprendió lo mucho que estaba por dejar de nuevo, lo que le hizo recordar las palabras de Liu al sentenciar que nadie podía rehuir a su destino. Su madre tampoco lo detuvo, por el contrario, lo animaba a que nunca renunciara a sus sueños, pues consideraba que la suerte del muchacho ya había sido echada mucho tiempo atrás, tal vez desde que había salido a estudiar a Querétaro, donde consiguió la beca a la URSS. Sus ojos de color café claro estaban algo rojizos después de haber llorado en medio de su soledad, en silencio, sin que su hijo se diera cuenta para no hacerle sentir culpa, fingiendo alegría. Pero nuevamente se humedecieron y su voz se ahogó cuando en la puerta del zaguán le dio su bendición. Él sólo la abrazó y la besó; la consoló con una sonrisa mientras la bromeaba al decirle que, ahora que se iba más cerca, ella estaba más triste que cuando se había ido tan lejos y sin esperanza de regresar en seis años. Ella sonrió para tratar de ocultar su dolor.

Ese sábado tenía el firme propósito de rentar un lugar donde vivir durante los cuatro meses que le esperaban en la Ciudad de México. Después del desayuno y las breves despedidas partió con una pequeña maleta a la central camionera. El autobús llegaba de paso procedente de Nuevo Laredo, Tamaulipas, y, aunque oficialmente tenía sólo dos escalas para pasajeros en Monterrey y San Luis Potosí hasta la Ciudad de México, existían por lo menos otras tres inspecciones aduanales a lo largo del recorrido, siendo la más temida para los pasajeros la inspección en el Huizache, cerca del entronque a Matehuala, en pleno altiplano potosino a más de seiscientos kilómetros de la frontera con los EUA Posteriormente había una última revisión del equipaje de viajeros y del propio transporte a la altura de San Juan del Río, donde subieron los agentes aduanales para revisar que el equipaje no llevara artículos sin pagar impuestos, como ropa, calzado, electrodomésticos, aparatos electrónicos, etc., procedentes de la frontera norte. Quienes se dedicaban a este negocio ilícito eran considerados contrabandistas, aunque también se les conocía como "chiveros" o "fayuqueros", despectivo de la palabra *faille*, de origen francés.

Por el camino, durante un largo tiempo, pensó en las palabras de Liu cuando le dijo que la vida no cambia en un solo momento, sino que cada día hacemos algo que la va cambiando. Recordó que apenas unos días atrás había conocido personas que le parecían tan simples como comunes y, sin embargo, cada una de ellas le había dado grandes lecciones de vida. La misma Liu, que había aparecido en su vida tan intempestivamente con esa imagen desalineada y esa paranoia que la hacían ver como una persona extraña y hasta demente, había resultado ser una autentica eminencia en historia del arte y lenguas extranjeras.

Durante el viaje también se dio tiempo para revisar minuciosamente los avisos clasificados en el periódico en busca de hospedaje, ubicando primero la oficina en donde se debería presentar a su trabajo. Después de haber recorrido algunas calles, Tenoch logró instalarse en una vieja casona adaptada como casa de huéspedes en la colonia Santa María la Ribera, y el lunes por la mañana inició sus labores en las oficinas de la Cía. eléctrica. El muchacho tenía el compromiso de realizar sus prácticas durante dos meses. Sin embargo, estaba dispuesto a sacrificar sus vacaciones para adaptar su educación a los métodos y herramientas locales, pues él consideraba que ese sería su ambiente definitivo de trabajo el día que terminara sus estudios. Por las tardes salía a comer y regresaba a trabajar sin esperar alguna remuneración extra, pues disfrutaba aprender y aplicar sus conocimientos, comparando los enfoques de cada país. Experimentaba una sensación similar a sus primeros días en Minsk, aunque la nostalgia era algo diferente, pues allá era algo común en su círculo de compañeros extranjeros, incluso en los soviéticos que provenían de otras repúblicas de la URSS y se albergaban en las mismas viviendas. Ahora se sentía extranjero en su propio país, donde, a diferencia de él, cada transeúnte que cruzaba en su camino tenía planes, trabajo y familia. Lo poco que conocía de la ciudad le gustaba. A cada paso descubría edificios y calles con historias y leyendas en cada rincón, por lo que disfrutaba de largas caminatas y terminaba agotado antes de dormir. La entrega de correspondencia y regalos para los familiares de sus amigos debió esperar por lo menos una semana. Sus remordimientos por la frustrada entrega de la carta se diluían conforme pasaban los días. Todo aquello que alguna vez le atormentara, como la dirección del escritor, el verdadero contenido de la carta y la imagen perturbadora de Liu en los andenes de tren subterráneo de Moscú, ahora se evaporaba como la neblina en las mañanas de aquella enorme urbe de hierro y concreto. Algunas veces, cuando cenaba en las taquerías, ponía atención en los noticieros por si citaban al escritor, que, a pesar de ser una celebridad que vivía en la misma ciudad, no se le citaba en medio de alguna tragedia, lo cual indicaba que seguía con vida y sin noticias por lamentar. Por tanto, Tenoch consideraba que para ese entonces el colombiano ya conocía el contenido de la carta y seguramente guardaba sus precauciones.

En su vida laboral, Tenoch cada día aprendía cosas nuevas. Había llegado en la etapa más crítica del proyecto, justo cuando surgían las preguntas entre la teoría y la práctica, con la gran posibilidad de aplicar sus conocimientos y conocer una forma diferente de hacer las cosas en su propio idioma. Le resultaba interesante ver cómo en un supuesto país tercermundista era muy común el uso de calculadoras, pantógrafos e infinidad de herramientas de ingeniería. Mientras tanto, en su centro de estudios y compañías constructoras el uso de las reglas y escuadras de madera por proyectistas y arquitectos era algo cotidiano, así como la incomparable destreza de sus compañeros de clase en el manejo de la regla de cálculo, con quienes no podían competir cuando usaban calculadoras electrónicas de última generación. También era impresionante ver la habilidad del personal de tiendas

y almacenes en el manejo del ábaco. Muchas fueron las ocasiones que escuchó decir que los soviéticos eran unos bárbaros, sin embargo, estos "salvajes" habían puesto en órbita el primer satélite y al primer hombre en el espacio. El secreto era simple: "estudiar, estudiar y otra vez estudiar", tal como solían decirle sus maestros.

Conforme pasaba el tiempo, Tenoch podía confirmar que México era una fuente inagotable de talento, creatividad y una gran capacidad laboral. En su oficina de proyectos había sofisticadas herramientas para la revisión y el diseño de equipos que generaban, transmitían y controlaban la energía eléctrica. Sin embargo, se carecía de la ingeniería para el diseño y la fabricación de esas máquinas. Era claro que no todo consistía en "echarle ganas", también se requería de la disciplina, el apoyo a las entidades de investigación y eliminar la corrupción. Sólo entonces comprendió que en sus años de estudios en México se preparaba a profesionales para un país "maquilador", desde la década de los sesenta, cuando se establecieron los programas de estudio para las carreras técnicas a nivel medio y superior, pues en tres años le había sido posible obtener su certificado de preparatoria con una especialidad técnica para integrarse inmediatamente a la industria o continuar su carrera profesional, pero siempre en el mantenimiento, la supervisión o la administración de procesos productivos, no en el desarrollo de nuevas tecnologías.

Con lo precario de sus recursos sólo le fue posible conseguir hospedaje en un modesto departamento localizado cerca del Museo del Chopo, en una vieja casona ubicada al fondo de un largo pasillo con diferentes viviendas. El diminuto cuarto "amueblado" se encontraba en el segundo piso de la casona, sobre una estructura metálica endeble con láminas de asbesto sobre lo que alguna vez había sido el patio de la vieja vivienda. Los sanitarios y las duchas eran compartidos y se llegaba a ellos a través de frágiles escaleras de caracol. Sólo se disponía de un televisor y teléfono en la parte baja de la pensión; nada que extrañar de las instalaciones soviéticas para estudiantes donde había pasado su primer año en el país socialista, a no ser por falta de los amigos de todas partes del mundo que aun sin conocerse parecían pertenecer a una misma familia. La hermética habitación era de color verde olivo con un foco incandescente en el centro que algunas veces había que esquivar con la cabeza antes de sentarse en la cama individual, donde yacía un flácido colchón con cobijas, cubrecama y almohada de funda bien almidonada. Al lado izquierdo apenas cabía una diminuta mesa que simulaba ser un buró mientras que al frente, apenas dejando el espacio suficiente para abrir la puerta, se encontraba un guardarropa sin puertas y un bote de hojalata como basurero.

Tenoch visitaba a su familia cada tercer fin de semana y cuando no lo hacía aprovechaba para conocer la capital y recorrer sus museos, calles y avenidas. En su camino de regreso a la casa de huéspedes algunas veces pasaba frente a las oficinas de redacción del periódico *El Sol de México* e invariablemente le venía a la memoria el motivo por el que alguna vez había permanecido por más de cuatro días en la ciudad, algo inesperado para él y muy satisfactorio para su madre. Sucedió al final de los setenta cuando recibió el reconocimiento de manos del presidente de la república como "El Mejor Estudiante de México". Junto con esos gratos recuerdos estaban las peripecias que había sufrido para conseguir la ropa adecuada para la ocasión, el permiso en su trabajo para faltar y la odisea para conseguir los pasajes de algunos miembros de su familia con quienes asistió a la ceremonia de premiación y eventos organizados para todos los galardonados del país.

Algunas veces la nostalgia y soledad eran abrumadoras, pues no encontraba un lugar de pertenencia; sentía que tenía un acento extraño y que pensaba muy diferente a la mayoría de la gente con la que se relacionaba. Sus compañeros de oficina lo conocían como el ruso, el soviético o el *tovarich*. Paradójicamente, la comunidad latina de Minsk lo conocía como "México", sin nombre ni apellido.

Desde su encuentro con Liu, ella se había convertido en un referente para Tenoch. En cualquier situación en la que se encontrara, él recordaba sus palabras y su agudeza para analizar las cosas; incluso algunas veces no sabía si era ella o el llamado de su consciencia. Trataba de ver las cosas con calma y desde diversos puntos de vista. Sin embargo, conforme pasaba el tiempo en su país se daba cuenta de lo poco que conocía ambas culturas.

—¿Que pasión, ruso? —le dijo su jefe en una ocasión mientras cerraba la puerta de su privado.

—¿Qué pasó, Alfredo? ¿Ya te vas a comer?

—Sí, ya me voy a comer a mi casa. Hoy no se quedó nadie, mejor ya llégale. Ahí nos vemos el lunes.

Tenoch estaba inmerso en un mundo de diagramas atornillados a un palo de aproximadamente un metro de longitud que llamaban las "banderas", y sólo entonces se percató de que no había más ingenieros en aquella sección de restiradores y escritorios conocida como los "lavaderos" por su colocación y falta de privacidad. En esa sección se revisaba cada detalle del proyecto eléctrico de la termoeléctrica en construcción.

—Obvio, viernes de pago, tres de la tarde. ¿Qué es lo que hago aquí? —murmuró para sí el muchacho mientras marcaba el diagrama para recordar su trabajo después del fin de semana y colocaba la "bandera" en un contenedor de planos.

Por instantes se quedó en medio del silencio de la oficina sin saber qué hacer. Reconocía su esfuerzo, pero necesitaba hablar con alguien que pudiera comprender; tal vez requería contarle a alguna persona su inquietud y experiencia con la carta entregada. Luego de una pausa buscó en la bolsa de su chaqueta una pequeña agenda, la sacó y empezó a hojearla hasta encontrar el teléfono de la familia de Laura, una estudiante mexicana en Minsk, pues apenas un par de semanas atrás Tenoch había llevado a su casa en Coyoacán los presentes enviados por su amiga a sus padres, y estos, amablemente, le dieron el teléfono de su domicilio para invitarlo a pasear por la ciudad antes de su regreso a la URSS. En ese tiempo la comunidad mexicana en Minsk ya había llegado a seis connacionales, nada que ver con los tres primeros años de su estancia en solitario. Cuando llamó, ellos amablemente aceptaron la oportunidad de volverse a encontrar y conversar sobre la vida en la URSS.

Después de pasar a comer a la fonda de costumbre, Tenoch se trasladó hasta la estación de metro más cercana para encontrarse con los padres de Laura. La pareja no tardó en llegar en su flamante pero discreto automóvil; ambos apenas superaban los 50 años. Doña Gaby era una mujer agradable que no perdía la menor oportunidad para abrazar y alagar a su esposo, un ingeniero catedrático del Politécnico Nacional, y poseedor de una pequeña fábrica de equipos eléctricos, acostumbrado al trato con jóvenes de la edad de Tenoch. Su apariencia era sencilla, pero su lenguaje, educado y bromista. Su complexión robusta y sus ojos bordeados por una sombra permanente le inspiraban suficiente confianza, tanta que por momentos puso en duda su hermetismo sobre la carta depositada en el buzón del domicilio del escritor. Sin embargo, nunca conoció su nombre real porque sus hijos y esposa cariñosamente lo llamaban el Panda. En esos días el matrimonio disfrutaba de la placentera vida sin familia, pues Laura y su hermana recorrían Egipto en un crucero por el Nilo mientras sus dos hermanos vacacionaban en las playas de Acapulco.

—Y cuéntanos, ¿qué es lo que se dice de Trotsky por allá? —preguntó el Panda cuando conducía por la lateral de la avenida Río Churubusco y giraba lentamente sobre la calle Morelos, señalando una hermosa, aunque vieja y descuidada, casona que atravesaba la pequeña cuadra hasta terminar en la calle Viena.

Las paredes de la casona estaban carcomidas, cubiertas con grafiti, vandalizadas, sin remordimiento por el daño causado a una obra arquitectónica con destellos de belleza y gran valor histórico. Los enormes ventanales y portones habían sido clausurados con muros de tabique en la parte interior, y en lo alto de las esquinas que formaban las calles Morelos y Viena se erguía una especie de torreón e improvisadas saeteras que aún presentaban las huellas de proyectiles de una cacería feroz desatada desde el Kremlin. Tenoch, en el asiento trasero, trataba de contener la risa que le provocó escuchar la pregunta de el Panda, pues la única referencia que tenía del legendario revolucionario en la URSS era la expresión que comúnmente los soviéticos usaban cuando alguien hablaba de más o decía alguna insensatez: *Pyzdish kak Trotsky* (hablas mierda como Trotsky). Obviamente él no se atrevería a explicar semejante grosería que se había acuñado en los años postrevolución para desacreditar los logros del ilustre personaje revolucionario perseguido por su acérrimo y ambicioso rival, Stalin.

Al no escuchar la respuesta de Tenoch, el Panda insistió con la pregunta justo cuando detenía su auto a un costado de la casa, frente a un letrero en una lámina clavada en la descascarada pared de color verde que sentenciaba "no tirar basura" sobre un enorme montón de pestilentes desperdicios encima de la banqueta.

—Aquí vivió y murió Trotsky —insistió el Panda.

—¿Cómo? ¿Acaso vivió en México? —replicó extrañado Tenoch, declarando su ignorancia en el tema.

—¡Por supuesto! ¿Que no lo sabías? ¿Pues entonces qué les enseñan en la Unión Soviética? —replicó el Panda buscando extrañado al muchacho por el espejo retrovisor.

—¿De eso? ¡Nada! Los personajes como Lev Davidovich Bronstein, conocido como León Trotsky, e Iosif David Dzhugashvili, o Josef Stalin, el hombre de acero, fueron omitidos de la literatura e historia de la URSS.

—Pero ¿por qué? Si ambos eran muy cercanos a Vladimir Ilich Lenin.

—Hablar de ellos no está prohibido, pero hay una especie de tabú. Por ejemplo, se sabe que Stalin era de origen georgiano, Trotsky, ucraniano, y Lenin, ruso, pero nunca se mencionan las raíces judías de todos ellos, incluso las del mismo Hitler, quien señalaba que una gran parte de los dirigentes comunistas eran de origen judío. Sin embargo, sólo una pequeña parte de judíos era comunista. Bajo esa óptica consideraba que el comunismo era una "conspiración judía" y le daba razones suficientes para una guerra de exterminio de la Unión Soviética a partir de 1941. Es decir, el pueblo en general no habla de esto, mucho menos en las escuelas, pero la mayoría de las personas lo saben y están conscientes de que tanto Stalin como Trotsky formaron parte de una de las etapas más oscuras en el proceso revolucionario y la consumación de la URSS. Los dos eran poseedores de una recia personalidad, ambición y excesos en sus métodos de lucha.

—Pero ¿ustedes tienen la libertad de preguntar?—interrumpió doña Gaby.

—Por supuesto. Sin embargo, cuando uno hace eso en un salón de clases puede esperar cualquier tipo de respuesta, comentarios y miradas poco amables del maestro y de los compañeros por la indiscreción.

—¿Sabías que Trotsky fue expulsado del partido y de su país tras su ruptura con Stalin? Primero se exilió en Turquía, luego en Francia y después Noruega. Todo el mundo le cerraba las puertas al acérrimo rival del estalinismo y no fue hasta 1936 cuando el presidente Lázaro Cárdenas ofreció su asilo político en México, teniendo como principal promotor de la solicitud al pintor Diego Rivera, miembro de la Liga Comunista Internacionalista. Meses después, a inicios de 1937, Trotsky y su esposa, Natalia, llegaron a Tampico; de ahí se trasladaron a la Ciudad de México para hospedarse en la casa del pintor y de Frida Kahlo.

—¿Aquí?

—No, la casa de Frida Kahlo y Diego Rivera está unas cuantas cuadras más adelante; ahí vivieron como dos años, luego se pasaron a vivir aquí —corrigió doña Gaby.

—Pero ¿usted decía que aquí también murieron? —Tenoch cuestionaba.

—Ah, sí. Es una larga historia de atentados contra el revolucionario. El primero ocurrió como en el 40, ¿no, vieja? —preguntó el Panda a doña Gaby.

—Así es, Panda, pero explícale que el grupo de hombres armados estaba comandado por el otro muralista: David Alfaro Siqueiros.

—A eso voy, mujer. Mira, aquí se armó la balacera en serio. Todos esos orificios fueron hechos por las armas del grupo anti-Trotsky y, a pesar de todos los proyectiles disparados, el revolucionario y su esposa salieron ilesos.

—Muy interesante. Jamás me hubiera imaginado que todo esto ocurriera aquí.

—Bueno, todo esto era campo y tierras fértiles regadas por el río Churubusco; la villa de Coyoacán se encontraba lejos de la mancha urbana de la ciudad. Pero no creas que ahí terminó todo. No, señor. El viejo zorro de Stalin insistió hasta lograr su objetivo.

—¿Qué? ¿Hubo otra balacera?

—No. Esta vez Moscú ideó otra estrategia. En la casa vivía la pareja de refugiados, pero, además, asistían los vigilantes, algunos trabajadores del jardín y de una pequeña granja de conejos, en fin, nunca faltaban las visitas y una secretaria que se llamaba… ¿Cómo, vieja? Siempre se me olvida.

—Silvia Ageloff. Y así fue como entraron los malditos —asintió con la cabeza doña Gaby al terminar la frase.

—¿Por qué? —preguntó Tenoch estirando a más no poder su cuello a la parte delantera del coche para escuchar.

—Bueno, porque este fue el hilo más delgado que los enemigos encontraron para llevar a cabo las ordenes de Stalin. Un joven comenzó a cortejarla, se hicieron novios y él entraba y salía de la casa, ganándose la confianza de todos. Luego, con el pretexto de darle a leer un texto al revolucionario, logró acercarse a él y, sin piedad, asestó un terrible golpe con un piolet de alpinista, perforando el cráneo del revolucionario. La herida fue grave, pero no murió inmediatamente;

fue llevado al hospital y atendido, aunque ya no se le pudo salvar la vida.

—¿Y quién lo asesinó?

—Ramón Mercader. Un comunista catalán fue quien cumplió las ordenes de Stalin, trece años después del rompimiento entre los líderes. ¿Ustedes se pueden imaginar el odio que puede guardar una persona como para seguir a su enemigo hasta el fin del mundo? Porque eso debió haber sido para Trotsky este lugar tan lejano, silencioso y escondido.

—No como ahora que todo está descuidado, hecho un asco, lleno de carros y ruidos de la ciudad —interrumpió doña Gaby, corrigiendo a el Panda.

—Es cierto. ¿Y por qué estará tan descuidado? Se supone que aquí es una buena colonia con importantes sitios históricos —cuestionó Tenoch.

—Desde hace años están diciendo que van a abrir un museo. De hecho, me parece que aquí se encuentran las cenizas de Trotsky y su esposa —comentó el Panda mientras encendía el vehículo para continuar sobre la calle Morelos hasta el cruce con la calle Londres, en donde giraron para encontrar la "Casa Azul", como se le conocía también al museo de Frida Kahlo.

Tenoch por primera vez visitaba Coyoacán y se daba cuenta de que conocía muy poco de la historia y de los personajes de la gran ciudad. Sin embargo, entre pláticas y risas caminó con el Panda y su esposa por las calles empedradas y adoquines bailarines hasta la iglesia principal, sin dejar de admirar las callejuelas y los viejos edificios que cambiaban de color bajo la luz de un Sol que languidecía, dejando su lugar a las sombras de la noche. La conversación con la pareja indudablemente lo trasladaba por momentos a las calles de Moscú, sazonadas con la voz de Liu y sus relatos. Sin lugar a duda, el *modus operandi* de las agencias de inteligencia no había cambiado un ápice en sus procedimientos, pues recordó con claridad las anécdotas de premios inexistentes otorgados a secretarias de poderosos personajes para conseguir acceso a ellos o a su información, siendo muchas veces el hilo más delgado para atrapar al pez más gordo. Ese día había confirmado que no existen límites en el odio, la crueldad y la venganza, que los poderosos pueden utilizar y desechar a las personas hasta lograr sus objetivos. No sabía si había tenido el privilegio o la maldición de haber conocido a una persona que, además de haber sido víctima de la crueldad de un dictador, había logrado sobrevivir a toda clase de torturas y abusos de poder. Ahora estaba convencido que no debería compartir su historia, aunque le carcomieran el alma sus dudas y remordimientos, pues aún le faltaba regresar a la URSS. La historia todavía no estaba escrita.

Los días transcurrieron entre largas jornadas de trabajo de oficina y algunas caminatas nocturnas. Aunque Tenoch había dejado de vigilar constantemente sus espaldas, ahora tenía la costumbre de hablar en voz baja cuando estaba en algún sitio público. Los hechos ocurridos apenas un mes atrás le habían dejado una huella imborrable, frecuentemente los recordaba y no lograba comprender cómo se había involucrado en esa trama de intrigas. También se daba cuenta de que la gente en su entorno era, aunque más discreta, igual de supersticiosa que la soviética. Allá trataban de ocultar sus verdaderos pensamientos acerca del ocultismo, la religión y la espiritualidad. Tenoch ahora trataba de digerir esa mezcla de influencias culturales y el reencuentro con sus raíces después de haber vivido en un supuesto ateísmo que negaba la existencia de Dios, pero que, contradictoriamente, se le invocaba de manera constante en busca de protección y ayuda. *Gospodi! Bozhe moy!*

Un jueves por la noche, después de algunas semanas de su estancia en México, de nuevo apareció el sueño recurrente, aquel que terminaba en pesadilla. De nuevo aparecieron las fatídicas esferas de sus sueños, acercándose inevitablemente en medio de una enorme luz que crecía ante el inminente choque. Su cuerpo sudaba copiosamente, su respiración se agitaba, el oxígeno le era insuficiente y un dolor indescifrable atacaba su pecho. Por la mañana se levantó como de costumbre. Subió soñoliento las escaleras al siguiente piso, donde se encontraban las duchas, luego siguió hasta la azotea en busca del viejo calentador donde depositó el cartucho de aserrín empapado de diésel que vendían en la tienda de don Fulgencio. Mientras se restregaba los ojos detuvo su mirada en el dorado horizonte que enmarcaba la silueta de la enorme cúpula cobriza del Monumento a la Revolución, la misma que alguna vez se planeó que debería coronar la sede del palacio legislativo. Observó a su alrededor: la neblina se disipaba y múltiples hilos de humo se levantaban de los hogares que, al igual que él, se preparaban una ducha caliente para salir a una nueva jornada de trabajo. Bajó las endebles escaleras a preparar su ropa del día y perezosamente se dejó caer de nuevo en la cama por "cinco minutos más". Subió una vez más y adormilado se enjabonó, pero al contacto con el agua tibia se despertó. Ya corto de tiempo se vistió, tomó una maleta con la ropa sucia y se encaminó al puesto de la esquina para tomarse un licuado de naranja con dos yemas de huevo y un pan dulce. En el camino hizo el alto obligado para ponerse la corbata en el espejo del viejo Datsun de color amarillo que se estacionaba a unos pasos de la Avenida de los Insurgentes.

Llegó a las oficinas donde los burócratas hacían planes para el fin de semana, llenaban su quiniela de pronósticos deportivos y arreglaban el mundo frente a una taza de café. Por la tarde se dirigió a la central camionera para viajar a San Luis Potosí. Durante el viaje, una vez más, volvió a repasar los recuerdos de todo aquello que había marcado su vida desde que tenía memoria y encontró que en todos ellos estaba su madre; era tanto lo que le había enseñado y tan poco lo que le había retribuido. También trató de recordar en más de una ocasión el sueño de la noche anterior, pero era imposible en medio de la música ambiental del autobús y su transitar por la carretera; todo terminaba inevitablemente al inminente contacto de las esferas.

Al llegar a su casa sintió un silencio estremecedor. Las luces estaban apagadas y se respiraba una tristeza inusual sin el sonido de la radio que habitualmente transmitía la estación de la QK. Del fondo del patio salió una de sus hermanas para decirle que su madre estaba en el hospital porque había tenido un derrame cerebral. Esas palabras quedaron como un eco suspendido en su cabeza. Nada se podía hacer, todo era cuestión de esperar la reacción de su organismo. Entonces comprendió que nunca más volvería a verla sonreír ni caminar ni escucharía sus consejos ni bromas; porque, a pesar de haber vivido una vida tan difícil, ella nunca perdía su optimismo ni alegría. Atrás quedaba todo su vigor, energía y amor a la vida que les inyectaba cada día. Ella solía decir que todo tiene solución, excepto la muerte, y más allá de ello sólo la pala y un azadón lo pueden arreglar.

A Tenoch los remordimientos le carcomían. Hubiera querido hacer feliz más tiempo a su madre. Se sentía ingrato, egoísta e infeliz. Si bien era cierto que la familia era numerosa y que sus hermanas hacían de tripas corazón para atenderla sin descuidar sus trabajos y sus familias, también consideraba injusto que el destino no le permitiera regresarle un poco a quien había sacrificado su vida en una máquina de coser para alimentarlos. Estaba agradecido con sus hermanas y hermanos porque todos apoyaban con su esfuerzo y ganas de seguir estudiando, a pesar de las circunstancias. Pero algo en su interior le reclamaba, algo o alguien a quien no podía engañar. Era su consciencia, su Dios, aquello que en el fondo le causaba un gran dolor, y no encontraba la manera de callarlo.

Muy a su pesar y sumido en su depresión regresó a sus prácticas a la Ciudad de México, cuestionándose si realmente valía la pena continuar con sus estudios y seguir con esas absurdas prácticas en medio de algunos burócratas ociosos que por la mañana discutían cada sección del periódico, arreglaban el país y justificaban su escasa actividad con el lema: "Ellos hacen como que me pagan y yo hago como que trabajo". En cierta forma se sentía decepcionado del ambiente y la poca iniciativa de sus compañeros, del paternalismo que tenían los sindicatos para proteger a sus agremiados del trabajo. Apenas medio año atrás, durante el invierno de 1984, había estado realizando otras prácticas en la Central Termoeléctrica de Beloozersk, en la provincia de Brest, Bielorrusia, donde las condiciones climáticas eran criminales. La temperatura por las noches alcanzaba los menos 40 grados centígrados y la calefacción era insuficiente; incluso, algunas veces, se dormía con abrigo y gorro de piel de conejo para mantenerse caliente, pero nunca interrumpió su asistencia, así se fuera esquiando los dos kilómetros de su hotel hasta la termoeléctrica. Ahora estaba en un edificio de 15 pisos, en el centro de la ciudad, con aire acondicionado y herramientas apropiadas para su trabajo. Le parecía vergonzoso que algunos empleados, proyectistas, ingenieros u oficinistas agremiados del sindicato lo único que hacían era esperar que transcurriera el tiempo para bajar y hacer largas filas frente al reloj checador, para marcar su salida lo antes posible.

Y así, tal como fluyen las arenas por la diminuta cintura de un reloj, sin obstáculos, sin la menor resistencia, por gravedad y no por el paso del tiempo, transcurrían los días sin detenerse, ajenos al dolor o a la felicidad de los humanos, como una cadena interminable de actos y consecuencias. Nada se podía hacer para cambiar su fluidez, ahora sólo se dejaba llevar por una decisión tomada años atrás. La ciudad le agradaba, le recordaba sus travesías por Europa y Asia Menor, sin encontrar otra igual. Le parecía llena de contrastes y un auténtico museo viviente, un crisol en donde se fusionaba una gran cantidad de culturas, lenguas y costumbres no sólo del país entero, sino de diferentes partes del mundo. Le agradaba encontrar gente en zonas humildes que hablaban de política sin tapujos, así como el desparpajo de algunos vendedores, cirqueros, magos, contorsionistas y luchadores sociales que subían a los vagones del metro a promocionar sus productos y a repartir panfletos y boletines que invitaban a derrocar a un gobierno que parecía fortalecerse con el paso de los años. Encontraba que los capitalinos eran gente acostumbrada a luchar, generosa, orgullosa de sus raíces y pícaros en su lenguaje de doble sentido.

En el proyecto eléctrico que laboralmente le concernía no lograba acostumbrarse a esa educación occidental, donde todo parecía haber sido descubierto o inventado por los estadounidenses, por lo que era indispensable recurrir continuamente a la literatura técnica en inglés, y de poco o nada le servían los libros y manuales que, al encontrarlos en una librería de ejemplares usados, había considerado un verdadero tesoro. Era tan avasalladora la influencia del vecino país del norte que no se cuestionaban sus logros, sus héroes y ni siquiera las discrepancias de la cinematografía o de la prensa con la realidad universal. En eventuales discusiones sus colegas citaban que "la historia la escriben los vencedores", sin embargo, según su corta experiencia, la realidad solía ser diferente, y con cierta vehemencia sostenía que la historia estaba en espera de ser escrita por alguien que tuviera memoria, valor y recursos para hacerla llegar a otros. Observaba que todas las leyes de la física y los grandes descubrimientos sólo llevaban nombres de científicos de Occidente, a excepción de la tabla periódica de elementos químicos de Mendeléyev, que se consideraba única en ambos hemisferios.

Para Tenoch no todos los viernes solían ser días cortos, pues, aunque fueran días de pago, algunas veces el personal de confianza tenía reuniones y Alfredo, su jefe, lo invitaba a participar, le preguntaba su opinión y se interesaba por conocer sus propuestas, lo cual era una muestra de reconocimiento, un bálsamo para su esfuerzo que en muchas ocasiones le parecía inútil. El ingeniero Mayen, jefe del proyecto eléctrico, una persona muy experimentada, preparado en los EUA, siempre usaba corbata y mangas de camisa arremangadas. Era un auténtico manojo de nervios que llevaba consigo siempre una taza de café y un cigarro encendido en la mano y otro de repuesto en el borde de su oreja derecha. Invariablemente era el primero en llegar y el último en retirarse, incluso daba la impresión de que algunas veces se quedaba a dormir en la oficina. Él, según decían, era el segundo relevo del proyecto, pues su antecesor recién regresaba a otro puesto menor después de haber sufrido trastornos nerviosos y tratamiento psiquiátrico. Tenoch se cuestionaba si esas serían las desproporciones que le esperaban cuando regresara a trabajar a su país.

Uno de esos viernes interminables, pasadas las ocho de la noche, mientras Tenoch revisaba algunos diagramas y se ensañaba con su lápiz de color rojo, tachando y cuestionando todo lo que le parecía incorrecto, se acercó el ingeniero Mayen.

—¿Quiúbole? ¿Quiúbole, ruso? ¿Qué pasión contigo? Ya deja esos planos; mira nomás, parecen un panteón con tantas cruces.

—Hola, inge. Pues aquí dándole un rato. ¿Necesita hablar con Alfredo?

—Sí. ¿Dónde anda? Oye, Alfredo, los "japos" ya nos aceptaron el sistema de bombeo omitido en la oferta.

—Ah, qué a toda madre —respondió Alfredo al momento de abrir la puerta de su oficina con una enorme sonrisa bajo el bigote.

—Y todo gracias al excelente trabajo de tu gente en la revisión de la ingeniería. No ofertaron el equipo, lo incluyen en la ingeniería, y querían que nosotros cubriéramos los gastos. Qué poca, ¿no?

—Pues aquí el ruso se puso las pilas revisando los diagramas y Arturo el alcance de la oferta.

—¿Y qué?, ¿por eso lo tienes castigado? Ya déjalo que se vaya a su cantón o ya de perdida llévatelo al Balalaica, por si extraña a las rusas.

—¿A poco allá hay rusas? —preguntó Tenoch intrigado.

—No, hombre, qué va. Si ese es un tugurio de mala muerte allá por el eje central que a estos les gusta asistir —aclaró Mayen.

—Por cierto, Alfredo, no veo a tu gente. ¿Dónde están todos? —preguntó Mayen, expulsando el humo de su cigarro por un extremo de su boca y con cierto aire de molestia.

—Ya sabes: no hay tiempo extra, no hay voluntarios, aunque nos cargue la chingada.

—Pero si ya te autoricé más tiempo extra. Nos urge terminar las revisiones. No me digas que ya se acabaron las horas o que ya se cansaron, por favor…

—Pues ya sabes, hoy es viernes de catorcena y la gente se va temprano a sus casas. Los de confianza aquí estamos.

—Ja, se van a trabajar a las otras empresas contratistas. A revisar allá lo que hacen acá por las mañanas.

—Pues sí, Mayen, pero qué quieres si el sindicato se los permite.

—Deveras, ruso, ¿y ustedes que estudian en la URSS no se pueden quedar a trabajar allá? —preguntó Alfredo.

—No. Allá todos los egresados tienen el trabajo asegurado y difícilmente el gobierno le quitaría una plaza a un nacional para dársela a un extranjero. Por ejemplo, a toda mi generación ya le asignaron su puesto de trabajo el semestre pasado con base en el promedio obtenido. Todo se planea y por eso es hay poca deserción en las escuelas. Los planes se deben cumplir.

—Bueno, ya estuvo. Aquí es otra onda. Alfredo, llévate a este muchacho al Sótano, al Balalaica o a algún otro tugurio, ¿qué no le has explicado que tiene toda la vida por delante para trabajar? Mira, no tienes ni perro que te ladre ni familia que mantener y, si los tuvieras, no te alcanzaría con lo que te dan de beca. Mejor ya vete con Alfredo a festejar.

—Pues ya oíste al patrón. Vamos a echarnos un par de copetines o, si te gusta el bailongo, podemos irle a sacar el brillo al piso del "Califas". ¿Tú qué dices, Mayen? ¿Jalas con nosotros? A ti también te hace falta un *relax*, puras pinches reuniones, café y cigarro. Tienes que cuidarte, ya tuviste un infarto.

—No, mano, no puedo. Si nomás estoy haciendo tiempo esperando que sea la hora apropiada para llamar a Japón. Me urge hablar con Nakamura para cerrar el tema del sistema de bombeo con estos hijos del Sol naciente.

Tenoch y Alfredo caminaron hasta el elevador y descendieron a los primeros pisos del edificio, donde se localizaban los estacionamientos. Bajaron por el caracol que desembocaba a la calle río Atoyac y rápidamente se incorporaron a río Misisipi, convertido en un auténtico río de automóviles en viernes por la noche, hasta llegar a la glorieta de la Diana Cazadora para adentrarse al Paseo de la Reforma.

—Mayen siempre dice lo mismo, pero nunca va. Lo bueno es que salió de él porque la verdad no sé hasta qué hora hubiéramos salido. Y, la neta, no estaría nada mal chingarse un par de chelas, un bailongo y chance hasta mojar la brocha.

—No, pues yo en realidad no conozco ningún antro. Tú elijes. Nomás con que esté cerca, no vaya a ser que al regreso me den una desconocida.

—Órale, me parece bien. ¿Qué allá en la URSS no hay antros, tugurios donde puedas ir a matar al oso o algo así?

El caló de la capital no dejaba de sorprender a Tenoch y fue hasta entonces que comprendió a qué se refería Alfredo. Él realmente nunca había visitado ese tipo de lugares en Minsk y no tenía la certeza de su existencia, pues, aunque era la capital de Bielorrusia, debía admitir que era una ciudad pequeña que tal vez no superaba el millón de habitantes. Sin embargo, tenía muy fresco el recuerdo de su reciente experiencia vivida en Moscú, la cual prefirió callar.

—Ah, prostíbulos. Sí, seguramente los hay, aunque oficialmente en la URSS no existe la prostitución. Es un país tan grande y tan diverso en culturas y religiones que sería imposible que un ciudadano común y corriente pudiera saber algo al respecto, sobre todo porque la mayoría vive en otra realidad.

—¿Y dónde te sientes mejor?

—Donde haya libertad. La gente puede tenerlo todo, pero si le quitan la libertad de viajar, creer, pensar y decir lo que piensa, entonces de nada le sirve su riqueza.

—¿Allá hay algún sitio como este? —dijo señalando el Hotel Regis y su Centro Nocturno Capri, que tenía una centelleante marquesina en donde estaban escritos los nombres de las *vedettes* y el comediante en turno.

—Órale, ¿aquí es a donde vamos a ir?

—Ah, no, ruso, para eso ya no alcanza la catorcena. Ya pasaron las épocas de "vacas gordas", pero ya casi llegamos, está aquí nomás a la vuelta. Además, acuérdate que "entre más corriente más ambiente"—comentó Alfredo después de emitir una sonora carcajada.

—No me digas que vamos a ese antro de mala muerte —respondió, decepcionado, Tenoch.

—Pues ni tan mala. Ya tengo aquí mis cuates, además, está céntrico, hay buen ambiente y te atienden bien.

La entrada del lugar estaba decorada con centelleantes luces rojas y una peculiar cortina de sonoros y coloridos trozos de carrizo, atrás de la cual estaba un tipo moreno, lampiño, de sonrisa amargada y mirada esquiva que revisaba escrupulosamente la posesión de armas y permitía el acceso a la escalera semioscura, por donde subían toda clase de aromas mezclados con perfume barato y las notas musicales de un conjunto de música tropical. Alfredo fue recibido por una anfitriona como viejo conocido. La hermosa morena envuelta en un provocador bikini lo cubrió de caricias seductoras, murmurándole algo al oído. Alfredo se aferró a la diminuta cintura e inmediatamente se dirigieron a la pista de baile.

—A lo que te truje, Chencha —alcanzó a gritar Alfredo mientras el grupo musical iniciaba con *El testamento*, donde Rigo Tovar proclamaba estar muriendo, pero no de risa ni del corazón, sino de puro amor.

Tenoch se dejó conducir hasta la mesa por otra anfitriona de bellos rasgos indígenas y exuberantes curvas apenas contenidas en un diminuto y llamativo atuendo; segundos después se acercó un delgado y relamido mesero que, sin preguntar, depositó una cubeta de cervezas en el centro de la mesa, apuntó en su libreta y le sonrió a la chica que incansable no dejaba de mascar chicle. Ambos se rieron estruendosamente y miraron con morbo al recién llegado. El mesero se retiró y la chica se sentó después de preguntar si podía hacerlo.

—Ah, sí, perdón. Adelante —respondió Tenoch al momento de acercarle la silla.

—Hola, soy Caoba y no tomo cerveza. ¿Aún quieres que me siente? Te aclaro: si no vas a bailar yo te puedo acompañar, pero tú me invitas las copas que quieras. Yo, como ella, estamos fichando; unos bailan y otros toman, pero todos nos divertimos —dijo Caoba mientras pasaba su mano por la melena y el cuello de Tenoch.

—De acuerdo. ¿Y qué quieres tomar? —preguntó el muchacho al momento en que acercaba su silla y abrazaba a la chica.

—Vino blanco —respondió la chica casi al momento en que el relamido mesero se acercaba a la pareja con una copa de vino y alguna botana—. Te tardaste, Vaselinas —comentó la chica y nuevamente rieron y se miraron en complicidad. Esta vez Tenoch los secundó al comprender su juego.

—Pinche Vaselinas, es a toda madre; en todo me sigue el juego. Le aposté que caerías y aquí estás. ¿Quieres bailar o aquí nos quedamos cachondeando un poco? Ahora que, si quieres, podemos ir a darle a este changuito su banana.

—Por ahora sólo vamos a tomarnos unas copas, conversamos y después ya veremos. ¿Te parece?

Mientras conversaban de cosas triviales, Tenoch invariablemente recurría a los recuerdos de su experiencia anterior vivida en Moscú, pero no encontraba similitud; era como retroceder a la época de su llegada a la URSS y su reencuentro inevitable con un choque cultural. La prostitución era aceptada como una profesión con su lenguaje abierto y toda una estructura de vicios necesarios para una sociedad que parecía estar preparada para lidiar con ello. Mientras tanto, en la URSS todo entraba en ese tabú del que nadie hablaba, pero todos sabían de su existencia.

Al terminar la primera ronda de melodías de música en vivo, Alfredo y su acompañante regresaron a la mesa para refrescarse con una bebida y sentarse a descansar en medio de un denso ambiente, mezcla de humo, polvo, alcohol y perfume barato de las ficheras, todo envuelto en la grabación de la melancólica voz del solista de La Sonora Santanera que le cantaba al *amor de cabaret* como un auténtico himno de los parroquianos y sus anfitrionas.

—Ni modo, ruso, ahí te ves. Esta no la podemos perdonar, es de las que se bailan en un ladrillito bien pegaditos —comentó Alfredo al momento de dirigirse a la pista de baile.

Pasadas las 11 de la noche, Caoba empezaba a presentar algunos signos de embriaguez después de haber consumido varias copas de vino. El relamido mesero se acercó nueva- mente y le murmuró al oído que un tal Pitirijas había llegado y la esperaba al pie de la escalera. Caoba, nerviosa y tam- baleante, se puso de pie, se arregló el pelo y guardó en sus senos el dinero y las fichas acumuladas al tiempo que con la otra mano bajaba a estirones su diminuta falda. Cruzó la pista de baile y, antes de llegar con el chulo, volteó y le sonrió a Tenoch. Luego, entre las personas que bailaban en la pista, él alcanzó a ver la discusión y un cierto forcejeo de la pareja. Mientras tanto, el Vaselinas, que permanecía de pie a sus espaldas, notó su inquietud y le comentó que eso era el pan de cada día.

—Él llega, le quita lo que ganó fichando y se la lleva a otro negocio con clientes que sólo quieren sexo. Así que "mien- tras unos calientan el agua, otros toman la ducha". Menos plática y más acción, querido. Te la hubieras llevado virgen, bueno, por las últimas doce horas. Y ni se te ocurra meterte porque le va "repior" —concluyó el coqueto mesero sin dejar de reír irónicamente, luego, pavoneándose, dio media vuelta y se alejó.

Pasó algún tiempo hasta que Alfredo y su pareja regre- saron, sin embargo, sólo tomaron otros tragos apresurados de cerveza, se dividieron la cuenta y se despidieron porque ya habían acordado el "servicio completo".

—No te pongas triste, matador, esa ya no regresa hasta mañana, pero ahora te mando a la "carretilla". Esa levanta de todo y no está tan mal —comentó el Vaselinas al momento que le entregaba la cuenta.

—No, gracias. Sólo cóbrate, por favor —respondió Tenoch con una sonrisa amable.

Tenoch pagó la cuenta y, efectivamente, Caoba no regresó. Tenoch subió por la escalera hasta llegar a la superficie y caminó por la calle desierta hasta llegar a la avenida Juárez, donde todo era diferente; estaba llena de vehículos que trataban de abrirse paso entre las grúas y los camiones del ayuntamiento que colocaban las luces tricolores, anticipándose a la llegada del mes patrio, que arrancaba con el informe de gobierno. Recordó que las clases en la escuela primaria iniciaban en septiembre, pero, como requisito para aceptar a los alumnos, se cuestionaba a los padres si habían escuchado el informe presidencial y se solicitaban algunos datos mencionados a manera de examen. Era tal el culto a la investidura presidencial, especialmente en ese "Día del presidente", que se instituyó como jornada de descanso, de tal forma que los padres de familia no pudieran argumentar que estaban trabajando y no conocían las cifras.

En su camino hacia el Museo del Chopo, el cual siempre le servía de referencia en su trayecto a casa, pasó frente a la construcción original del Hotel Regis, que se erguía imponente como un clásico del hospedaje de grandes personajes de la política y la farándula local e internacional, resguardado por elegantes y serviles uniformados que ayudaban a sus huéspedes. Era un sitio lujoso y solamente igualado por el Hotel del Prado, que se localizaba en la misma zona.

Tenoch aún se sentía algo aturdido después de abandonar el antro, sin embargo, no podía dejar de pensar en la escena de la chica maltratada y despojada de sus ganancias por un vividor. Apenas unas horas atrás le había dicho a Alfredo que se sentía mejor donde había libertad, ahora no estaba tan seguro de tal aseveración. «¿Estoy en un país libre con enormes desigualdades, con libertad para morirse de hambre y del abuso?», se cuestionaba.

Capítulo trece

Coincidencia o presagio.

Transcurría el último mes de estancia de Tenoch en su país; estaba a tan sólo dos semanas de su regreso a Minsk y aún no tenía claro cuál sería su futuro al cabo de un año. Las oportunidades de trabajo eran escasas y no conocía a gente en el medio que lo pudiera recomendar, excepto Alfredo y Mayen, que trabajaban en los últimos proyectos de centrales termoeléctricas que se desarrollaban en México por parte de la paraestatal. Pronto llegarían las empresas privadas con sus esquemas conocidos como "llave en mano". Comprendía que estaba estigmatizado como "rojillo" por haber estudiado en la URSS y obviamente cualquier posibilidad de empleo quedaría sujeta a recomendaciones de amigos o parientes en una empresa que se distinguía por el nepotismo y el compadrazgo. Trabajar en el país vecino del norte tampoco era una opción, pues en la solicitud de visa existía la limitante de no haber visitado un país socialista en los últimos diez años, independientemente de que los programas de estudio no eran válidos. Ahora, después de un día laboral pesado y acalorado, trataba de concentrarse en ordenar y traducir la información que integraría en su reporte de actividades

desarrolladas en México para presentarlo en el instituto. Las entregas de correspondencia y regalos enviados por sus compañeros a sus parientes habían concluido y sólo le quedaban unos días para actualizar sus documentos personales, integrar el reporte y recoger algunos presentes para sus paisanos radicados en Minsk. Pasadas las seis de la tarde, Tenoch salió de la oficina y decidió irse a pie hasta su casa. Caminó por la avenida del Paseo de la Reforma, que estaba adornada con atractivos arreglos tricolores que pendían de los postes y fachadas de comercios y oficinas; observó las enormes mantas con los colores patrios que bajaban desde las alturas hasta la planta baja de los edificios gubernamentales. El atardecer era espectacular y la magia de luces y sombras estaba en su momento culminante, con un Sol que lentamente caía atrás del Castillo de Chapultepec. El alumbrado público se mezclaba con la languidez solar, contrastando con las marquesinas centelleantes de cines y teatros. Tenoch conocía ese sentimiento de fiestas patrias, pero jamás lo había vivido en la capital de su país. Contemplar la figura áurea del Ángel de la Independencia bañado por los últimos rayos del Sol era algo que difícilmente hubiera podido imaginar y en ese momento descubrió su belleza, después de haber rodado por más de una veintena de capitales en el mundo.

Caída la noche, las luminosas carteleras del cine Latino anunciaban la película del fortachón Sylvester Stallone, que encarnaba a Rambo por segunda vez, cinta que permaneció por varias semanas en el gusto de los amantes del cine de acción. Tenoch pensaba en lo absurdo que le parecía tener héroes e historias ficticias mientras que existían personas reales de carne y hueso que se podían encontrar a cada paso sin ser identificadas, tal como lo había experimentado con sus compañeros de viaje en el tren de Minsk a Moscú. Asímismo, en sus recuerdos por siempre viviría Alla Sergeivna, su maestra de ruso, con sus relatos de férreas batallas sostenidas a sus catorce años como partisana durante la Gran Guerra Patria. La señora era una mujer alegre, robusta y llena de vida, pero se derrumbaba tan sólo al recordar las experiencias sufridas durante la guerra.

También guardaba en su memoria la increíble historia de supervivencia de su maestro de matemáticas durante la invasión nazi a la URSS, denominada por Hitler como *Unternehmen Barbarossa*, Operación Barbarroja. Leonid Dimitrovitch era un viejo paciente y amable, de dentadura postiza, que soltaba pequeños silbidos al hablar. Un día dictaba la lección sobre la teoría de conjuntos y sugirió al grupo de clases imaginar que en la palma de su mano derecha tenía el "Conjunto A" mientras que en la palma izquierda el "Conjunto B", pero los alumnos sólo mantuvieron su atención en su mano izquierda, porque tenía una enorme cicatriz. Cuando el maestro advirtió que la atención de los jóvenes estaba centrada en la palma de su mano, señaló la cicatriz y dijo:

—Por lo visto, esto les parece más interesante que mi clase de conjuntos. ¿Les gustaría saber cuál es su origen? Es muy simple. Sucedió en la defensa de la fortaleza de Brest, en 1941, cuando tratábamos de impedir el paso de los alemanes a la Unión Soviética durante una de las batallas de la Operación Barbarroja. Los nazis habían acabado con casi todos nosotros, incluso a mí me dieron por muerto. Mi rostro estaba bañado en sangre, tenía heridas que no me permitían ponerme de pie, pero como no estaban convencidos de mi muerte, un soldado se abalanzó sobre mí para rematarme con la punta de su bayoneta, pues tenían prohibido desperdiciar balas, y yo, instintivamente, metí la mano para protegerme, pero me la atravesó. Afortunadamente, los nuestros llegaron en ese momento y terminaron con él. ¿Ahora podemos continuar con la clase?

Pronto Tenoch dejó atrás el paseo del porfiriato y se introdujo por las calles que cortaban el camino a casa. Cerca de la Rivera de San Cosme, el aroma de los tacos al pastor despertó su apetito. Valía la pena tan sólo pasar a presenciar el singular espectáculo del gritón taquero que hacía malabares cortando la carne del trompo, colocándola velozmente en las tortillas, para culminar su hazaña con trozos de piña que "cuchareaba" con un afilado cuchillo y atrapaba en el aire con cada taco. Al sudoroso y gritón taquero le limpiaban la transpiración cual escrupuloso cirujano en plena intervención quirúrgica, en tanto, él no se cansaba de pregonar sus tacos y preguntar:

—¿Con copia o sin copia?, ¿con todo, joven? Dígame, ¿cuántos le sirvo?, ¿cuántos le pongo? —mientras incansable arrojaba un puño de cilantro con cebolla en cada taco, seguido de un cucharazo de salsa que repartía equitativamente en cada uno a la velocidad hipersónica que atraía a propios y extraños, entre ellos un curioso japonés que le mostraba su cámara para pedirle permiso de tomarle unas fotos.

—Segurolas —le contestó el taquero.

—*Arigato* —respondió el japonés después de tomar las fotos y retirarse.

—¿Qué dijo el compa? —preguntó el taquero a sus compañeros.

—Que si son de gato —respondió burlón uno de los comensales.

—Ah, qué jijo, y yo que le di chance de tomar fotos —se rio escandalosamente el taquero.

Tenoch se acercó a pedir su orden y pasó a la barra de molcajetes con diferentes salsas, limones cortados y demás condimentos. Tomó su plato y un vaso de tepache, que le recordaba el sabor del *kvas* que tomaban los soviéticos en el verano. Se sentó cerca del televisor para escuchar las noticias, en las que ya se presumía que México sería nuevamente sede del mundial de futbol, muy a pesar de la eterna crisis económica en que se vivía. La gente se sentía orgullosa; era la gran oportunidad de coronarse campeones al celebrarse en casa un mundial por segunda ocasión.

Cuando llegó a su domicilio abrió la reja y recorrió el prolongado pasillo hasta adentrarse en la casa de huéspedes; subió por las escaleras a su habitación y se dejó caer en la cama. Abrió el libro de Pablo Neruda que descansaba sobre el buró en el que "confesaba haber vivido" y continuó su lectura. Pasadas algunas páginas, el libro calló de sus manos mientras él se hundía en un sueño profundo. Luego de algunos minutos, el cuerpo del muchacho empezó a convulsionarse y sudar copiosamente. El sueño recurrente había regresado. De nuevo las esferas se acercaban lentamente en medio de un espacio viscoso y una luz que se agigantaba con la proximidad del choque. Sólo el pequeño cuarto sin ventanas, de color verde olivo, alumbrado por la amarillenta luz del foco incandescente de 30 watts, era testigo mudo de su desesperación y agitada respiración. Su corazón golpeaba con tal fuerza que por momentos parecía que le rompería los oídos y que haría brotar la sangre a borbotones por sus ojos, oídos, nariz y boca. En medio del horror que la pesadilla le producía, el muchacho abrió los ojos, se limpió el sudor, se desvistió, arrojando la ropa con pereza, y, sin ton ni son, apagó la luz y tambaleante buscó la cama para meterse entre las sábanas. Respiró profundamente y, aunque no podía olvidar la pesadilla, tampoco trató de reproducirla en su mente, pues sabía que sólo sería una tortura sin llegar a ver el final. Mientras acomodaba su cabeza en la almohada, fugazmente por su mente cruzó la imagen de Liu y lamentó el no haberle preguntado sobre esa pesadilla que le atormentaba. Conforme transcurría el tiempo logró convencerse de que ella tan sólo era una persona muy observadora, mística y supersticiosa, como la mayoría de los soviéticos, que contradictoriamente se autodenominaban materialistas. Tal vez, con el paso de los años y la convivencia, él mismo también había sufrido esa simbiosis en su forma de pensar. Mientras caía en un sueño profundo, de súbito le pareció ver la imagen de Liu tras las puertas del vagón en aquella estación del metro moscovita, hasta podría jurar haber escuchado el rechinido de los metales al arrancar el convoy y su voz de fondo advirtiéndole sobre las penurias y el dolor que le esperaban. No tenía noción del orden de los recuerdos y no estaba dispuesto a averiguarlos, sólo quedaron las imágenes del rostro de Liu implorando su perdón mientras caía en el abismo de su inconsciencia, profundamente dormido.

Sin noción de cuánto tiempo había dormido, Tenoch de repente sintió un inusual mareo, seguido de un movimiento de la cama y extraños crujidos del viejo edificio. Al inicio los crujidos y rechinidos semejaban un nido de ratas cercano, que instintivamente lo obligó a asomar su cabeza bajo la cama, pero enseguida se escucharon gritos y golpes de puertas que se abrían y cerraban. Sin pensarlo más, se puso de pie y tambaleante recogió alguna ropa del suelo; con la adrenalina a tope se puso los pantalones, metió sus pies en los zapatos con los calcetines hechos bola, tomó la camisa y salió corriendo a medio vestir. Las escaleras metálicas crujían y algunas partes del techo se desplomaron. La puerta principal estaba abierta. El estrecho pasillo le pareció infinitamente largo, pero no podía correr porque apenas lograba mantenerse de pie. Apoyarse en las paredes tampoco era una opción, pues de algunas ventanas empezaban a caerse las macetas. Al llegar a la calle pudo ver cómo otros vecinos salían de sus casas gateando. El silencio era espectral, sólo fue interrumpido por las oraciones de una mujer en paños menores arrodillada en la banqueta, implorando el perdón por sus pecados ante el inminente final de su existencia. Tenoch le alcanzó su camisa para que se cubriera. Más adelante estaba don Fulgencio, el viejo de la tienda de la esquina, enjabonado, desnudo, titiritando de frío, con los brazos en alto tratando de recordar las oraciones aprendidas en su niñez, dejando al descubierto su desnudez mientras su joven esposa le tapaba con las manos sus partes nobles al tiempo que ambos, tambaleantes, trataban de mantener la vertical.

El fenómeno parecía no tener fin. Los pájaros, que usualmente cantaban por las mañanas, ahora estaban ausentes. Los árboles se movían con tal violencia que parecía que la tierra quisiera sacarlos de sus entrañas y escupirlos lo más lejos posible. Los cables de energía chocaban entre sí con centelleantes chispas.

Cuando el movimiento telúrico amainó, la vergüenza y el pudor regresaron. Se esfumaron las oraciones y los arrepentimientos. Sólo entonces la gente se dio cuenta de que había otras personas en la misma situación y sintieron pena; recuperaron sus máscaras para poder ver a los ojos a los otros y salir al encuentro con la vida, como lo hacían cada día.

Tenoch, aunque un tanto temeroso, regresó a su habitación y observó que no había daños significativos: la vieja casona había aguantado la sacudida. Todo parecía estar como antes. La rutina debería seguir. Sólo sintió un poco de coraje al darse cuenta de que no tenía un solo cartucho para calentar el agua, pues tenía la certeza de que la tienda de don Fulgencio, por ahora, no estaría abierta. Tendría que usar el periódico de días pasados. En muchas ocasiones había escuchado que los temblores en la ciudad eran muy frecuentes, no obstante, esa había sido su primera experiencia.

Cuando volvió a la calle para encaminarse a la oficina, Tenoch observó que el transporte púbico estaba saturado, las patrullas sonaban por todas partes y un inusual embotellamiento en el cruce de Insurgentes y San Cosme impedía la circulación. Optó por caminar hasta su lugar de trabajo y sólo entonces comprendió la magnitud y los estragos que el terremoto había causado. A su paso había edificios que parecían maquetas mal colocadas y a lo lejos se alcanzaban a distinguir enormes lenguas de fuego entre nubes de polvo y humo negro. Continuó su camino hasta llegar a la avenida Reforma; muchas personas estaban afuera de los edificios y se resistían a entrar a sus hogares o a sus sitios de trabajo, pues no sabían cuál era el estado real de la construcción. Llegó hasta el edificio donde realizaba sus prácticas, pero los guardias no permitían el acceso; algunos trabajadores insistían en entrar a la recepción para hacer una llamada a sus casas, ya que los auriculares públicos no servían.

Pensó en su familia. No tenía forma de comunicarse para informarles de su integridad. Vagó por las calles, descubriendo a cada paso estremecedoras escenas de destrucción. Había edificios colapsados, estacionamientos que parecían enormes sándwiches de varios pisos con los vehículos a medio caer, desolados turistas que deambulaban como autómatas, incrédulos de vivir esa pesadilla en una ciudad extraña.

Tenoch se acercó a las ruinas de un edificio donde se buscaban sobrevivientes y se unió a la cadena de voluntarios que removían los restos de las construcciones colapsadas, apoyando a los verdaderos héroes que incansables se sumergían entre el polvo y las varillas de metal en busca de gente atrapada.

Las sirenas de las ambulancias sonaban por todas partes. La zona centro parecía un campo de batalla. Nadie dejaba de trabajar, aun al mediodía, cuando el Sol enardecido caía a plomo, indiferente a la tragedia que se vivía. Los vecinos que habían corrido con mejor suerte se acercaban a los voluntarios para ofrecerles comida y agua.

El paso de una de tantas ambulancias le trajo a la mente el recuerdo de don Lucho, un hombre maduro, regordete, de pelo cano y cejas pobladas, padre adoptivo de Ikal, a quien conoció personalmente un par de meses atrás, cuando le llevó los regalos y las cartas de su hijo. Tenoch quiso suponer que aquel hombre, con la nobleza que le caracterizaba, estaba, incansable, moviendo a sobrevivientes del sismo. El vehículo se alejó en medio del polvo y el humo, abriéndose paso entre la multitud de voluntarios con pitidos entrecortados.

Durante horas, Tenoch y gente común apoyaron a los rescatistas abriendo pequeños huecos entre las ruinas para que ellos se escurrieran en busca de sobrevivientes. La solidaridad era completa: de la nada aparecieron las canastas de tortillas, los frijoles y diversos guisos que generosamente los vecinos llevaban hasta los edificios en ruinas. Era una conmovedora muestra de unión con los menos afortunados. Sentado en los escombros comió junto con otros voluntarios mientras compartían sus historias de supervivencia a la tragedia. Por la noche se encaminó a la casona, pero al llegar observó que la gente se resistía a entrar. Algunos sacaban cobijas y maletas para dormir en la calle; decían que podía haber una réplica y no querían morir sepultados en los adobes de la vieja casa.

Cerca de la medianoche se sentó en la banqueta, frente al Museo del Chopo, y, recargado en un árbol, se quedó dormido, pero después de unos minutos sintió que alguien lo empujaba, tratando de voltearlo para sacarle su cartera. Se despertó y detuvo la mano del pequeño ladrón, cuya madre "indignada" le gritaba que lo soltara, que sólo necesitaban algo para comer. Decidió ir a la casona a dormir, lavarse y cambiarse para regresar a San Luis al día siguiente. Pensó que sería más fácil sobrevivir a un segundo temblor que a una noche más en la calle.

Por la mañana se despertó en medio de un hermoso e indiferente amanecer. Todo parecía normal. Sólo al salir a la calle pudo confirmar que vivía la pesadilla más cruel de toda su vida. Aunado al dolor, le preocupaba que su familia pensara que había muerto en el sismo. Así que partió a la central camionera del norte con maleta en mano. Al llegar se dio cuenta de lo iluso que había sido al suponer que abordaría fácilmente un autobús. La central estaba a tope, no se podía ni caminar, centenares de personas se habían quedado a dormir en las salas y pasillos esperando un boleto. Simplemente no le sería posible salir sino hasta el día siguiente.

Regresó a la casona a dejar su maleta y de nuevo salió a apoyar a los rescatistas. Sin embargo, cuando Tenoch llegó a las zonas de desastre, las cosas habían cambiado. Ahora parecía que ser voluntario era un privilegio. Aparecieron los vivales, las pirañas que arrasaban con todo, los supuestos organizadores, los administradores, los que indicaban lo que se podía hacer y lo que no. Las noticias decían que la destrucción causada por el sismo de 8.1 grados equivalía a la explosión de 1,114 bombas de 20 kilotones, sin embargo, no se conocía el número exacto de víctimas, ya que muchas personas continuaban desaparecidas. Los miles de cuerpos sin vida que eran rescatados y que nadie reconocía eran llevados al estadio de beisbol conocido como el Parque del Seguro Social. La tragedia unió a un país endeudado, con problemas sociales, de pobreza y de corrupción.

Al caer la noche, Tenoch no sentía confianza para regresar a descansar a la casona; al igual que miles de personas, deambulaba sin rumbo por las calles. La zona de la alameda estaba saturada de gente sobre las banquetas y los prados del legendario parque. Eran poco más de las siete y media de la noche cuando Tenoch caminaba a espaldas del Palacio de Bellas Artes y de pronto la tierra se volvió a estremecer. Enfrente de sus narices se desplomó una parte del Teatro Hidalgo. Después del segundo temblor la noche, de nuevo, se volvió interminable. Se escuchaban gritos de advertencia por la caída de postes y árboles, de no fumar por las posibles fugas de gas, de no caminar por la calle, pues no se sabía si la tierra se abriría en cualquier momento para caer sobre el tren subterráneo de la línea azul, que indiferente circulaba por las entrañas de la tierra.

De camino a la casona, Tenoch desconfiaba si encontraría un montón de escombros en lo que había sido su morada, pero la casa se mantenía intacta. Al día siguiente, muy temprano, se encaminó de nuevo a la central de norte y pudo viajar a San Luis en un autobús de los llamados "polleros", en los que se podía viajar parado en el pasillo, haciendo escalas en cada población.

Fue un viaje de casi doce horas y Tenoch sólo pudo sentarse después de Querétaro. Durante el viaje, el viejo conductor casi había agotado toda la colección de música romántica de tríos, ahora era el turno de Los Panchos, que acompañaban a Eydie Gormed e interpretaban *Flores Negras*. Estaba por entrar a su última escala en Santa María de Río cuando el autobús se quedó estancado en medio de una nube de tierra para dar paso a una recua de burros cargados de leña. El arriero soltó un fuerte silbido en su intento por apurar a los animales y cederle paso a la "flecha", como les llamaban a estos autobuses en el pueblo, mientras el chofer impaciente gritaba:

—Búllele, güey, que no tenemos tu tiempo.

El pueblo parecía un orfanato sin dueño. Por momentos pensaba en las cosas que le estaban sucediendo desde su salida de Minsk. Sentía que la muerte lo acariciaba, que marcaba su territorio para decirle que en cualquier momento podía terminar con sus sueños. En medio de ese calor infernal algunos pasajeros se atrevieron a abrir las ventanillas, pero pronto el transporte se inundó de polvo y olores fétidos de las aguas negras que fluían en lo que alguna vez fuera un río de aguas cristalinas.

Por último, llegó a San Luis Potosí e inmediatamente se trasladó a la casa de su madre. Tenoch, por fin, pudo dormir tranquilo, pero durante el día aumentaba su congoja. Le dolía verla postrada en cama, sin reaccionar a sus palabras, sin poder hablar; atrás habían quedado todas sus ilusiones y sus enseñanzas. Su madre había dejado su vida y hasta su misma piel en una máquina de coser, un oficio que ella no había elegido, pero que aprendió hasta ser la mejor. Una vida llena de limitaciones y una familia numerosa por mantener le hicieron recordar las anécdotas contadas por sus amigos oriundos de la provincia de las altas montañas de Nepal, donde las mujeres trabajan arduamente para mantener a sus familias mientras los maridos se dedican a la meditación como monjes budistas. Esa era la realidad también en casa, con la ausencia de su padre, sin ser monje. Los médicos decían que no se podía hacer nada, los días pasaban y con ellos se iban las esperanzas de verla sana algún día. También se agotaba su tiempo y pronto tendría que regresar a la URSS. Esa era su otra realidad.

Habían pasado apenas unos días cuando Tenoch debió regresar de nuevo a la capital. De igual forma, se hospedó en la vieja casona con la certeza de que, si la edificación había sobrevivido a dos sismos, seguramente sobreviviría a una bomba. Por el contrario, las oficinas de la empresa donde hacía sus prácticas fueron cerradas. En medio del caos mucha gente pidió vacaciones y permisos para atender a sus familias, para reconstruir sus viviendas o para llorar a sus muertos. El personal temporalmente fue trasladado a otro edificio en el centro histórico de la ciudad. Afortunadamente para él, su reporte estaba terminado y sus funciones concluyeron esa misma semana, solamente le fue necesario acudir al nuevo edificio a recabar las firmas correspondientes y despedirse de sus jefes. Después de un largo periodo de experiencias que le habían cambiado la vida, las tareas que lo habían llevado hasta la capital mexicana estaban concluidas. Sin embargo, Tenoch no estaba consciente de que su vida viajaba por un tobogán en el cual no podía detenerse a reflexionar, pero tampoco alcanzaba a ver el final del túnel.

Como disponía de tiempo suficiente intentó nuevamente ayudar en los rescates durante los días que tenía libres, pero era imposible: todo estaba politizado, a pesar de los malos resultados que se tenían. Conforme pasaban los días la cantidad de víctimas del terremoto aumentaba y los cuerpos rescatados de los escombros eran tantos que el estadio de beisbol fue convertido en la morgue más grande del país. Las víctimas estaban clasificadas como cuerpos identificados, no identificados y restos. El olor a formol y desinfectante cubrió el césped del recinto deportivo, que llegó a albergar más de dos mil quinientos cadáveres.

Tenoch trataba de recoger las cartas para sus compañeros antes de regresar, pero la ciudad estaba hecha un caos. La única forma, más segura y barata, de trasladarse era en el metro, que paradójicamente corría por las mismas entrañas de la tierra. Algunas estaciones permanecían cerradas por los derrumbes ocurridos en la superficie, pero al hacer el alto obligatorio en estaciones como La Merced se percibía un olor fétido, putrefacto, era el mismo olor de la muerte que describía Liu en la postguerra. Y cuánta razón había tenido esa anciana humilde y sencilla en sus palabras a las orillas del andén del metro moscovita. ¿Presagio o coincidencia? Todo encajaba de acuerdo con lo que recordaba haber escuchado y luego soñado, en lo personal y universal.

Sin embargo, lo más difícil para Tenoch estaba por llegar: regresar otra vez a San Luis a despedirse. Estaba seguro de que, si se marchaba, aquella sería la última vez que vería a su madre con vida. Era una decisión difícil de tomar. Le faltaba sólo un año para concluir sus estudios. Durante días estuvo pensando en la mejor solución, tratando de suponer qué era lo que le diría su madre. Finalmente concluyó que lo que ella siempre había querido era que él terminara sus estudios, que alcanzara sus sueños. Nunca le perdonaría abandonar el esfuerzo y truncar sus ilusiones. "No se me achicopale, mijo, que no hay mal que dure cien años ni quien los aguante", imaginaba sus palabras y su sonrisa.

Con el corazón roto, en una fría noche de otoño, Tenoch se armó de valor y, motivado por el apoyo de sus hermanas, viajó de regreso a la Ciudad de México y llegó al amanecer sin dormir. Luego se trasladó al aeropuerto para documentar su vuelo a Moscú. La mitad del peso de su equipaje eran alimentos; cosas típicas como tamales, enchiladas potosinas, queso de tuna, tequila y dulces regionales. Sus preocupaciones y el giro que había dado su vida no le daban tiempo para preocuparse de la encomienda de Liu para el escritor, solamente al abordar la aeronave lo invadió una extraña sensación al pensar en las posibles consecuencias que pudieran tener sus actos. Ignoraba si todo había terminado o si faltaba algo por experimentar a su regreso a la Unión Soviética.

Capítulo catorce

Todo aquello que no se puede evitar es porque debe suceder.

Durante el viaje de regreso a la URSS, Tenoch reflexionó sobre las palabras de Liu y su recomendación de no buscarla. Tampoco es que tuviera alguna referencia de ella como para tratar de localizarla. Le quedaba claro que ella no regresaría a la oficina de boletos, pues ya había cumplido con su objetivo. Quizá la única persona que le pudiera proporcionar información de ella era el capitán de meseros del restaurante del misterioso hotel donde operaban los agentes de la KGB. También tenía la certeza de que Martín seguía de viaje, pues recién terminaba el periodo de la recolección de papa para los soviéticos. Entonces decidió que llegaría a Moscú, recuperaría el ejemplar de arte retenido en la aduana y se encaminaría a la Estación de Trenes Bielorrusia para salir por la noche a Minsk.

La salida de México ocurrió conforme a lo programado, a pesar de los edificios colapsados y los trabajos de demolición que se podían ver por doquier y que daban la impresión de ser una ciudad que se reconstruía después de haber sido despiadadamente bombardeada.

Al llegar a La Habana leyó los encabezados del periódico *Granma,* que exaltaban los enormes esfuerzos que hacía el pueblo mexicano para el rescate de algunos sobrevivientes del terremoto. La escala para recargar combustible en la isla fue breve. Eran pocos los estudiantes mexicanos que regresaban tardíamente a la URSS, la mayoría ya debería encontrarse en los cursos especiales para extranjeros durante el mes de septiembre, mientras tanto, los soviéticos recolectaban las papas en *koljoses.* Otros pasajeros volaban con destino a Roma o Nueva Delhi, vía Moscú, aprovechando el bajo costo de la aerolínea. Unas horas más tarde del despegue encontraron la breve oscuridad de la noche transitoria y, con ella, sorprendieron al amanecer durante el aterrizar en medio de un verde intenso, único, que sólo los campos irlandeses pueden tener. Los pasajeros bajaron del avión mientras la nave cargaba nuevamente combustible. Tenoch, trasnochado, sentía que tenía piedras en los ojos y, justo cuando lograba conciliar el sueño, fue despertado para que abandonara la nave: nadie tenía permitido permanecer a bordo. Ahora disponía de la fila de tres asientos para él solo, pero la frustración y la tristeza estaban en su interior; se sentía vacío, sin motivación. Todo parecía estar en su contra desde que había salido de Minsk.

Soñoliento, se dirigió al bar para tomar un trago que le permitiera sacudirse el frío. El alcohol a bordo estaba prohibido, al menos en la clase turista, donde viajaba. En la barra no había asientos desocupados, así que esperó a espaldas de un viejo encorvado con abrigo y sombrero negro que pagaba su cuenta. Sacó de su chaqueta la cajetilla de cigarros sin filtro que le gustaban y buscó el encendedor en sus bolsillos, pero recordó que lo había dejado en el asiento del avión. Aunque no era un fumador empedernido, le gustaba disfrutar de algún cigarro cuando estaba nervioso o con frío. El hombre del abrigo se paró y dejó sobre la barra una pequeña caja de cerillos. El viejo, con el rostro oculto bajo la sombra del ala de su sombrero, bordeó la silla y muy cerca de Tenoch murmuró en inglés:

—*Take it, you'll need it.*

—*Oh, thank you* —respondió Tenoch sin alcanzar a verle el rostro.

Luego se sentó en el lugar recién desocupado y tomó la caja de fósforos para encender su cigarro. Pidió un vodka doble y distraídamente jugueteó con la pequeña caja. Observó que una cara de la caja tenía grabado un trébol de color verde con el nombre de un restaurante localizado en la ciudad de Nueva York, y en la otra faceta había un gran salmón que saltaba de las aguas con una leyenda diminuta en la parte superior, que Tenoch, en calidad de zombi, pasó por alto. Sólo observó que la parte inferior tenía la inscripción: *Made in USA*, con la bisílaba *Made* cruzada por encima con tinta azul y escrito con letra manuscrita en ruso *сделано, sdelano* (hecho), lo cual tenía sentido, pues el significado era el mismo y alguien de origen ruso lo había traducido, pensó Tenoch al succionar con fuerza el tabaco quemado, como si de ello dependiera la lucidez de sus pensamientos. Luego arrojó la bocanada de humo y se puso de pie para buscar al hombre del abrigo y sombrero, pero al instante se dio cuenta de que sería imposible reconocerlo entre los británicos que vestían similar y se movían por doquier. El vodka estaba servido y Tenoch no dudó en tomarlo de un solo trago. Guardó los cerillos en su chamarra y pidió la cuenta para retirarse.

Tras levantarse de la barra se encaminó a los baños, donde pudo identificar a otros mexicanos que viajaban en el mismo avión. Juntos pasaron por las tiendas de revistas y periódicos y se detuvieron a leer los encabezados de la versión irlandesa de la catástrofe ocurrida en México. Los periódicos en

Shannon mencionaban a los miles de muertos en la reciente tragedia suscitada en la capital mexicana y mostraban las increíbles fotos de seis recién nacidos rescatados después de varios días bajo los escombros.

Muchas veces Tenoch había salido de la Unión Soviética a Occidente, pero, invariablemente, cuando regresaba sentía un gran alivio de volver a lo que él ya consideraba su casa, donde, a pesar de algunos inconvenientes que pudiera tener por ser extranjero, siempre se sentía protegido. Sin embargo, ahora la sensación era diferente. No tenía la seguridad de que sus actos hubieran pasado desapercibidos y entonces se preguntaba si la historia con Liu había terminado o recién comenzaba y tendría que enfrentarse con las consecuencias de sus actos. Ella no había sido clara en explicar su relación con el escritor. Tampoco le dijo si la decisión de ponerlo en alerta obedecía a su propia iniciativa o por instrucciones superiores. Le seguía pareciendo que un atentado contra el escritor era algo ilógico, ya que era clara su simpatía por el mundo socialista, motivo por el cual incluso durante mucho tiempo le había sido prohibida su entrada a los Estados Unidos.

Al bajar del avión en Moscú caminó por los pasillos del aeropuerto Sheremétievo hasta llegar a inmigración, donde le alcanzó el viejo y nuevo pasaporte al oficial y enfrentó su intimidante mirada. Éste lo observó fijamente a los ojos por varios segundos y, sin decir palabra alguna, tomó su pasaporte, retiró la hoja verde de la visa de entrada y estampó el sello que le daba el acceso de nuevo al país. Tenoch fue a recoger su maleta, que ya estaba en poder de dos corpulentos agentes aduanales, quienes le pidieron abrirla y mostrar su contenido. Luego le indicaron que hiciera lo mismo con la maleta de mano. Sacaron las bolsas de tamales y enchiladas potosinas que cuidadosamente le habían empaquetado sus hermanas, tomaron los bultos y los introdujeron en la cámara de rayos X. Detuvieron la imagen para analizar su contenido, de nuevo sacaron los paquetes del aparato y desataron los nudos de las bolsas para introducir su nariz, al tiempo que susurraban algo entre sí. Regresaron a la banda donde Tenoch esperaba impaciente. En su retorno esbozaron una indescifrable sonrisa que trataron de disimular al momento de preguntar:

—*A eta, chto takoye?* (¿y esto qué es?).

—*Eta yeda. Natsional´nyye blyuda* (son alimentos, comida nacional) —respondió Tenoch.

—*Nu ladno, Vy mozhete uyti* (está bien, usted puede retirarse) —le dijo uno de los oficiales al momento de colocar los paquetes en la maleta y nuevamente reprimir su indescifrable sonrisa.

En los pequeños comercios del aeropuerto vio la gaceta *Pravda* de Moscú, que exhibía una foto con edificios destruidos bajo la leyenda "México en Ruinas". Caminó al lado de algunos compañeros de viaje hasta la salida, donde se despidieron. Él abordó un taxi a la estación del tren a Bielorrusia para guardar su equipaje, comprar su boleto y depositar algunas cartas en sobres soviéticos a sus amigos que no habían tenido la "fortuna" de visitar el país en esa trágica temporada. Más tarde pasó a visitar a Anselmo, su paisano que alguna vez estudiara por error en Minsk y ahora seguía su preparación en la Escuela Superior del Deporte de Moscú.

El ambiente en la escuela del deporte era muy diferente al medio estudiantil al que Tenoch estaba acostumbrado. Las instalaciones eran de primera, tanto donde estudiaban como en donde se ejercitaban y vivían, nada que ver con el inmobiliario donde él residía. La recepción fue por demás cálida, pues los deportistas mexicanos estaban al tanto de los acontecimientos suscitados en la Ciudad de México. Improvisadamente, se sumaron a la reunión compañeros de Anselmo de diversas especialidades del deporte y procedentes de distintos países; era evidente el cariño y las muestras de solidaridad con México en torno a una mesa de tamales con sabor a nostalgia que todos querían probar.

Llegada la noche, Tenoch se acercó a la estación para tomar el tren nocturno a Minsk. Ahora era él quien llevaba a cuestas un costal y sólo él conocía su contenido y lo que pesaba. Su tristeza la guardaba en el interior, trataba de ocultarla en lo más íntimo de su ser; sabía que no tenía alternativa si quería alcanzar lo que se había propuesto. Una y otra vez analizaba las condiciones en las que había salido de su casa y no podía escapar a las imágenes de su madre enferma, algo muy personal y doloroso, pero también recordaba los cuerpos atrapados en los escombros del terremoto y los restos humanos no identificados tendidos en la cancha del estadio; trataban de retrasar su descomposición con trozos de hielo.

Ahora, con calma y cierta resignación, Tenoch llegó temprano a la estación. El tren recién abría sus puertas para dar paso a los viajeros. Minutos antes de arrancar llegó a su compartimiento una hermosa mujer de enormes ojos azules acompañada de un pequeño de siete años. La mirada del niño escudriñaba cada detalle de sus movimientos e, insistente, preguntaba a su madre de dónde era ese pasajero que les hacía compañía en la cabina. La mujer levantó los hombros en señal de no tener idea. El pequeño siguió preguntando si el joven entendía el ruso, si era japonés o de dónde venía. La madre del pequeño se mantenía inmutable, mirando por la ventana sin prestar atención a las interrogantes del niño. Pero las palabras del infante hicieron eco en los recuerdos de Tenoch, que ahora se cuestionaba si había sido su aspecto de ojos rasgados e indomable pelo negro lo que había llamado la atención de Liu. Posiblemente su parecido con Anying había sido la clave para el acercamiento de Liu y su confianza para abrir su corazón. Obviamente, el muchacho en aquel entonces desconocía esos detalles, incluso pasaron desapercibidos cuando ella le mostró las fotos de su matrimonio. Sin embargo, Tenoch no era del todo ingenuo; había notado que ella evitaba en lo posible su contacto, aunque su mirada era insistente, observadora, con un brillo extraño en sus ojos. Su piel se erizó tan sólo de pensar en todo ello y su espasmo se interrumpió al resoplido de los frenos del ferrocarril, que iniciaba su arrastre.

La madre del chico se dio cuenta de que el viajero sí estaba entendiendo su conversación con su pequeño, pues, al entrar, él les había saludado en ruso, haciendo un ligero movimiento de cabeza en señal de respeto. Para terminar con la incertidumbre, Tenoch se presentó y dejó con la boca abierta al niño. La mujer dijo llamarse Larisa y su hijo, Mark. El inquieto pequeño no salía de su asombro al ver que una persona de cabeza negra y piel cobriza hablara en su idioma. Ella se sonrojó y le dijo que ya era suficiente, que debería cenar para acostarse, pues les esperaba un largo viaje hasta Vilna, Lituania. Minutos más tarde el tren dejaba la ciudad atrás y se dispusieron a cenar. Los tres viajeros se dispusieron a disfrutar de sus alimentos compartiéndolos a la usanza soviética, Larisa llevaba consigo una botella de vino georgiano, un enorme rollo de deliciosa mortadela, jitomates, quesos, pan negro y pepinillos. Tenoch les invitó los pocos tamales que le quedaban después del banquete, pero no se atrevieron a probarlos por el picante. Sin embargo, no pudieron resistirse al exótico postre de biznaga y chilacayote en trozos ni a las nueces encaneladas o al queso de tuna que Tenoch les convidó.

Una vez que terminaron de cenar, Tenoch salió del compartimento y se dirigió al final del pasillo, cruzó la puerta del vagón y, en el espacio entre los carros, fumó un cigarrillo, dándole tiempo a Larisa y al pequeño Mark para hacer su cama, pasar al baño y cambiarse de ropa. El vagón estaba en silencio, pues en los ferrocarriles que viajaban a las repúblicas del Báltico no era común escuchar las canciones tradicionales rusas ni cerraban su transmisión con el Himno Nacional Soviético, como en otras partes de la URSS; era una muestra franca de inconformidad con el régimen soviético. Al llegar al compartimento se topó con Larisa, que se dirigía a fumar. Le pidió fósforos y el muchacho le entregó su encendedor, que estaba en el interior de una pequeña bota vaquera como llavero, pero ella lo rechazó e insistió en que prefería una caja de cerillos, argumentando que no sabía usar ese extraño artefacto. Tenoch conservaba los fósforos que le había obsequiado el británico, pero no recordaba dónde los había colocado, entonces extrajo el "Bic" contenido en la minibota vaquera y se lo entregó. Un tanto contrariada lo aceptó y se dirigió al final del pasillo. Haciendo caso omiso al incidente ocurrido, Tenoch cerró la puerta del compartimento y oprimió el botón de la luz de su reloj de pulsera para ver por dónde caminaba. Preparó su cama, se cambió de ropa y se metió a dormir en la parte baja de la litera, frente a Larisa. Cuando ella regresó le entregó el encendedor y le dio las gracias con un sutil susurro al oído y un cálido apretón de mano que se prolongó por algunos segundos. Luego cubrió con ternura el cuerpo de su hijo, que dormía profundamente en la parte alta de la litera, y, con la delicadeza de un cisne, se peinó con las manos la cabellera y se introdujo en la cama. Su bello rostro posado en la almohada era alumbrado débilmente por algunas luces fugaces que se filtraban del exterior. Tenía su mirada perdida en la nada, sin lograr conciliar el sueño, apenas a un metro de distancia del trasnochado Tenoch, que la observaba silencioso, embelesado, al momento que ella alargaba su brazo en busca de su mano, trémula, sedienta de amor, ansiosa de una caricia...

—Minsk, próxima parada. Minsk a diez minutos —voceaba la oficial a cargo del vagón, golpeando con una macana las puertas de los camarotes donde ella tenía registrados a los pasajeros con ese destino.

La oscuridad de la noche se diluía entre la neblina y la brisa de la mañana. El cielo blanco y opalino parecía haberse adherido a la tierra y sólo era cortado con el paso de la locomotora, provocando remolinos de nubes en los andenes. En el interior, Tenoch se vestía con rapidez y sacaba sus maletas del compartimento bajo la cama. Larisa, soñolienta, esbozó una sonrisa y buscó en su bolso un trozo de papel y lapicero para escribir su dirección y teléfono; se lo entregó a Tenoch y le dijo:

—Toma, por si algún día quieres conversar conmigo. No olvides llevar cerillos la próxima vez —sonrió coqueta, sin soltar la mano del joven, a quien le aventajaba por lo menos una decena de años.

Ambos se miraron con ternura. Ella se sentó en la cama y Tenoch se inclinó para besarla; sólo se desprendió de ella cuando la mole de acero se detuvo por completo y escuchó el paso y descenso de algunos pasajeros. Al cerrar la puerta tras de sí, Tenoch recordó la descripción del símil entre el transporte y la vida que le había hecho su madre cuando era pequeño. "La vida es como un viaje donde algunas personas comparten contigo pequeños tramos y otras un largo camino".

En la gaceta *Pravda* de Minsk se daba la noticia del temblor como si la Ciudad de México hubiera desaparecido por completo. Llegó justamente el día en que iniciaban sus clases, así que sólo tuvo tiempo de pasar a su habitación a dejar las maletas para salir corriendo al instituto.

Al entrar al salón de clases todos empezaron a aplaudir. Había viajado por más de cincuenta horas desde San Luis Potosí hasta Minsk y sus piernas empezaron a temblar de emoción; quería ser fuerte, mantenerse sin derramar lágrimas, pero fue un recibimiento tan emotivo y cálido que terminó por hacérsele un nudo en la garganta. La espontánea bienvenida fue seguida de un minuto de silencio por todas las personas que perecieron durante el sismo, un gesto inolvidable de sus compañeros latinos, soviéticos y africanos que Tenoch agradeció profundamente, sobre todo cuando muchos le confesaron que dudaban de su regreso. Incluso fue sorprendido por las lágrimas y el beso en la mejilla de Hasoon, un arrogante tunecino con quien años atrás había tenido varios altercados, pues él acostumbraba tocar la puerta de su *komnata* en estado de ebriedad para burlarse de aquel doloroso 3-1 de Túnez sobre México en el desastroso Mundial de Argentina en el 78. Años después limaron asperezas cuando el africano se vio obligado por sus maestros a solicitar ayuda al mexicano para resolver sus dudas en un proyecto, si quería obtener una mejor calificación; ahora el musulmán lo sorprendía con sus condolencias y oraciones a Alá para que México superara su tragedia.

—México, qué berraco tan hijueputa. ¿Cómo es que sobrevivió, hermano? —preguntaban sus compañeros de Colombia, mismos que dos semanas después, coordinados con la Asociación de Estudiantes Colombianos, una de las comunidades más grandes en Minsk, solicitó al gobierno de Bielorrusia permiso para realizar un *subbotnik*, trabajo comunitario, por dos días en una fábrica de conservas, a fin de recabar fondos para ser enviados a la Cruz Roja Mexicana como ayuda a los damnificados del sismo. A ese noble gesto de solidaridad se unieron otros estudiantes latinoamericanos.

Los días transcurrieron y atrás había quedado un otoño lleno de nostalgia y cartas con noticias de sabor amargo sobre su madre enferma. El correo era lento, pero lo que menos deseaba era recibir un telegrama con noticias trágicas; en ese caso no sabría qué hacer. Muchas fueron las veces que lloró la noticia que nunca llegó. Las llamadas telefónicas a México se hicieron más frecuentes, aunque breves. Luego llegaría el último invierno que Tenoch pasaría en la Unión Soviética, tan frío como interminable e indiferente a su dolor y sus necesidades. Lejos de casa, aquel verano de pesadilla parecía haber quedado en el olvido, sólo la enfermedad de su madre le recordaba la cruda realidad.

Algunas veces iba a Vilna, capital de Lituania, a visitar a Larisa. Estaba a tan sólo tres horas de viaje en tren o en autobús, sin embargo, como extranjero le resultaba difícil desplazarse sin visa dentro de la URSS y comprar su boleto. Viajar a verla era toda una aventura, pues su tono de piel no pasaba desapercibido y sólo a través de algún amigo soviético podía hacerse del pasaje de ida. Para su regreso era ella quien se los proveía. Tenoch, aunque notara algunos detalles extraños en el comportamiento y en las costumbres de la lituana, siempre terminaba seducido por su sensualidad y belleza. Después de su divorcio ella se había quedado sola y su única compañía era Mark, no obstante, Tenoch nunca volvió a ver al chico desde aquel regreso de Moscú; ella argumentaba que Mark estaba en un internado o en un campamento de fin de semana o con su madre. Empero, desde su primera visita, el mexicano también se había dado cuenta de que ella realmente no fumaba, pero al preguntarle sobre aquella noche en el tren, cuando le pidió los fósforos para ir al fondo del vagón, ella le explicó que sólo había sido un pretexto para que él la acompañara a conversar mientras Mark dormía, cosa que entonces no había logrado. Él, halagado, aceptó su explicación. El pequeño apartamento de Larisa se localizaba en el centro de Vilna, en el primer piso de un complejo de edificios de cinco niveles que abarcaba toda una manzana, delimitando un espacio verde con flores, árboles y juegos infantiles en su interior. Algunos departamentos, como el de Larisa, tenían vista al parque y otros a la calle, desde donde se divisaba en lo alto de la colina la torre de Gediminas.

En ocasiones Tenoch parecía haber olvidado la paranoia que lo había atrapado en el pasado, sin embargo, algunas veces renacía esa inquietud y temor, sobre todo cuando estaba de visita en el departamento de Larisa, pues casualmente había llamadas telefónicas que ella atendía sin hablar y luego colgaba, argumentando que estaba equivocado el número. En otras ocasiones se despertaba encerrado con llave en el departamento sin que ella avisara que salía a trabajar. Realmente era poco lo que conocía de Larisa, pero su pasión por ella diluía cualquier sospecha.

Lo más inquietante sucedió en una ocasión a la medianoche, cuando se levantó para ir al baño sin encender las luces y notó que alguien los vigilaba desde el obscuro jardín. El sospechoso husmeaba muy cerca de la ventana de la habitación y al escuchar el sonido de la palanca del escusado se retiró y se agazapó tras los árboles, pero la luz de su cigarrillo y las bocanadas de humo lo delataron. Tenoch levantó a Larisa para mostrarle y contarle lo sucedido, pero ella lo calmó explicándole que eso era algo normal, sobre todo si alguien había reportado la presencia de un extranjero en el edificio, por lo que debería ser más cuidadoso y discreto en sus visitas. La explicación no fue convincente, pues él ya lo había notado antes, pero no se lo había contado. Igualmente, no se podía ser más discreto, sobre todo cuando salían a pasear o a comer a algún restaurante juntos; por supuesto que sabían que él era extranjero, era evidente el color de su piel y su vestimenta, pero ella no había negado la posibilidad de que fuera un agente secreto. Tenoch desconocía si todo esto tenía alguna relación con lo sucedido en el verano anterior, pero no podía contarle nada. Sin embargo, sospechaba que existía esa posibilidad, especialmente porque era sabido que en las repúblicas del Báltico había espías de Occidente y "contraespías". Se preguntaba si la agencia local buscaba algún cabo suelto, un mensaje de la entrega o sólo cerciorarse de que el muchacho no había sido indiscreto. Sin embargo, también existía la posibilidad de que fueran los autores intelectuales del frustrado atentado quienes lo tuvieran como sospechoso. No debería descartar cualquier alternativa, al final de cuentas estaba, tal vez, en el momento más crítico de la Guerra Fría.

—No, qué va, eso suena a que estoy nuevamente paranoico, sobrestimando la posición de un simple estudiante —se murmuró a sí mismo mientras cerraba las cortinas de la recámara y regresaba a la cama con Larisa.

Antes de que terminara el invierno, Tenoch trabajaba en su tesis para concluir sus estudios y su estancia en la URSS. La relación con Larisa había terminado tras la disyuntiva que ella le había planteado de terminar o formalizar su relación, para lo cual él no se sentía preparado. La desconfianza del estudiante había crecido conforme pasaba el tiempo y, antes de que florecieran los verdes prados salpicados de rojos tulipanes en la hermosa ciudad de Vilna, Tenoch cruzó por última vez el puente sobre las gélidas aguas del río Neris en el autobús que lo llevaría de regreso a Minsk.

La pesadilla con las esferas a punto de chocar parecía haber sido superada. Algunas veces Tenoch, desafiante, trataba de reconstruir el sueño sin temor a las consecuencias, tratando de sacudirse todo ese lastre de eventos desafortunados que le habían ocurrido. Inútilmente, se revelaba ante los designios de su Dios, de su destino; todo parecía que se mantendría como estaba… hasta la noche del 25 de abril del 86 en que otra vez volvió a experimentar lo que no deseaba, pero que no era su decisión. Pasaba el tiempo sin saber cómo interpretar el significado de la angustiosa alucinación, hasta la tarde del domingo 27 de abril, en que Tenoch y sus compañeros de habitación estudiaban para sus exámenes. La puerta de su recámara fue sacudida con fuertes golpes con la palma de la mano. Era Igor, el hermano mayor de Sasha, quien tenía el fin de semana libre en el servicio militar y apenas unas horas antes había pasado a cambiarse con ropa de civil para ir a ver a su novia. Ahora el ejército lo requería con urgencia en el aeropuerto de Minsk para ser trasladado a Ivankiv, cerca de Kiev, donde se llevaba a cabo la evacuación de todos los pueblos aledaños a la planta nuclear de Chernóbil tras la explosión de un reactor nuclear el sábado 26 de abril. Los jóvenes se quedaron atónitos con la noticia. Era increíble que no se supiera nada a pesar de ser un accidente tan grave. De inmediato, Sasha y Shura cerraron la puerta y encendieron el viejo radio de banda corta para sintonizar Europa Libre, la estación que a esa hora transmitía las noticias en polaco. Fue entonces que los jóvenes se enteraron de los terribles sucesos. El lunes 28 de abril a las diez de la mañana Tenoch recibió un telegrama de la embajada para citarlo a una conversación telefónica a las 14:00 horas en una cabina pública.

Tenoch acudió puntualmente, se registró con la telefonista y esperó por algunos minutos. Cuando la operadora mencionó su nombre, el chico saltó como catapultado por un resorte de su silla. Le parecía algo tan extraño, pues en toda su estadía en la URSS jamás le habían llamado de la embajada. En la conferencia, la agregada cultural le comunicó que el gobierno mexicano tenía disponible un vuelo chárter a México para el miércoles 30 de abril por la noche, a fin de poner a salvo a todos los mexicanos radicados en la URSS, pues se esperaba el paso de una nube radioactiva sobre las ciudades de Minsk, Kiev y Moscú, luego ésta se esparciría hasta llegar a Polonia, las repúblicas del Báltico y los países nórdicos.

La vida le jugaba otra mala broma a Tenoch, nuevamente ponía a prueba sus deseos de estudiar y graduarse. La tragedia ocurría justo a dos meses de su examen profesional. Parecía que su suerte se resolvería en un volado del todo o nada. Quedarse y exponerse a la radiación o regresar sano y salvo con la carrera trunca. La agregada cultural esperaba una respuesta inmediata, no había tiempo que perder, sólo le aclaró que si se quedaba sería bajo su propio riesgo. Tenoch pensó en todo lo que había pasado en esos cinco años y medio y, en especial, en el último verano en su país. No tenía más que agradecer, se sentía honrado con semejante oferta, le halagaba saber que sólo México estaba ofreciéndole esta oportunidad a sus estudiantes, sin embargo, no estaba dispuesto a perderlo todo. Le preguntó a la diplomática si podía hacerles la misma invitación a sus compatriotas en Minsk o, en el peor de los casos, tal vez alguno de ellos podría ocupar su lugar, pues todos eran tan unidos y estaba seguro de que cualquiera de ellos hubiera hecho lo mismo por él. Sin embargo, ella le contestó que no porque ellos eran becarios del partido comunista. Tenoch, indignado, le respondió que entonces se quedaría con ellos, pues al final de cuentas tenía sus ventajas ser comunista: eran inmunes a la radiación nuclear. La diplomática, molesta, le subrayó que era una decisión bajo su propio riesgo y concluyó la llamada.

Al llegar la primavera del 86, el hielo en Minsk se resistía a desaparecer. Ya era primero de mayo y el frío no amainaba.

Tenoch salió con su *kurtka* (chaqueta gruesa) para participar en el desfile del primero de mayo con sus compañeros soviéticos y colombianos del mismo curso. Era la primera vez que acompañaba a su grupo al evento con pancartas de solidaridad para los trabajadores. Una semana después llegaron las fiestas del nueve de mayo, Día de la Victoria sobre el fascismo, y algunos aventurados jóvenes se atrevían a salir en mangas de camisa, a pesar del frío y un Sol renuente a compartir su calor. Fue entonces que Tenoch sacó del clóset la delgada chamarra que había usado en su viaje de México a Moscú. En el bolsillo de la manga aún estaba lo que quedaba de sus cigarros Faros y una pequeña caja de cerillos de madera que alguna vez le regalara un desconocido en el aeropuerto de Shannon. De nuevo, observó el trébol de color verde en una de las caras, el nombre del lugar y la dirección en la ciudad de Nueva York; pensó en cuánto tiempo había pasado desde esa ocasión, giró la cajetilla y encontró el salmón que saltaba del agua, con la ondulante leyenda que decía: *Not all salmon belong to the bear, even if they are in his territory* (no todos los salmones son del oso, aunque estén en su territorio).

—Esa era la misma frase que Liu había citado cuando torpemente le cuestioné si serían los soviéticos quienes fraguaban el atentado —murmuró para sí el muchacho en medio de su asombro al encontrar esa pequeña pero reveladora pista.

El hallazgo de la caja de cerillos revivía los recuerdos de hechos que hubiera preferido olvidar, augurios que hubiera deseado jamás escuchar y relatos que recordaría por el resto de su vida. Por instantes le pareció escuchar la voz de Liu, aclarándole que conocía el plan para aniquilar al escritor colombiano, sin embargo, dejó entrever que ellos no serían sus victimarios. Con cierta ansiedad que lo delataba en su acelerado pulso se sentó en la cama, observó detenidamente la cajetilla y encontró el otro detalle que parecía haber olvidado por completo: la leyenda *Made in USA,* en donde el término *Made* era sustituido por: *сделано* (sdelano), que significaba lo mismo. Sin embargo, la nota también podría significar un mensaje para decir "hecho". «¿Qué demonios pasó?, ¿acaso ese pinche viejo de abrigo y gorra negra en el aeropuerto de Shannon fue mi compañero de viaje desde México? Esto es como para volverse loco, difícil pensar que nada había sido casualidad, que todos esos encuentros fueron planeados y llevados a cabo a la perfección, sin errores, sin fuga de información», pensó Tenoch al tiempo que se pasaba lentamente las palmas de sus manos por su indomable cabellera.

De pronto cada detalle parecía tener una explicación y ser el engrane de un complejo reloj de precisión. Una simple caja de cerillos era la pieza clave, tal como Liu le relataba meses antes sobre las entregas de información más discretas desde tiempos de la guerra.

—Si tan sólo hubiera prestado mayor atención a los consejos de Liu —se lamentaba Tenoch, aunque en el fondo sabía que nada hubiera podido cambiar.

Él tan sólo había sido un peón en esa partida. Y esa era otra de las enseñanzas que la misteriosa mujer le había tratado de explicar aquella misma noche en el bar, junto a Carmen y a Cornelia, cuando les dijo que tal vez ahora no lograrían entender lo que esto significa, aun cuando pudieran tenerlo frente a ellos mismos.

Al igual que aquella noche, Tenoch debió esperar pacientemente a que escurriera aquella ínfima gota de licor que le diera esa sabiduría para discernir todo lo que estaba sucediendo.

Todo parecía encajar perfectamente. Tal vez la extraña mujer nunca había tenido el temor que decía tener, pero sus consejos, para ser más observador, fueron verdaderos, genuinos para su futuro; por algo lo había llevado al bar que era su "centro de operaciones" la noche en que la conoció. Cada pieza de aquel complejo rompecabezas parecía tener su lugar y su momento, pero la pequeña gota de sabiduría había tardado una eternidad en caer. Tal vez el escritor realmente estaba siendo advertido por la KGB de un atentado en su contra, pero ¿dónde y por quién? Eso solamente podía estar descrito en la carta. La operación había sido coordinada detalladamente por la Agencia de Seguridad y sólo necesitaban de un mensajero confiable, algún civil que no despertara sospechas, pues cabía la posibilidad que dentro de la misma Agencia hubiera infiltrados de doble cara y, para mantenerle la boca cerrada a Tenoch, sólo era necesario inyectarle una buena dosis de miedo. ¿Acaso Larisa había formado parte de ese complejo engranaje? Ahora le asaltaba la duda de si aquella noche ella y Mark ya lo esperaban en el tren. Podría ser el plan perfecto de la seducción y la entrega de la cajetilla con un mensaje indescifrable para él. Sin embargo, las palabras de Liu, sus lágrimas, las fotografías y la dedicatoria del escritor eran tan reales como las huellas de tortura que le había mostrado, tangibles como sus recuerdos y la sabiduría de sus palabras. Tal vez esa vida tan dura en la soledad de las celdas con el entrenamiento disciplinado y observador del oso había aprendido a conocer a la perfección la naturaleza humana, al tiempo que combinaba la sabiduría y el misticismo del dragón que llevaba en sus venas.

Tenoch por lo general no se arrepentía de lo que hacía, sin embargo, en ese momento lamentó su indisciplina y la falta de atención a los consejos de Liu, pues le hubiera sido de tanta utilidad todo cuanto ella le decía. No obstante, él consideraba haber aprendido a manejar su ansiedad y estrés que el sueño recurrente le provocaba, hasta podía decir que llegó a comprender el mensaje contenido cuando ella decía: "Todo aquello que no se puede evitar es porque debe suceder". Ella le hizo comprender con hechos que, en muchas ocasiones, de poco o nada servía conocer los acontecimientos futuros e inevitables, como el choque de las esferas.

El tiempo implacable siguió su marcha, como siempre, indiferente a los sentimientos del humano y, al llegar el verano, Tenoch terminó sus estudios en la Unión Soviética, pero las experiencias vividas durante el verano de 1985 lo habían marcado para siempre. Desde entonces tenía la firme convicción de que nadie está fuera del alcance de las decisiones de otros y que nadie es tan insignificante que pueda pasar desapercibida su existencia. Cada persona que encontró en su camino le había dejado alguna enseñanza.

Tenoch jamás buscó a la extraña mujer que un día humildemente se acercara para llenar su vida con historias y relatos inolvidables, tal como ella se lo había pedido. Solamente a través de los años, y con el progreso tecnológico, él logró encontrar algunas fotos en las bibliotecas digitales: el retrato de su primera visita a Mao Tse-Tung, donde conoció a Mao Anying, la foto de su boda, que alguna vez Liu le mostrara en secreto en el interior del Museo Pushkin. Transcurrieron más de tres décadas desde aquel acercamiento para que Tenoch encontrara alguna información sobre la vida de Liu, de su niñez y de su estancia en la URSS.

Tampoco volvió a saber nada de sus compañeros de viaje en el tren de Minsk con destino a Moscú, cuatro desconocidos que compartieron sus historias y sus alimentos por un momento fugaz de sus vidas, pero que dejaron huellas profundas en su memoria. Sólo la magia de la tecnología moderna pudo explicar que en aquella terrible tragedia en la aldea de Khatyn no sólo sobrevivió la pequeña Vera, sino que, además, hubo un adulto y otros cuatro pequeños que crecieron y contaron sus historias. Algunos, al igual que Vera, no recordaban exactamente su edad, incluso ella no tenía la certeza de su identidad, pues al perder el habla no podía responder cómo se llamaba y aceptó ese nombre. Los otros pequeños sobrevivieron al fuego y a los disparos protegidos por el escudo humano de sus propias madres.

Después de aquel verano del 85, Tenoch nunca dejó de sentir la sutil mirada que lo escudriñaba todo sobre su hombro, que vigilaba sus quehaceres y sus relaciones. Los cerillos no solamente encendieron su cigarrillo en aquella fría madrugada irlandesa, también le iluminaron el camino en la búsqueda de la verdad en ese laberinto de intrigas.

El escritor colombiano murió en la Ciudad de México el 13 de abril de 2014. Tenoch nunca se acercó a buscarlo para conocer el contenido de la carta y Gabriel García Márquez jamás se enteró de la odisea que había significado para un estudiante llevarle ese mensaje que se suponía que salvaría su vida. Después de su fallecimiento se supo que entre los archivos clasificados de la correspondencia del premio Nobel colombiano existe un documento conocido como "Carta Girbach", un título que aparentemente no tiene significado alguno, excepto si consideramos que las vocales "i" y "o" están juntas en un teclado en español o inglés, pudiendo inferirse un posible error voluntario, o involuntario, que arrojaría el apellido Gorbach.

Tenoch guardó en lo más profundo de su alma aquellos recuerdos del tiempo en que la vida lo había puesto a prueba, pues hubo de partir, dejando a su madre agonizante en su ciudad natal. Vivió en carne propia la furia de la naturaleza que hundió a todo un país en la tragedia y en el caos, acabando con la vida de miles de personas en la Ciudad de México, y tan sólo algunos meses después debió decidir si terminaba sus estudios o regresaba a México ante la amenaza radioactiva desatada por la explosión de la planta nuclear en Chernóbil el 26 de abril de 1986.

Sin lugar a duda fue muy alto el precio que Tenoch debió pagar por su deseo de salvar al escritor, y más caro aún por alcanzar sus sueños, pues apenas unos años después de su estancia definitiva en México su madre murió. No obstante, su ejemplo a través de los años le había enseñado que la pobreza se lleva en el alma, sin importar la cuna o el petate en que se nace, que el hambre en el estómago duele, pero puede saciarse, no así el hambre del alma, porque cuando ésta deja de sentirse es porque la vida ya terminó. Nunca dejó de sentir sus bendiciones acompañadas por el recuerdo de su sonrisa, el amor y la unidad de su familia, que siempre soñó con un futuro mejor.

Ligas para canciones en Youtube

Leña de pirul: https://www.youtube.com/watch?v=5C5oF2ffF1o&ab_channel=tochtli4666

Himno de la URSS: https://www.youtube.com/watch?v=2hgKN_776HI&ab_channel=LordDaine

Atardecer Moscovita: https://www.youtube.com/watch?v=9pgc0c_Wpnw&ab_channel=%D0%92%D0%BB%D0%B0%D0%B4%D0%B8%D0%BC%D0%B8%D1%80%D0%98%D0%BE%D0%BD%D1%87%D0%B5%D0%BD%D0%BA%D0%BE%D0%B2

Ochi Chorrnye: https://www.youtube.com/watch?v=WSECZR3uNRE

Starinnie chacy: https://www.youtube.com/watch?v=Z7N2AJhY7EQ

Millón de rosas: https://www.youtube.com/watch?v=u46BD97ORb0&ab_channel=AbogadosProgresistasdeEspa%C3%B1a

Et si tu no exist: https://www.youtube.com/watch?v=O-3817sOwNKI&ab_channel=JenniferSad

Vladimir Visotsky: https://www.youtube.com/watch?v=nyHOtL3fajQ&ab_channel=%D0%9D%D0%B8%D0%BA%D0%BE%D0%BB%D0%B0%D0%B9%D0%9F%D0%BE%D0%B4%D0%BB%D1%8F%D1%86%D0%BA%D0%B8%D0%B9

Leto akh leto: https://www.youtube.com/watch?v=
n4GNuUHyYBE

Temnaya noch: https://www.youtube.com/watch?v=
1vRYwaJC5FY&ab_channel=AlexanderBogdanov

Cien años de Macondo: https://www.youtube.com/watch?v=
mBfP4_c2rw8

Me caí de la nube: https://www.youtube.com/watch?v=
kGqXG99VfgE

Lámpara sin luz: https://www.youtube.com/watch?v=
aZviyK5cpsg&ab_channel=JavierMartinez

El Testamento: https://www.youtube.com/watch?v=
vQSfZz1HlNc

Amor de Cabaret: https://www.youtube.com/watch?v=
VzEay6AKZoA

Flores negras: https://www.youtube.com/watch?v=B2_
XcEsL7UY

Liga de canciones en MP3

https://drive.google.com/drive/folders/1hluSWdTokm NkC7UNVuahhrDLNNNQqMVV?usp=sharing

Liga de imágenes

https://drive.google.com/drive/folders/16AhirGjLnA9a-dUGzfLwm9BRLDgbg-GmS?usp=sharing

www.ingramcontent.com/pod-product-compliance
Lightning Source LLC
Chambersburg PA
CBHW071817020726
47502CB00004B/1143